我靠美顏穩住天下

3

著 望三山　繪 黑色豆腐

contents

contents

第七十八章

薛薛遠走到了褚衛身邊站定。

褚衛察覺了，唇角一抿，反而有了膽量將手朝著皇帝伸去，但才伸到半程，就被薛遠快狠準地攔住了。

「褚大人，你過了。」

薛遠壓低聲音，他鬆開手，從懷中抽出手帕擦了擦手。他看上去帶著笑，也未曾有過什麼傷人的舉動，但褚衛看著他，就好像看出了他神情之中冰冷冷的警告。

褚衛面無表情地將雙手背在身後，骨節分明的修長手指僵硬抽動。

薛遠瞧著他這模樣，無聲咧嘴笑了笑，溫和親切地低聲道：「褚衛，就你這個慫蛋，你能耐得住皇上嗎？」

褚衛神色一沉，他沒有龍陽之好，但比這更為不服的點竟然是，「我為何耐不住？」

他近乎脫口而出，脫口而出之後卻啞了聲。

薛遠的笑多了幾分嘲諷味道。他走到顧元白的身旁，彎腰將軟塌上的皇帝輕手輕腳地抱在自己的懷裡，褚衛忍不住上前，想要制止他大逆不道的行為，但他一走近，便被薛遠握著聖上的手，輕打在他的臉上。

褚衛停住了。

之所以力道很輕，還是因為薛遠捨不得顧元白的手。掌心柔軟，皮肉細膩，但這一雙養尊處優的手從臉上打過時，更來得羞辱。

薛遠掌著這一隻手，手指插入小皇帝的指縫，一下一下打著狀元郎的俊臉，這位天之驕子的神情變了又變，但很明顯，他受不住。

「他要是這樣對你，」薛遠笑了，「你怎麼能受得住呢？」

他像是說著秘密，低聲道，「你不能，我能。」

褚衛孤傲極了，他被打得偏過了臉，如玉般的臉側也因此而微微變成了紅色，不疼，但神情隱忍，隱隱有發怒之兆。

「聖上不會這麼做。」他壓抑著，反駁薛遠的話。

薛遠給顧元白擦著手，顧元白眼皮跳了幾下，隱隱有蘇醒之兆。褚衛心中一跳，像是見到了什麼洪水猛獸，猛得站直了身。

薛遠瞧著他這動作，輕蔑一笑，當著他的面將顧元白的手放在唇邊，憑空親了一下。

顧元白張開眼就看到了這一幕，他腦子發懵，還沒回過神，已經手下用力，「啪」地一聲打在了薛遠的臉上。

回過神之後，顧元白臉上就凝起了霜。

薛遠側過頭，他微微笑了一下，順手握住了顧元白的手，拉到唇邊吹了一下，再喟歎道：「我想這一巴掌，已經想了很久了。」

「瞧你嫩的，掌心都紅了。」

「薛遠，你是不是又開始犯了混？」顧元白黑著臉，讓人送上了匕首。

薛遠突然說的這一句話，讓顧元白打算斷了他的第三條腿。

跪在地上的薛遠看著匕首，臉色鐵青，關鍵時刻，門外有太監倉促高喊：「報！八百里急報！」

顧元白倏地扔掉手中的匕首，起身大步朝外走去。

外頭來報的太監風塵僕僕，伏跪在地高高遞上急報，田福生連忙接過，簡單檢查後就跑著遞到了顧元白手裡。

顧元白展開信紙一看，面上逐漸嚴肅，放下信紙之後，立刻拍桌道：「讓兵部尚書、戶部尚書和樞密使立刻來宣政殿議事！」

「是！」田福生忙派人去召來兩位尚書。顧元白坐在桌後，展開紙筆，行雲流水地寫著要點。

北部出現了蝗災。

在古代，蝗災、水災、旱災是最容易發生的三種災難。

北部八百里急報，只上面的一句「蝗蟲遮日，所過之處寸草不生」，顧元白就能想像出到底有多麼地嚴重。

兵部尚書、戶部尚書和樞密使急忙趕往了宣政殿，顧元白沒有時間多說，將薛將軍的摺子直接給了他們看。

薛將軍領兵前往北疆，一是為護送商隊，二是為震懾北疆遊牧，達成邊關互市的目的。此行的主要目的是通商，不是打仗。但顧元白給了他足夠的兵馬，足夠的糧草，薛將軍帶著這些足夠多的東西，原本是想要一展雄心，好好教訓一番近年來愈發囂張的北疆遊牧民族，但一走到北方地區，就發覺了大蝗之災。

所過之處，蝗蟲已將草皮和畜生皮毛啃食完了，薛將軍及時派人日夜保護糧草，人工捕捉這些蝗蟲。而他們趕到北疆時，北疆守衛的士兵們已經餓到了極限，看到他們帶著大批糧草趕來時，立刻崩潰到喜極而泣。

遊牧人更是因為突然的蝗災，草地和牛羊皮毛俱被啃噬，提前攻伐邊關，發起了數次的頻繁交戰。

比這更讓人痛心的是，北部災區已經發生了人吃人的現象。

薛將軍一到邊關，立刻派人抵禦外敵和火燒蝗蟲，軍中的大批糧草更是調出一部分開始救濟百姓。混亂吃人的地方用強硬手段整治，安置邊關士兵安置災區百姓，並散佈消息，讓受災的百姓立即趕往邊關軍隊駐守處。

大刀闊斧的幾項政策下去，猶如地獄一般的邊關總算出現了一絲光亮。但薛將軍卻神經緊繃，知道這一場仗難的不是遊牧了，而是糧食和天災。

蝗蟲難抓，更難的是薛將軍所帶的糧草數量，顧元白給了他們一行大軍足夠多的糧草，但這些糧草對於受災的地區來說，支撐不了多久。

三位大臣看完摺子之後就明白聖上的表情為何如此凝重了，兵部尚書直接道：「聖上，不能耽擱，應當立刻派人運送糧食前往北疆，否則北部死傷慘重不說，有可能還會發生暴亂。」

樞密使沉聲：「以往遊牧人入寇中原時正是九月分，他們那時兵強馬壯，戰士和馬俱是肥膘矯健。但從薛將軍的奏摺中可以看出，遊牧人也已深受蝗災之害，他們的馬匹牛羊已經沒了可以吃的東西，這才使得他們提前發動多次侵襲，遊牧人素來以騎術高強為依仗，而現在他們失去了有力的馬匹，正是我們打壓他們的時機。」

顧元白臉色凝著，「蝗災過後，還會有一連串突發的災害和疾病，朝廷要做好應對的一切準備。戶部尚書，國庫糧倉如何？」

戶部尚書神情一鬆，「回聖上，荊湖南和湖南兩地搜刮的反叛軍物資，國庫已經塞不下。後又有天南地北捐贈的米麵糧食，只京城一地便又急忙建立了二十二個糧倉，這些糧倉已經塞得滿滿當當。整個大恒朝，因著先前的反貪腐，但凡是糧倉、肉倉有缺漏的地方，已經運送糧食補上，而現在又是豐收之秋，各地風調雨順，即便是往北疆抽調再多的糧食，一月之後，糧倉仍然堆積如山。」

他這話一出，氣氛陡然輕鬆了下來。

樞密使心中有了底氣，道：「那此刻，就是我大恒兵強力壯的時候了。」

顧元白面上稍緩，無論是反貪腐還是對付反叛軍，他做這些事的時候都是在地雷上跳舞，沒想到到了如今，反而硬生生地將北疆的不利局面轉向了優勢。

是了，蝗蟲啃噬了遊牧人賴以依存的草原，他們的牛羊被他們殺了曬成肉乾，成為行兵的口糧，但他們的馬匹卻無法食用他們的牛羊。

而沒了強壯駿馬的遊牧人，大恒當真不怕他們。

顧元白陡然認識到，這是一個絕佳的機會。

一個絕佳的，一舉進攻北疆遊牧的機會。

這是一個很大的誘惑，顧元白開始認真地想，他該不該在現在掀起戰爭呢？

在顧元白原本的計畫當中，他是準備先開始邊關互市，從遊牧手中換取良馬和牛羊，以此來訓練高數量的騎兵。直到幾年後騎兵強壯，交通建起，驛站發達之後，再去一舉殲滅遊牧民族。

如果是現在掀起戰爭，利弊又會如何？

利的一面自然不用多說，大恒糧倉滿溢，而遊牧人正受蝗災，兵馬虛弱。要是現在攻打，自然是絕佳的時機，但提前攻伐，對大恒的軍隊後勤和對百姓官吏來說，同樣是突然而又巨大的壓力。

修路正在進行當中，若是想要通往北疆的交通發達，也要兩三年之後，先不說其他，如果真的打下來偌大的草原了，交通不便消息堵塞，像這樣的蝗災都要許久才能傳到顧元白的手上，又怎麼不怕他們死灰復燃呢？

打天下不難，難的正是守天下。

顧元白想了很多，腦袋飛速地運轉。北疆的遊牧民族並不只是契丹八部，還有回鶻族分出來的三部，高昌、甘州、黃頭，除了回鶻三部之後，還有一個弱小的民族，那個民族就是女真。

草原之上的遊牧民族，他們總共的人數加起來有幾十萬之多，這就是一個龐大的北部民族集團。

但這些遊牧人內亂不斷，各自把旁支民族當做奴隸，光是契丹八部，老首領因為即將老病死，八部首領之間已經暗潮湧動。

該不該打？

一旦朝廷大舉進攻，他們前期毫無防備，但之後必定會商議統一抵抗。整個大恒朝還沒有迎來長期作戰的準備，而且草原上，總有蝗蟲到不了的地方，他們一旦統一，便會相扶相助，到了那時，又是一個遊牧民族的統一。

顧元白唰地睜開了眼，他鏗鏘有力道：「打。」

樞密使和兵部尚書目光炯炯地看著顧元白。

顧元白看著戶部尚書，言簡意賅道：「你現在就去調取糧草裝車，將可以送往北疆的最大程度糧草調出。」

戶部尚書領命，匆匆而去。

兵部尚書不由道：「聖上，真的打嗎？」

「打，是要打的，」顧元白突然笑了，「但是邊關互市，也是要互市的。」

「朕並不打算現在就強行踏平遊牧人，」看著兩位臣子不解的眼神，顧元白接著道，「朕要做的，就是要讓他們以為朕要對他們大舉發兵。」

先將那些在這些年逐漸變得囂張跋扈的遊牧人給打怕，展示大恒富足的糧食和兵馬。等他們害怕到準備聯合的時候，就是顧元白停下戰爭，去與他們議和的時候。

隨便給他們一個封號，將其中一個部落推至所有民族的首領，而後威逼利誘，引發其內亂。區別對待，最容易離心，也最容易分崩離析。

最好能讓遊牧人接受朝廷前去辦學，他們不是很渴望學習大恒的文明嗎？大恒可以免費教導他們的孩子，等到他們的孩子深刻地知道什麼是皇權高於一切，什麼是深入骨髓的漢文字、漢文化時，他們就得到了教化。

得到教化的孩子，一旦自己的父母做出對大恒帝國不好的事情，他們就會向駐守大臣檢舉揭露他們父母的惡行。人人對彼此忌憚，控制思想，才是最有效的統治方式。

當然，如果他們不願意接受朝廷的辦學，那就等幾年之後，等大恒的鐵騎踏遍草原時，他們這幾十萬的人就成為苦力，去解放底層老百姓的勞動力吧。

樞密使撫了撫鬍子，與兵部尚書對視一眼，道：「聖上，送糧帶兵的人，您心中可有人選？」

顧元白頓了頓，道：「薛遠。」

與此同時，嗚聲驛中。

西夏皇子李昂順問道：「那馬車上的人，原來就是和親王嗎？」

下屬回道：「我親眼見到馬車停在和親王府門前，護衛們氣勢非凡，想必就是和親王了。」

「聽說和親王也曾上過戰場，」李昂順想了想那馬車上的人露出了小半個下巴，「沒想到和親王看起來原來是這種模樣。」

他意味深長一笑，「我們帶來的西夏美人，就送一個前去和親王府吧。就當做是賠罪，畢竟我們在大恒京城裡，可不能得罪和親王這樣的權貴。」

「順便去看看和親王究竟是什麼模樣，」李昂順耐不住興味，他微捲的黑髮披散下來，喃喃自語道，「怎麼看，怎麼都不像是征戰沙場的樣子。」

反倒養尊處優，皮肉細膩得比那叫做褚衛的大恒官員還要白皙的樣子。

難道是當時看錯了？

第七十九章

薛遠剛從保住子孫根的慶幸中抽出神，聖上就把他要前往邊疆送糧送兵的消息迎頭砸了下來。

薛遠接了旨，從宮中回府的路上許多次想起邊關，想起風沙，而後又想起了顧元白。此行前往邊關，既要治蝗又要發兵，薛遠並不是到了那把糧食兵馬送到了就能回來了，他也不甘心就這麼回來，他得做點事，讓心中壓著的那些戾氣和煞氣給消散消散。

邊關遊牧人的囂張，百姓的慘狀，軍隊的窩囊，他得解解氣才能回來。

他也得做給顧元白看，告訴顧元白薛遠能有什麼樣的能耐。得去威懾那些宵小，告訴他們沒人能比得過薛遠。

北疆，他非去不可。這一去，最少也得四五個月。

回來或許都已經是來年了，顧元白的生辰也早就錯過了。想嗎?當然想。

想也是真的想，去也是真的想去。薛遠一路琢磨良久，琢磨的都是怎麼才能讓聖上記著他。

在眾多良才層出不窮的時候記住他四五個月。

他一路想到了府中，卻見薛夫人衣著整齊地正從外頭回來，薛遠眉頭一挑，隨口問道：「從哪來的？」

薛夫人不著痕跡一僵，「去各府夫人那說了說話。」

薛遠隨意點了點頭，突然腳步一停，側身問，「娘，我要是瞧上一個人，親過了，摸過了，他還是不同意。這怎麼辦？」

親過了，摸過了。這兩句話砸在了薛夫人的頭上，薛遠半晌沒得到回應，他轉頭一看，就見薛夫人拿著帕子擦著眼角，淚水已經濕了一半帕子。

「……」薛遠輕聲，「毛病。」

也不問了，自個兒回房了。

§

糧草快速被調動了起來，裝車運送在一塊。工部和兵部動作緊緊跟上，軍隊行軍時所要的機械、裝備等各種軍需，他們一邊準備，一邊需要知道經過快而精密的計算得出來的具體資料。

樞密院忙著調兵和安排行軍事宜，政事堂反而要比樞密院更忙，他們算著各種帳目，事發突然，不可耽擱，他們只能日日夜夜停下其他事宜，全部用來計算所需軍需數目。

顧元白和諸位大臣早朝商談，下了早朝仍然商談，有時宣政殿中的燭光點到深夜，殿中仍然有不斷的議事之聲，就這樣，在忙碌之中，大量的糧草和士兵逐漸聚集了起來。具體而縝密的行軍方案，也經過不斷地推翻和提議完善了起來。

終於，時間到了薛遠前往北疆的前一日。

薛遠鬍子拉碴地從薛府帶來了兩匹成年狼，送到了顧元白的面前。

這兩匹狼毛髮濃密，四肢矯健而猛壯，牠們被薛遠拽在手裡，虎視眈眈地盯著殿中的所有人。宮女們臉色蒼白，不由後退幾步。

顧元白百忙之中探出頭，瞥到這兩匹凶猛的狼便是驚訝，「先前不是拿來了兩隻狼崽子，這怎麼又送了兩匹狼來。」

「先前那兩隻小，不行，」薛遠聲音發啞，「這兩隻才能護著聖上。」

顧元白聞言一頓，停住了筆，「護著我？」

薛遠沉沉應了一聲，雙手陡然鬆開，宮侍們發出驚叫，卻見那兩隻狼腳步悠悠，走到了顧元白袍腳旁嗅了嗅，就伏在了聖上旁邊的地上。

顧元白的心被他陡然鬆手的那一下給弄得加快直跳，此時繃著身體，低頭看著身邊的兩隻狼。

薛遠道：「馴服了，它們咬誰也不會咬聖上。等我不在了，牠們護著你，我也能走得安心。」

顧元白眼皮一跳，動也不動，「你走得安心？合著朕的禁軍在你眼裡都是紙糊的？」

「不一樣。」

薛遠指了指田福生，言簡意賅道：「田總管去給聖上倒一杯茶。」

田福生雙腿抖若篩糠，勉強笑著：「這，薛大人……這不好吧。」

薛遠卻道：「快去。」

田福生抬頭看了一眼聖上，顧元白早在知道這兩隻狼乖乖不動時就放鬆了下來，他靠在椅背上，對著田福生點了點頭。

狼不是狗，顧元白挺期待這兩隻狼被薛遠馴成了什麼樣，能做出什麼護主的事。

田福生苦著臉端了一杯茶走上前，茶杯都被抖個不停。他靠近顧元白五步遠的時候，趴在地上睡著眼的兩隻狼就睜眼看了他一眼，獸眼幽幽，田福生杯中的水猛地一晃，提心吊膽地走近，最後有驚無險地在兩隻狼的注視中將茶放到了聖上面前的桌上。

薛遠勾起一抹笑，又讓一個侍衛拔刀靠近，侍衛還沒靠近，兩匹狼已經站了起來，毛髮豎起，利齒中低嗚顫咽，雙目死死盯在侍衛身上，隨時都要發起攻擊猛撲上去的模樣。

顧元白靜默了一會，心中好似得到了一個夠野的新玩具一般興奮，面上還是鎮定，「牠們若是咬錯人了呢？」

「牠們不吃人肉，」薛遠道，「聖上每日給牠們餵飽了生肉，牠們就咬不死人。而若是真咬錯了人，敢對著聖上拿刀靠近的人，也是活該。」

薛遠頓了頓：「牠們算是聰明，知道該咬哪些，不該咬哪些，這還是錯不了的。只要聖上一指，牙崩了，牠們也得給臣衝上去。」

顧元白俯身，試探性地去碰兩頭狼的狼頭，慢悠悠道：「知道的懂得你說的是狼，不知道的還以為你說的是狗。」

薛遠悶聲笑了，狼狽頹廢的鬍茬這會兒也頹得俊美了起來，「什麼狼遇見聖上了，都得變成聽話的狗。」

他這句話說得實在是低，顧元白沒有聽見，他的心神被這兩匹威風颯爽的狼給勾走了，「什麼狗？」

「臣只是說，聖上放心地把牠們當狗用吧，」薛遠微微一笑，「牙崩了，臣府裡還多得是狼。或多或少得被臣都給教訓乖了，這兩匹扔了，聖上直接去臣府中再挑個就是。」

湯。」

「要是牠們都護不住聖上，」他沉吟一下，輕描淡寫道，「那等臣回來，就請聖上吃一鍋狼肉

伏在顧元白身邊的兩匹狼好像懂得了薛遠的話，竟然渾身一抖，夾著尾巴站起身，湊到顧元白手底下，嗚咽叫著主動給顧元白摸著身上的毛。

顧元白笑了笑，順了順毛，也無情極了，「好，朕還沒吃過狼的肉呢。」

兩隻狼的嗚咽聲更大了。

薛遠朝著田福生問道：「田總管，不知我先前送給聖上的那兩隻小狼崽，如今如何了？」

田福生現在聽到他說話就有些犯怵，老老實實道：「薛大人送的那兩隻狼崽，正在百獸園中養著呢。」

「還有那隻赤狐？」

田福生：「同在百獸園中。」

薛遠歎了一口氣，「那兩隻狼崽黏人，我若是不在了，聖上記得多去看看。」

都被扔得落了灰了。

顧元白收回了手，從宮侍手中接過手帕擦一擦，「既然黏人，還知道只能黏朕嗎？伺候它們的太監宮女又不算是人了？」

不一樣。

薛遠馴這些狼的時候，拿著顧元白的東西讓它們一一聞過，說的可是：「這是你們另一個主子的味道，你們娘親就是這個味道，懂了嗎？」

但這話不能說，一不小心就得被狼崽們的娘親給切下子孫根。

薛遠側了側頭，「聖上說得是。先前聖上說看上了臣的馬，臣也將它帶過來了，那馬叫烈風，聖上現在就可派人將它牽到馬廄之中了。」

「你……」顧元白道，「朕確實看中了那匹馬，但事有緩急，薛卿如今正需要一匹好馬前往北疆。你自己留著吧，也省得朕賞給你了。」

又是狼，又是馬。顧元白總有一種薛遠是在離開之前要把所有東西留給他的感覺。

聖上這話一落，薛遠也不爭奪，他笑著說了聲好，靜靜看著聖上的五指在狼匹毛髮上劃過，「聖上喜歡灰色毛髮？」

「無所謂喜歡不喜歡，」顧元白隨意道，「摸著舒服即可。」

他說完這話，卻突然想起了薛遠旺盛的毛，臉色微微一變，手下的狼頭霎時間就摸不下去了。

前些日子忙碌，忙得都好似忘記了什麼事，這時才突然想了起來，忘掉的好像正是先前要斷了薛遠命根的事。

真不愧是天之驕子、文中主角，顧元白想讓人家斷子絕孫，都這麼巧合地撞上了八百里急報。

明天就是遠征，顧元白漫不經心地想了想，今天切了，明天還能上馬嗎？

「聖上，」過了一會兒，薛遠又開了口，「臣之前說玉扳指要給以後的媳婦兒，那話是隨口胡說，獻給聖上的東西那就是聖上的，哪有什麼要不要得回來這一說。」

顧元白摸上了手上的玉扳指，轉了轉，鼻音沉沉，「嗯？」

薛遠溫和一笑，「臣想要問一問，臣先前的那個賞賜，如今還作不作數？」

顧元白把玉扳指轉了個來回，「作數。」

「聖上隆恩，」薛遠道，「臣想要在走之前，沐浴一番聖上的福澤。」

「臣想要泡一泡……您的洗澡水。」

§

薛遠從皇宮中出來後，不只泡了聖上的洗澡水，還裝了一水囊的水離開。

顧元白宮殿之中的泉水定時換新定時清理，但薛遠知道，聖上今早上才洗過了身子，和薛遠說話時只要靠得近些就能聞到水露的香味。顧元白是個說話算數的君子，即便薛遠的這個請求有些不合規矩，他也頷首同意了。

薛遠拍了拍鼓囊囊的水囊，心情愉悅。

他自己的身上也沾染上了一些宮廷裡頭的香味，夾雜著十分微弱的藥香氣息。這個香味同聖上身上的香味十分相似，薛遠泡湯的時候，就好似有種顧元白就在自己身邊的感覺。

像是他們二人赤身，親暱地碰在了一起。

因此泡完湯後，薛遠站在池邊冷靜了好一會兒，才能從這綺麗的幻想之中抽出了神。

等他走後，皇宮之中。

田福生暗中和侍衛長搭話：「瞧瞧薛大人，小狼大狼送了兩回。我瞧上一眼就是怕，他怎麼就不怕呢？」

侍衛長警惕非常，他緊盯著那兩匹特被聖上允許趴在桌旁的狼，回道：「薛大人血性大，喜歡這些也不足為奇。」

田福生歎了口氣，「薛大人脾性如此駭人，讓我看著一眼也心中發怵。這樣的人對著聖上偏偏就不是那樣了。聖上威嚴深重，但你看他卻還有膽子去泡聖上的泉水，可見這人啊，真是千能改萬能改，但是色心不能改。」

侍衛長不贊同：「怎麼算是色心，薛大人不是只想沐浴聖上福澤，以此來尋求心中慰藉嗎？」

田福生一頓，轉頭看了他一眼，這時才想起來侍衛長還不曾知道先前薛遠同聖上表明心意的那些話。他渾身一抖，冷汗從額角冒出，連聲改口：「正是如此，小的說錯話了，張大人切莫當真，小的這嘴淨是胡言亂語，不能信。」

侍衛長歎了一口氣，溫和道：「田總管，下次萬萬不可如此隨意一說了。」

田福生抹去冷汗，「是。」

當夜，顧元白入睡的時候，那兩隻狼也趴在了內殿之前休憩。宮侍們膽顫心驚地從內殿中退出時，都比尋常時放輕了聲音。

但顧元白這一晚，卻比平日裡睡得更要沉了些。

等第二日天一亮，便到了薛遠出征北疆的那一日。

§

顧元白帶著百官給眾位士兵送行，他神情肅然，眉眼之間全是委以重任的囑託，「薛卿，帶著士兵和糧草安然無恙地到了邊關，再安然無恙地回來。」

薛遠已經是一身的銀白盔甲，沉重的甲身套在他身上，被高大的身形撐得威武非常。他行禮後直起了身，微微低頭，凝視顧元白的雙眼。

高高束起的長髮在他背後垂落，他已經做好了充足的準備，因此眉角眼梢之間，肅殺和鋒芒隱隱。

烈日打下，寒光銳利，一往直前。

兩個人對視一會，薛遠突然撩起袍子，乾淨俐落跪在了地上。顧元白未曾想到他會行如此大禮，彎身要扶起他，薛遠卻在他彎腰的時候，忽地挺直身，一口親在了顧元白的臉上。

這一下快得如同幻覺，誰也沒看見。

顧元白扶他的動作一停。

「我一別四五個月，你不能忘記我，」薛遠低聲，熱氣湧到顧元白的臉上，「等我回來。在我回來之前，別讓其他人碰你一下，無論是一根手指還是一根頭髮絲，好嗎？」

壓抑了兩個多月，學了兩個多月的規矩，薛遠知道那樣得不到顧元白了。

因為顧元白不會喜歡上一條聽話的狗。

顧元白卻沒有暴怒，他微微一笑，柔聲道：「不好。」

「沒關係，」薛遠笑了，「有狼護著你，誰敢碰你，碰你的是哪根手指，就會被臣的狼咬掉哪根手指。等臣從北疆回來，看誰的手上缺了手指，臣再自己提刀上門找事。」

說完，他頭垂下，一板一眼，三拜九叩。

大禮完畢，他起身，乾淨俐落地回身上馬，披風颺揚，衣袍聲獵獵作響。

「啟程。」

萬千兵馬和糧草成了蜿蜒的長隊，糧草被層層保護在中間。除了薛遠，還有朝廷找出了的數十位治蝗有力的人才，除此之外，還有上百車常備的藥材。

大夫隨行數百人，正是為了防止蝗災之後可能發生的疾病。

這些士兵每一個都孔武有力、身材高大，他們每一頓都吃足了飯和鹽，此時裝備齊全，既拿得起大刀和盾牌，也撐得起沉重的甲衣。而馬匹更是肥膘健壯，騎兵上身，仰頭便是一聲嘶吼。

吼出來的便是平日裡吃足鮮美馬糧的聲音。

這樣的一支隊伍，沒道理拿不下勝利。

顧元白站著，看著這長長的一隊人馬逐漸消失在眼前，身旁的人因著這一幕而熱血沸騰，呼吸開始粗重。

他拿出帕子慢條斯理擦著臉側，也在想，給我拿個勝利來。

一場大勝，養兵如流水花出去的銀兩，用此來換的勝利。

讓遊牧民族來看看大恒如今的士兵變成了什麼樣，讓他們看看大恒的皇帝變成了什麼模樣。

而這副樣子的皇帝和士兵，是否已經有了足夠讓他們乖乖嗚咽叫好的力氣。

顧元白很是期待。

第八十章

大恒北部地方發生了蝗災，聖上想將萬壽節取消，但先前該準備的都已經準備了，外朝來的使者都已到了京城，不管是為了面子還是為了裡子，眾臣輪番勸說，萬壽節需得照常辦下去。

顧元白往北疆派兵馬派糧草的消息，根本瞞不住那些已經到了京城的關外使者。他索性直直白白，將各國使者也請到了現場，去親自看著大恒的兵馬出征。

這群使者被請到了城牆之上，看著城牆下的萬馬千軍，不知不覺之間，脊背之後已竄上了絲絲縷縷的寒意。

從高處往下看時，軍馬的數量好似看不到頭，這麼多的兵馬和糧食井然有序地次列向前，旌旗蔽日，威風凜凜。

大恒已經很多年未曾發動過兵戈了，它仍然大，仍然強，但周邊的國家都看出了這個強國在逐漸衰敗。大恒的統治者有了膽怯的心，他們任由遊牧民族在邊關肆虐，於是周邊的國家，也開始蠢蠢欲動地有了欺負老大哥的心。

但是現在。

這些使者們看著腳底下密密麻麻的大恒士兵，看著每一個士兵身上精良的裝備和強壯有力的身姿，他們難以置信地想：大恒的士兵怎麼會這樣地精神十足。

他們的馬匹四肢有力，而他們的士兵充滿朝氣。看看那一車車連綿不絕的糧食吧，那麼多的糧食，難道大恒的皇帝是把糧倉裡面所有的糧食都拿出去了嗎?!

他就不怕現在將這些糧食全拿出來了，之後如果出了些天災人禍，整個大恒就毀了嗎？

使者們百思不得其解。

但不論他們心中想了多少，多麼地不想去相信，但還是將這震撼的一幕記在了心底。頭皮甚至因為這波瀾壯闊的長長軍隊而感到發麻，雙腿緊繃，動也無法動彈一下。

直到軍隊走出了視線，身旁陪同看著將士出征一幕的太監出聲提醒後，這些使者才回過了神。

一旁的禁軍軍官笑了兩聲，謙虛道：「這些士兵不過是禁軍當中的一小角罷了，讓諸位見笑了。」

鴻臚寺的翻譯官員也陪在身旁，面帶笑意謙遜至極地將軍官的這句話翻譯給了各國的使者聽。

各國侍者面色怪異，這是謙虛嗎？這是示威吧！

在這些各國使者當中唯獨沒有西夏使者的影子，他們還在鳴聲驛中關著學習大恒的規矩，只要一日不學成，那就一日不能出去。

這些使者們也沒心思追問西夏使者的去處了。

要是說在沒有看到今日這一幕之前，別國的使者知道大恒發生蝗災之後還有一點小心思，可看過今日這一幕之後，他們萎了。

哪怕是再大的蝗災，這些糧食也夠士兵們熬死只能活三個月的蝗蟲了，北部的蝗災完全沒有對大恒造成什麼危害。而且看京城中的官員和百姓底氣十足，還在熱熱鬧鬧地舉辦著皇帝生辰的模樣，怎麼看怎麼覺得他們還沒有到糧食耗盡的程度。

這些使者們絞盡腦汁地想要看出大恒人打腫臉充胖子的痕跡，可是怎麼看，都只看到了因為萬壽節的來臨而異常歡慶的百姓。

大恒的皇帝絕非強盜，沒有以此為理由去要求各國使者也為北部的蝗災出上一份力。而是在展示完拳頭的力度之後，就紳士地將他們放了回去，甚至體貼地派了能說會道的官員陪他們同遊京城。

在京城之中閒逛時，不時有使者指著在路邊有官差守著的木具道：「這是什麼？」

大恒官員看了一眼，隨口道：「哦，這是足踏風扇車。」

足踏的風扇車？

使者們追問，「這同先前的風扇車可有不同？」

「同以往的風扇車沒有什麼不同，」官員道，「只是手搖的變作足踏的，這樣更為輕鬆，力度也更加大了，能將糧食之中的糠殼和灰塵清理得更加乾淨。」

使者們多看了幾眼，就見百姓們排隊在風扇車之前，每次清理脫殼之後，便按著斤數交上少許一部分充當使用費的糧食，或者交出脫出來的糠殼。

這些數量實在是少，哪怕是收成最少的百姓也有餘力前來脫殼，不只是路邊的這些，還有人三五成群，推著更大一些的風扇車滿頭大汗地往遠處推去。

「這是大號的風扇車，」官員主動解釋道，「平日裡放在官府裡，若是百姓需要，以伍籍為礎，一同前去官府畫押租賃風扇車。」

一個使者篤定，「那一定很貴了。」

官員淡定道，「非也。一戶只需出一百文錢，一戶人家用這麼大的風扇車，最多也就兩三日的功夫便可清完糠殼，若是有勤快捨不得錢的，那便不吃不喝，也差不多只需一日的功夫。」

一伍便是五戶人家，一台大號的風扇車一日便是五百文錢，兩日就是一兩銀子，平分到百姓之間後，百姓也能出得起這個錢，一戶一日一百文，當真不算貴。

使者們心中各樣的心思都有，官員及時換了一個話題，將他們的思緒引到了街道上的彩畫和光亮的布匹之上。

§

顧元白回宮之後，就讓人去寫了重新冊封薛府兩位夫人的誥書。

薛老夫人和薛夫人的誥命等級都往上提了一提，薛府之中能當家的男人們都已經離開了，剩下的只有一個名聲已臭的不入流之輩，顧元白總得讓別人知道薛府不可欺負。

等將這些瑣事處理完，顧元白才鬆了一口氣，他抬腳踢了踢趴在案牘旁的兩隻狼，讓牠們去一旁的角落中趴著，又叮囑宮侍：「每日讓牠們吃飽，可別餓著肚子來盯著朕了。」

田福生勸道：「聖上，狼本性凶猛，您養在自己身邊，這怎麼能行？」

顧元白勾起唇，「朕喜歡。」

他做過不少危險刺激的事，還真別說，養兩匹成年狼在自己身邊的事，顧元白還真的沒有做過。天性之中開始蠢蠢欲動，即使知道這樣危險，也耐不住心癢手癢。

顧元白想了想，「去找幾個精通馴獸的人來，讓他們瞧瞧這兩匹狼如今被馴到了什麼程度。」

田福生應是，退下去尋人。

「狼。」顧元白念了好幾聲，忽聽幾道吸氣聲，他轉身一看，原來是趴在角落之中的兩匹灰狼聽到了他的聲音，站起身走到了他的身旁。

它們模樣雖是嚇人，但這會卻是嗷嗚低叫，一副邀寵的模樣。

薛遠當真把它們教訓得很好。

顧元白伸出手，其中一匹狼踱步到他的手下，狼頭一蹭，猩紅的舌頭舔過利齒和鼻頭，也碰過了顧元白的手。

顧元白一邊擼著狼，一邊抽出前些時日孔奕林交上來的策論，慢慢看了起來。

孔奕林的這篇策論，寫了足足五千字以上。若是翻譯成大白話，應當有兩萬字的量了。顧元白看得很慢，只有慢慢地看，他才能將這些意思完全吃透理解，然後轉化為自己的東西。

等他一篇策論看完一大半之後，外頭的天色已經黑了下來。晚膳擺上了桌，顧元白拿著策論坐到桌邊，用了幾口之後，發現文章裡頭還有一些俗體字的存在。

俗體字便是簡體字在古代的稱呼，漢字自古以來便有簡體繁體之分，孔奕林在文章之中，若是碰到筆畫繁多、個頭很大的字，也不拘一格，為求方便直接採用了俗體字。

顧元白看著這些字就覺得熟悉，有時見到就是一笑，倍覺親切。

燈火跳動，夜色漸深，回寢宮之前，監察處有人來報。

「聖上，黃濮城新上任的縣令在本地發現了一種長相奇怪的果子，」監察處的人道，「這果子通體豔紅，嬌小可人，當地人稱呼其為紅燈果子。」

顧元白猛地抬起頭，眼睛發亮。

「黃濮城縣令有感聖上生辰，又想起反貪腐一事，便認為這是天降的神果，因此就上稟了上來，急忙運往京中。只是這紅燈果子顏色豔麗，鮮紅如火，恐怕是有劇毒。」

這東西應當就是番茄了。

番茄的原產地是在南美洲，但在現代時，曾有專家在一九八三年挖掘漢代古墓時發現了番茄種子，只是這番茄種子誰也不能確定是漢代流傳至今的，還是盜墓賊或是運輸過程之中不小心掉入其中的，因此，顧元白也沒有抱有今生還能吃到番茄的希望。

此時陡然得知可能真的找到了番茄，顧元白壓下心喜和激動，立即下令，「拿來給朕瞧瞧。」

監察處的人呈上來了四五個紅燈果子，顧元白一眼看去就已認定這必定就是番茄。宮侍為他帶上皮手套，顧元白拿起一個番茄摸了摸，呈上來的這些果子都曾經過層層挑選，表皮圓潤，紅豔鮮活。他讓人拿了個碗來，手中用力，番茄便爆出了嫩肉和酸甜的汁水，香味濃郁，微微泛著酸氣的味道讓人不自覺口齒生津。

這幾個番茄都比現代的番茄瞧上去要小一些，味道倒像是沒變的樣子。

顧元白放下番茄，讓人摘下手上的手套，「這些紅燈果子，其中一半留作種子種植，另一半送去太醫院試毒。等確定食用無害之後，立即前來通報朕。」

監察處的人點頭應是。

顧元白洗了洗手，看著碗裡那一個被他捏壞了的番茄和番茄汁，幽幽歎了口氣，「拿去扔了吧。」

這真的是在這些時日最大的一個驚喜了。

現在為了安全起見，雖然不能吃，但顧元白心裡知道，這東西十之八九食用無害，而一旦無害，這酸甜可口，既可做湯也可做菜的東西，只要產量能跟得上，很快就能搬上老百姓們的菜桌上了。

番茄，真是他今年的生辰收過最大的禮了。

§

聖上收到了紅彤彤的吉祥果子，而和親王，則是在兩日之後的傍午，收到了西夏使者送上門的一份特殊的賠罪禮。

一個西夏的美人。

西夏的女人漂亮，漂亮得都被寫進了許多的文章與詩句當中。送來到和親王府之中的這一個尤其的美，簪花修容，粉頰兩面堪比花嬌。

這女人是被和親王府之中的門客王先生帶來的，王先生道：「西夏的使者說這是給王爺的賠禮。」

和親王臉色沉著，坐在高位之上。

西夏的女人抬眼記下了他的樣貌，行禮起身，腰肢柔軟。

「給本王的賠禮？」和親王道，「他為何要給我賠禮。」

王先生輕聲道：「聽說是西夏使者曾經衝撞了王爺，因此心中擔憂，特地前來賠禮告罪。」

和親王聽到這，眉頭不由皺起。

他怎麼不知道西夏使者曾經衝撞了他？

「送回去吧，本王沒興趣，」和親王站起身，語氣暴躁，「告訴那些西夏使者，別亂動什麼不該動的心思，拿一個女人來賄賂本王，他是想求本王做什麼？」

「要是真衝撞了，那就拿禮親自上門給本王說清緣由，」和親王嗤笑一聲，「躲在女人後頭算什麼好漢，退下。王先生，你也最好醒醒神，別什麼樣的事都答應，什麼樣的人都往本王身邊帶，你要是拒絕不了美人，那這美人恩，你就自己消受去吧！」

說完，和親王袖袍一揮，大步離開了廳堂。

王先生面色不改，他微微一笑，轉身對著西夏女子道：「還請回吧。」

§

西夏使者們在今日早上，總算是將大恒的禮儀學到了手，可以隨意進出鳴聲驛了。但在當晚，剛剛送出去的西夏美人又被灰溜溜地送了回來，這對於向來驕傲於西夏美人揚名中外的西夏人來說，一口氣不上不下，只覺得比學習大恒的規矩更要來得羞辱。

李昂順坐在桌邊，面色陰沉不定，「這個和親王將我關在這裡十幾日，結果如今，他是完全將我忘之腦後了？」

西夏美人低著頭，不敢出聲。

李昂順愈想愈是臉色難看，他握緊了手，冷笑一聲，「那你可記得和親王的樣貌？」

西夏美人道：「和親王面容俊朗，英俊非常。」

李昂順的表情微微一變，「英俊非常？」

他想起了那日在馬車中看到的半個下巴，還有撩起車簾的幾根手指。就這種模樣，也稱得上「俊朗」與「英俊非常」嗎？

若說是俊美他還會信，但瞧著這女人的用詞，只聽出了英氣，卻沒聽出其他。

李昂順被關在鳴聲驛中苦學規矩的這幾日，煩躁非常時總會一遍遍想起馬車上那人居高臨下的樣子。只要一想起，便如同臥薪嘗膽一般，就可以忍受著不耐和羞辱，繼續學著規矩。

他每當忍不下去時便去想等出去之後，如何當面羞辱得和親王下不了台，誰曾想和親王卻完全不記得他了！

西夏皇子在燭光之下陰著臉，「他讓我親自提禮上門賠罪，那我明日就親自去一趟罷了。」

第八十一章

第二日西夏皇子親自提禮上門致歉，卻被和親王拒見了。

門房客客氣氣：「閣下來得實在不巧，咱們王爺今日有事，一早就說了不見客。」

李昂順面無表情地將厚禮放在身後的屬下手上，正要轉身離開，腳步一頓，想起什麼一樣同門房問道：「和親王以往可曾征戰沙場？」

這樣的消息不是秘密。門房道：「王爺是曾征戰沙場過。」

李昂順笑了笑，「征戰沙場的人很多都會留下暗傷。」

門房歎了一口氣：「可不是？還好我們王爺身子骨算得上好，即便是受了些傷，也很快便能養起來。」

李昂順覺得不對頭了，他皺著眉，眼窩深陷，「不好養吧？」

門房道，「那倒不是，補藥吃一吃，咱們王爺這就足夠了。」

李昂順眉頭都皺成山了。

難道是人不可貌相，馬車上看起來瘦弱無比，實則威武健壯非常？

西夏皇子總覺得哪裡不對，他帶著手下走人，走到半路上，突然想起了褚衛。

這個官員長得俊美，很得李昂順的眼。腦中靈光忽而一閃，李昂順突然想到那馬車上的人必定與褚衛有些關係，他嘴角冷冷一勾，吩咐左右道：「去查查那個叫褚衛的大恒官員的府邸是在哪裡。」

左右道：「是。」

§

西夏皇子這一來一去，盯著他的京城府尹當日就將這事報給了顧元白。

顧元白：「怎麼又和和親王有關。」

他揉了揉眉心，沒心思再管這些瑣碎事，「繼續盯著吧，別讓他們在我大恒京城中放肆即可。」

至於和親王，罷了，他還是相信他這個便宜兄長是長腦子了的，跟誰合作，也不可能跟一個小小西夏合作。

京城府尹應是，隨即退了下去。

有手上靈活的太監上前，給顧元白揉著額角，孔奕林進入殿中時正看到這一幕，他神情不由帶上些許憂慮，忽而想起：「聖上，您可還記得利州土匪窩中的那個女子？」

顧元白躺在椅背上，閉著眼睛讓神經休憩，「朕記得。」

他歎了口氣，「那女子不容易。」

然而世間千千萬萬的男子，沒有幾個會覺得女子不容易。孔奕林忽而生出些許感歎，他瞧著聖上隱隱泛著疲憊的容顏，關切道：「聖上，朝廷裡裡外外千萬人才，您萬萬不可事事躬親。」

「自然，」顧元白道，「只是最近的幾樣事，樣樣都得經朕的手。罷了，此事不談，朕記得那女子似乎是因為家中親人被土匪殺戮一空，起了自絕之心？」

「是，」孔奕林道，「但臣之後聽孫大人所說，才知曉那女子是個醫女。」

顧元白，「嗯？」

「此女祖輩曾是名醫後輩分支，她自小也學了些醫術。監察處的孫大人曾問過她既然略通醫術，又為何要下山尋醫，那女子反問：我若懂了醫術，這輩子哪裡還有下山的機會？」孔奕林低聲，「她本來是有自絕之心，但孫大人同她說了朝廷剿匪與反貪腐的計畫後，她便歇了心。等利州知州落網之後，她也跟著我等來了京城。」

「不錯。」顧元白頷首道。

他聽到「醫女」或是「名醫」兩個詞時，未曾對這些字眼有過絲毫的反應。像是早就已經篤定，無論是什麼樣的大夫都無法治好他的病一般。

孔奕林不禁抬眼看了聖上一眼。

聖上比起殿試那日，好像愈發瘦弱了些。從衣袖中探出的手指，厚重的衣袍好似能將其壓斷。孔奕林不懂望聞問切之道，但他懂得一個人是否健康，這是一眼看出來的東西。

即便聖上容顏再好，也擋不住衰弱之兆。

孔奕林收回眼，嘴唇翕張幾下，卻只能乾巴勸道：「聖上，若是您不嫌棄女子醫術，可否讓其為您診一診脈？」

顧元白這時才睜開眼，他的目光在孔奕林身上轉了一圈，又指了指角落裡趴著的那兩匹狼，帶笑道：「那女中豪傑若是不怕這兩匹狼，那就來給朕診脈吧。」

那女子當真是來了。

§

薛遠曾說過，誰若是碰顧元白一根手指，一根頭髮絲，那兩匹狼就會咬斷誰的手指。不管別人信不信，反正田福生是信的，因著他每次端茶遞水給聖上時，那兩隻狼都會伏低身子，雙目虎視眈眈地盯死著田福生的手。

但又很是奇怪的是，每日太醫院的御醫給聖上把脈問診時，那兩隻狼卻並無攻擊之兆。

而這一次也是。

監察處的孫山大人從利州土匪窩帶回來的這個女子名為姜八角，她相貌清秀，但身量高眺，難得的是眉目之間有幾分英氣尚在。姜女醫沉穩地同聖上行了禮，展開藥袋，「請聖上抬手。」

顧元白抬起手，對這樣的女性很是欣賞，他微微一笑，用另一隻手指了指一旁緩步走過來的兩匹狼，「這兩隻東西在這，你還可以平心靜氣嗎？」

那兩隻狼好似聽懂了顧元白的話，其中一隻竟走了過來，伸出粗糲猩紅的舌頭舔過了顧元白伸出的手指。黏濕的口水讓手指透出了一層光，顧元白訝然，隨即無奈地看著這匹狼。

姜八角看到這兩匹狼也是一僵，但強行鎮定了下來，為顧元白把起了脈。

田福生想上前給聖上擦過手，可他看著狼就不敢，田福生苦著臉道：「怎麼姜姑娘上前就無事，小的上前就一直盯著小的呢？」

顧元白想了想，了然了，「她身上有藥味兒。」

田福生發愣，「啊？」

顧元白哼了一聲，心道薛遠可真是什麼都想到了，連需要近身給他把脈的御醫也給想到了，他說的那些誰敢碰他就咬掉誰手指的話，難不成還是真的了？

§

「大人，」副將指了指薛遠腰側上束著的水囊，「這裡頭裝的莫非是醇酒？」

薛遠身上明明有個水囊，卻還拿了另外一個水囊喝水。聽到副將的問話，薛遠咧嘴一笑，悠然拍了拍腰間水囊，故意壓低著聲音，「這是比醇酒更好的東西。」

副將好奇了，「哦，那能是什麼？」

薛遠道：「湯，迷魂的湯。」

副將哈哈大笑，「大人說笑了。」

薛遠眉頭一挑，也不反駁，他喝完了水後大步流星走到另外一處沒人的地方坐下，將腰間的迷魂湯給解了下來。

經過數日的烈日暴曬，水囊裡的水好像也少了一些，薛遠揭開蓋子，探鼻聞了聞，裡頭的香味絲絲縷縷鑽入了他的鼻子之中，這水徹底是被藥香和薰香給薰透了，被小皇帝的香給薰透了，即便這麼久過去，還有一股子的泉水味。

薛遠還真的挺想嘗上一口的，但嘗一口少一口，不捨得。他現在全身都是臭味，軍營裡的漢子也是滿身的臭味，唯一香的東西就是顧元白的洗澡水了。

萬一聞上一口也會少一口，這怎麼辦？

算算時間，萬壽節也應當開始了。他也已經走了十幾日了，宮裡的那位不知道會不會偶然之間想起他。

手指摩挲著，很快歇腳的時間就結束了，薛遠把水囊別回了腰間，起身，「都給老子快點。」

副將趕緊上前，一同往前頭走去。烈風正被栓在樹上埋頭吃著草，見到薛遠過來，抗拒地踢了踢蹄子。

副將笑了，「這等好馬果然靈性十足，知曉我們該啟程了，它也不能再吃了。」

但薛遠卻沒搭他的話。

副將疑惑轉頭，就見薛遠面色嚴肅，他沉沉看著樹上，忽地上前一步捉住了什麼東西。副將上前一看，是一隻黃色的蝗蟲。

副將悚然一驚。

薛遠捏死了蝗蟲，在周邊看了看，「看樣子，我們就要走到北部災區之內了。」

「保護好糧草，準備好火把和大網，」薛遠揭開韁繩，牽著馬大步離開，「去找那些治蝗的官員，讓他們做足準備。」

§

九月底，日子已經走到了萬壽節前夕。

各國各地送的賀禮已經一一入了國庫，關於那些豪強們的賀禮，顧元白則讓人退了回去，再暗示地提了一提北部蝗災的事。

豪強們果然都是腦子靈活的厲害人物，當即對聖上的暗示做出了反應，他們打聽到了北部蝗災的事情，聚集在了一起，最後打算運送十萬隻鴨子前往北部滅蝗。

蝗蟲大量集聚時會產生毒素，黃色的蝗蟲體內有毒，只有落單的綠色蝗蟲體內無毒。正是因為蝗蟲大量散發的毒性，才使得以蝗蟲為食的飛鳥不敢靠近。

秋蝗只能活三個月，等到它們快要死了的時候，就會找地方進行產卵，這個時期被稱為成蟲期。成蟲期的蝗蟲最為厲害，而在成蟲期之前的若蟲期，這個時候的蝗蟲最好對付。

若蟲期時，蝗蟲體內的毒素會消散，這個時候就是鴨子上前捕食它們的時候，十萬隻的鴨子，一隻鴨子一日可吃兩百隻的蝗蟲，可以很快控制住蝗災。

豪強們算了算時間，現在往北疆送鴨子，送到時正好蝗蟲已到了若蟲期，鴨子到那便可發揮作用，等將蝗蟲吃完了，這些吃得肚飽溜圓的鴨子們還能成為士兵們碗中之肉，這何樂而不為？

聖上都將那些反叛軍寄給他們的信給燒了，又不肯收他們的貴重禮物，如今總算是知道該往什麼地方獻殷勤了，豪強們自然不肯錯過。

他們忙著為皇帝陛下表忠心、獻殷勤，京城之中的皇帝陛下，則是燃起了一點，一丁點可以活下去的希望。

數日之前，姜女醫為顧元白把了脈，她坦言，「民女能力不及。」

在顧元白微微一笑之後，她又沉思半晌，道：「但我祖母曾以四旬之齡生過一個小產兒，小叔先天不良，體虛至極，但卻活到了我被土匪擄到山上之前。那時他身子已經康健許多，民女也看過他的脈象，若是好好調養，應當可以長久。」

那時，顧元白閉了閉眼，面上平靜無波，無人知道他內心的波動洶湧，「哦？可你家中親人，都已被土匪殺戮一絕了。」

「確實如此，」姜女醫沉默了半晌，「但若是民女沒有記錯，家中祖父還有一個弟弟，家中多半的醫書都在這個弟弟手中，他們兄弟二人在少年時因為逃荒而失散，至今已有四十年了。」

「祖父曾與民女說過，治療先天不良一症的方子，他也只得其中五成，而他的弟弟比他更有天賦，若是這位叔祖從逃荒中帶著大批醫書活了下來，那其中必定有能治聖上之症的方子。」

四十年前分散的逃荒人，現在能不能活著都是一個未知數。但在姜女醫說完這話之後，監察處的人立即追問細節，他們打破砂鍋問到底，已經打算傾盡全力去找到這個失散的叔祖了。

哪怕人有可能死了，哪怕這個人的醫書早已經賣了，甚至於他本人已經完全沒了醫術，但只要有一絲希望，監察處的人就猶如打了雞血。

顧元白雖然沒說，但他默認了監察處的動作。

心中燃起了點希望，只是這希望的火花太小太細微了，顧元白也不敢大肆讓它盛放，只能理智而冷靜地等待著最後的結果，將目光在未找到答案之前，放到了蝗災、遊牧和萬壽節等事情的身上。

在這種平靜又不平靜的氛圍當中，終於到了萬壽節當日。

萬壽節當天，顧元白按照大恒朝的皇帝衣著規格，他穿得繁複而低奢，待到全部的佩飾掛在身上之後，顧元白屏氣凝神，看著銅鏡之中的人。

天潢貴冑，貴不可言。

顧元白挑眉笑了笑，頭頂的冕旒輕微晃動。香爐繚繞，黃袍上龍紋遊動，他轉身，緩步朝著外頭走去。田福生上前扶住他，「聖上，今日要多疲憊了。」

但天下人都為我俯拜慶賀之景，難道還無法治癒疲憊嗎？

對一個野心勃勃的人來說，這樣的殊榮會讓人上癮，猶如最甜蜜的毒藥。顧元白笑而不語，步步沉穩，往金鑾殿而去。

等聖上坐穩龍椅之後，下方的百官們身穿蟒袍禮服，已肅然站列兩旁，在東邊初升煦日之中，統一說著賀詞，同顧元白朝拜。

與此同時，各地方香案備起，地方官員衣袍整齊，在官府之中領著官差，朝者京城方向三拜：「願聖體康，天下太平！」

香案煙霧繚繞，各地因聖上生辰而舉國慶賀。這三日的休息時日，官府會派遣手藝人上街遊鬧，以顯示大恒在當今治理下的繁榮昌盛。

有錢的地方豪強或者官員甚至自己掏了腰包，為百姓免費供應印有「人壽年豐」四字糕點，以討得一個好吉利。

這三日沒有宵禁，酒肆菜館俱是熱熱鬧鬧，火紅興旺，人來人往之間說上一句「收成幾何？」「風調雨順」的字眼，就會笑得見牙不見眼，再不約而同地感歎一句：「今年是個豐收年啊。」

而遠在千里之外的北地。

薛遠抬頭看了看正午的天色，他勒住了馬，揚聲道：「下馬列隊！」

身披盔甲的士兵沒有半分猶疑，聽到命令的下一刻就翻身下了馬。

騎兵列隊，步兵緊跟其後，大部隊頃刻之間已成威風凜凜的方陣。

薛遠帶著眾人面向京城方向，一撩袍子，乾淨俐落地跪了下去，朗聲道：「祝我大恒繁昌，祝我聖上龍體安康。」

這一道聲音被諸位軍官一聲聲往後傳，吃著聖上的糧食，穿著聖上的衣服的數萬士兵也跟著結結實實跪下，密密麻麻黑壓壓一片，聲音一出，震懾得密林之中鳥雀群飛。

「祝我大恒繁昌！祝我聖上龍體安康！」

薛遠同士兵們一同喊了三遍，他看著遠方，心道，若是天上真的有不要臉的神仙在，那這神仙可給他聽清楚了。

這麼多人為顧元白祈願，小皇帝怎麼著，都得長命百歲。

第八十二章

京城的百姓們舉城歡慶，而在宮中，一年一次的生辰賀宴也已準備開始了。

各國使者自然不只準備了一份禮物，貴重且繁多的賀禮已被提前送到了國庫之中，留在手中的只有作為重中之重的等著在宴時送上的一份禮。

申時前，宮宴已經開始準備了起來。禮部與鴻臚寺的人忙於宮宴禮儀，待到時辰一到，就將各國使者和王公大臣一一引入了位置坐下。

褚衛的官職不高，不能就宴。他留在府中聽著外頭的歡鬧，不由眉目微展，露出隱隱笑意。謙謙君子，清臒如玉。褚夫人在堂內看著他，看著看著，不由笑了，同身旁的丫鬟道：「瞧瞧，咱們的衛哥兒愈發俊了。」

丫鬟道：「整個京城也找不到比咱們少爺更俊俏的人。」

褚衛走進來時，正好聽到了這一句話，他不由道：「有。」

可旁人好奇的目光投過來時，他卻抿抿唇，一聲不吭了。

褚夫人朝他翻了個白眼，突然想起來了一件事，「昨日你上值時，有人上門給你送了份禮。」

褚衛道：「誰？」

褚夫人讓人將禮拿了上來，想了想道：「那人自稱是鳴聲驛的人，奇裝異服，應當是外朝的侍者。我兒，你怎的和外朝使者扯上關係了？」

褚衛眉頭慢慢蹙起，他上前接過小廝手中的禮物，打開一看，裡頭正是西夏常有的金花配飾。果然，褚衛眼中厭惡劃過，將禮直接扔回了小廝手中，冷聲：「退回去。」

西夏皇子長得人模狗樣，但卻心思骯髒，他褚衛生平最——

褚衛突然想到了自己。

他呼吸一滯，不理母親的呼喊，轉身從堂中離開。

一腳踏出門檻時，褚衛突然想到。

西夏的皇子見到他就是如此作態，若是見到聖上了，豈不更是無禮了？

§

李昂順被鴻臚寺官員帶到位上坐下，其餘西夏使者坐在了他的身後。西夏旁邊坐著的乃是扶桑國的使者。

扶桑國的使者本想要同西夏皇子說幾句話，但看著李昂順難看的臉色，明智地收回了視線，和鴻臚寺的官員繼續說說笑笑。

李昂順臉色難看一會，又好了，他順著氈帽下的黑髮，道：「沒關係，見不到褚衛的人影也沒事。今日是大恒皇帝的生辰宴，我就不信那不肯給我半分顏面的和親王今日還不出來。」

西夏使者問道：「七皇子，要是和親王出現了，您要怎麼做？」

「正好在大恒的皇帝和各國使者面前讓他下不來台，」李昂順冷笑，「以報我等顏面落地之仇。」

「丟人這件事，也不能就我們丟人。」

稍後，王公大臣同各國使者均已落座。殿中金碧輝煌，明燈已點，亮如白晝之光。

和親王坐於前排下首上，是最靠前的位置。

和親王看了一眼自己帶來的壽禮，王府之中百名繡娘共同繡出來的那副錦繡山河圖已送到了國庫，如今這個東西，還是他口是心非之中，前兩日親自出府去尋到的東西。

看著這壽禮，和親王就忍不住質疑自己，就顧元白那副對他懷疑萬千的樣子，他為什麼非要這麼盡心盡力？

皇帝沒把他當兄長看，他還要上趕著去貼冷臉。

正當心緒煩躁時，外頭的太監高呼：「聖上駕到。」

殿內烏泱泱站起了一片人，眾人垂眼拱手，繡著龍紋的明黃袍腳在眼前滑過，眾位宮侍不緊不慢緊隨其後。待聖上坐下之後，才道：「坐吧。」

這聲音有些耳熟，李昂順眉頭突然一跳，他猛地抬頭朝著大恒皇帝看去。

顧元白已脫下沉重華貴的冕服，換上了常服。他正側頭同身旁的大太監說著話，距離遠，面容也只看得模模糊糊，但下巴瘦弱，氣質斐然，正與那日在馬車上冰冰冷冷命令李昂順的人一模一樣。

這個人竟然是大恒的皇帝！

李昂順臉色變來變去。

身後人拽了拽李昂順的衣袍，李昂順回過神，順著力道坐下。身旁扶桑使者笑道：「西夏七皇子臉色怎麼這般難看？」

李昂順硬聲道：「沒什麼。」

後方的太監上前斟滿了酒，他端著酒杯的手用力，神色之間陰翳。

竟然是大恒朝的皇帝！真是白白做了笑話。

他怎麼忘了，大恒朝皇帝的身體可不是那般地好，在京城中如此說一不二，不是皇帝又是誰？

李昂順抬頭朝上方看去，五官深邃的臉上好像凝著黑雲，這麼遠的距離，也看不清皇帝的長相，但舉動之間尊貴非常。

教坊藝人進入殿中歌舞，顧元白往下處看了一眼，笑著問和親王，「和親王桌旁放著的那是什麼？」

和親王擋了擋木盒，又收起了袖子。這是他第一次親自為顧元白準備賀禮，羞恥又煩躁，悶悶道：「給聖上的賀禮。」

顧元白看向了田福生，田福生提醒道：「聖上，先前和親王府送進宮中的是一幅《錦繡山河圖》的繡圖。」

「和親王有心了，」顧元白微微頷首，又笑了，「手中的這份賀禮，朕得猜猜是什麼東西。」

他端起杯充作酒水的清水抿了一口，想了想和親王曾給先帝送禮的習慣，說道：「是塊奇石好玉？」

和親王沉沉應了一聲，太監上前要接過他的禮物獻上，和親王揮退他們，自己站起身走到了顧元白身前，「前些日子隨便找了找，就找到一個看著還算過得去的石頭。」

田福生將木盒打開，裡頭正是一塊猶如人參一般形狀的玉石，通體暗紅，其中還流動著幾縷金絲，像這樣稀奇漂亮的東西，很容易讓人覺得和神仙這等傳說掛上鉤。顧元白接過看了幾眼，「朕很喜歡。」

和親王想笑，但卻硬是板著面孔，不冷不淡道：「聖上喜歡就好。」

和親王這一帶頭，眾人都輪流獻上了自己的賀禮。這一番禮物講究的是心意和新奇，裡頭真的有幾樣稀奇得很得顧元白的喜歡。

百官在前，各國使者在後。在見到大恒出兵北方後，這些使者當中有不少人暗中加重了賀禮，此時看著別國使者獻上的東西，既是驚訝又是慶幸，即便做不成送禮最多的人，也不能成為送禮最少的人。

看著這一幕，西夏人的表情就不是很好了。

西夏使者此次前來大恒，一是為大恒皇帝祝壽，二是打探大恒國如今情況。三則是西夏有求於大恒，因此派遣七皇子再備上厚禮，就是想同大恒皇帝談一談榷場的事。

榷場乃是兩國在邊境互市時的稱呼，西夏國小，資源缺乏，無法自給自足，許多東西都得依賴於榷場的互市，但在李昂順前來大恒的兩月之前，大恒突然停了與西夏的榷場。

西夏猝不及防。

大恒馬少，一直靠著西夏才有馬匹進帳，按理來說，大恒單方面這麼強橫地關掉了榷場，就不怕同西夏鬧僵，沒有穩定的馬匹來源了嗎？

此番西夏派遣七皇子前來大恒，正是為了這一事。但李昂順自恃馬源和大恒國內鹽販子離不開西夏青鹽兩件事，心中底氣十足，行事也相當的囂張跋扈。

這一跋扈，就跋扈到了皇帝頭上。

原本以為這些厚禮也夠賠禮了，但他們此時看著眼前這一國國備上的厚禮，只覺得不解又荒唐。難不成所有外朝的使者都對大恒有事相求？

西夏的禮原本很厚，現在一比，完全就被淹沒其中，一點兒也不出彩了。

等獻禮輪到西夏時，身後的西夏使者捧著重禮想要遞給一旁的太監，李昂順忽地起身，奪過禮物就大步往前走去，殿中的視線聚在他的身上，李昂順愈走愈近，終於能看清大恒皇帝的樣貌了。

大恒皇帝察覺到了他，輕輕一瞥，微微瞇起了眼。

李昂順的腳步停住，瞬息之後又大步向前。走到顧元白面前時，他還沒說話，緊跟在其後的太監就恭敬道：「聖上，這是西夏來的使者，西夏國的七皇子李昂順。」

「朕有些印象，」顧元白似笑非笑，「西夏皇子，桀驁非常。」

大恒皇帝明明什麼都沒說，但卻好似已經嘲諷了人一樣，李昂順心道，錯不了，這語氣就是那日車上那人。

他按著西夏的禮儀對著顧元白行了一禮，歉意笑道：「沒有見識的人總會用虛張聲勢的方法來隱瞞自己的不安。大恒朝地大物博，人傑地靈，我等初來大恒，就被大恒的繁華迷了眼，心中怯弱，才因此做了錯事。若是因為我等行事而使您對西夏厭棄，那我等真是死不足惜。」

顧元白抬手輕抬，示意他起身，「倒是會說話。」

李昂順直起身，又見著了大恒皇帝這張好看的臉。李昂順喜歡長得俊的人，其他不說，單說長相，大恒皇帝就有一張讓人無法對他生出怨氣的臉。

「西夏送上的禮，朕看了，重得很，」顧元白語氣緩緩，「從香料到氈毯，從駝子到馬匹，這是下了大功夫了。」

李昂順一笑，衣飾上的金花就閃閃發光，他的相貌很好，五官深邃如雄鷹，只是眼底的倨傲實在敗壞好感，毀了這樣一副好容貌，「您的生辰，西夏定然得下大功夫。」

他將手裡的禮遞給了太監，太監上前，再交予田福生。

精緻木盒一打開，裡頭就隱隱有螢光露出，田福生將木盒放到顧元白眼前，原來裡面正是一個近似球形，顏色美麗，呈半透明的一顆夜明珠。

更難得的是，即便是在亮如白晝的殿中燭光下，這夜明珠也主動散發著漂亮的螢光色澤，黃綠透著藍光，如深海之寶。

李昂順面色隱隱驕矜，即便大恒皇室有諸多的夜明珠，但此顆絕對是其中的佼佼者。

「好東西，」顧元白果然感歎道，「未曾想到西夏竟有如此好物。」

李昂順沒聽出來大恒之主這話語之中的危險，他自得地笑了笑，朗聲道：「我西夏雖不及大恒，但好東西可如過江之鯽，數不勝數！」

顧元白將木盒之中的夜明珠拿到了手上，觸手圓潤飽滿，一隻手竟然剛剛握得住。他把玩著這個夜明珠，微弱的螢光在他眼底顯出一片幽藍。

「真好。」

西夏，可真是個好地方啊。

青鹽、駝、馬、羊、蜜蠟、麝臍、毛褐、源羚角……這麼好的地方，這麼好的夜明珠，西夏當真是讓顧元白喜歡不已。

聖上感慨極了，他讓田福生將夜明珠裝好，含笑溫和地看著李昂順，像是看著一座金礦，這樣的目光都把李昂順看得俊臉發熱了。

這樣的好地方，就應該到了他的手裡，成為大恒的一部分，才對啊。

第八十三章

顧元白心底想著的東西沒人能知道。李昂順再怎麼想，他也想不到表面雍容華貴的大恒皇帝，心底已經在想著怎麼將整個西夏收為己有了。

李昂順原本滿心的怨氣，現在只覺得被看得面皮發熱，這種尷尬的感覺，直至他被太監領了下去才緩緩消散。

等周圍沒人了，顧元白擦了擦手，問道：「扶桑使者是在哪裡坐著？」

田福生總覺得聖上好像特別關注扶桑國前來的使者，他低聲回道：「聖上，就在西夏使者的下首處。」

顧元白抬眼看去，可惜距離過遠，看不甚清。他之前特意看過扶桑國獻上的賀禮數目，在幾個周邊國家之中，扶桑國送上的賀禮在其中稱得上是數一數二。

扶桑從漢代起便是中國的屬國，更是在唐朝時派人進唐學習以回國發展自己的國力。唐朝易主之後朝代幾經波折，如今變成了大恒，扶桑對大恒也恭敬極了，仍然想和大恒保持良好的關係。

這個國家在顧元白的眼裡，無可否認，它確實是特殊的。

顧元白收回了眼，卻從左側察覺到了一道目光，隨之看去，和親王朝著顧元白舉了舉杯，顧元白笑了笑，也朝他舉杯示意。

白玉酒杯碰唇的一瞬，顧元白眉目一壓，倏地想起來，他先前不見的那個白玉杯好似就是被薛遠給拿走了。

想起薛遠，顧元白就想起了那兩匹狼。他轉身朝一旁看去，那兩匹狼早已被專人安置好了，此時正趴在隱蔽角落之中，狼吞虎嚥地用著新鮮的生肉。

用得比朕還香。

顧元白突然想冷哼一聲，他轉過了臉，把其他想法暫時放到一旁，也開始認真用起了飯。

酒過三巡，天色已經暗了下來。宴飲結束之後，宮侍將百官和使者送出，顧元白走出了宮殿，來到御花園中去換口清新的空氣。

天上明月高懸，微風拂動，花草之香浮沉。

顧元白雙手背在身後，仰頭看著枝上明月，突聞有腳步聲傳來，他側頭一看，就看到和親王一身酒氣，踉踉蹌蹌地被太監扶著走了過來。

努力扶著和親王的太監道：「聖上，和親王醉了酒，怎麼也不願離開宮中。」

聽到「聖上」兩個字，和親王打了個酒嗝，他揮開周圍的太監勉強站直，視線在周圍轉了一圈，最後放在了顧元白的身上，瞪著眼睛道：「你不許趕我回去。」

顧元白道：「這是喝了多少，一身的酒味。」

和親王卻沉默了，他只看著顧元白，好像突然之間不認識了顧元白一樣。

顧元白哈哈笑了，逗趣地道：「和親王怎麼這副表情，不認得我了？」

「你是皇帝，」和親王沉悶地道，一字一頓，「皇帝，弟弟。」

顧元白帶著鼻音應了一聲，跟太監說道：「將他帶去華儀宮裡休憩。」

太監齊聲應是。

顧元白收回視線，繼續看著皎潔月光，和親王卻不願意走，他固執地站在原地，問道：「你在看什麼？」

顧元白不理他。

和親王不依不饒，「我叫你，你怎麼不應？」

「朕懶得和醉鬼說話。」顧元白悠悠道。

和親王道：「本王沒醉。」

顧元白沒忍住笑了，他朝著宮侍道：「還不帶和親王回去？」

宮侍圍住了和親王，低聲勸著，手中拽著，半軟半硬地想要帶著和親王走人。和親王動也不動，卻耐不住旁人的拉扯。半晌，他好像醒過來了，抹了把臉道：「我吹吹風，聖上，讓我跟你一起吹一會風。」

直到顧元白點了點頭，圍住和親王的宮侍才退到了一旁。顧元白漫步在小路之間，頭頂的明月也隨他而去。

溫柔潔白的月光輕輕柔柔撒下，處處皆是雪落的一層銀光。

和親王跟在後頭，走著走著，又是頭暈眼花了起來，腳步開始不穩，經過一處假山時，他突地拽住了顧元白的手，硬生生地將皇帝拉住不動。

顧元白皺起眉，「顧召。」

和親王的呼吸一聲接著一聲，他的五指收縮，身上的酒味兒往顧元白鼻子底下鑽去。落在身後遠處的宮人正要上前時，和親王說了話：「顧斂。」

他聲音低低，「你為什麼不娶宮妃？」

顧元白冷靜回道：「朕同你說過一次，你是想讓我死在宮妃的床上？」

「可你連女人都上不了，」和親王頭也低著，只有攥著顧元白的手用力，「怎麼還能有孩子。」

顧元白道：「還有宗親，還有你。」

和親王手指抽了抽，心臟也跳了跳，「我？」

「你也會有孩子。」

和親王僵硬了，良久，他主動放開了顧元白的手，喃喃道：「不愧是皇帝。」

不愧是先帝選上皇位的皇帝。

他失魂落魄地從顧元白身邊走過，腳步有幾分搖晃，顧元白正要讓人上前扶住他，眉目突然一凝，倏地伸手將和親王拽到了他的身後。

黑暗之中亮起兩雙野獸瞳孔，兩匹狼身姿矯健，迅猛朝著這處衝來。牠們的雙眼泛著綠光，狠狠盯著和親王。

叫聲一聲比一聲危險，利齒外露，顧元白厲聲命令它們：「退後。」

兩匹狼繞著顧元白轉了幾圈，想要找機會咬上一口和親王，顧元白毫不客氣地抬腳踹了牠們兩下，指著遠處道：「滾。」

反覆幾次之後，兩隻狼嗚咽地夾住了尾巴，緩緩後退到了黑暗中。

和親王經此一出徹底清了酒氣，他後背出了些汗，「聖上，你在身邊養了狼？」

顧元白敷衍應了一聲，腦子裡想的全是薛遠說的那些話竟然是真的。

和親王眉頭一皺，「怎麼能把狼養在身邊。」

他話又說了一大堆，但顧元白卻不耐得聽。他讓人帶著和親王去華儀宮，又派了侍衛保護和親王，別真的被這兩匹狼給咬掉了手指。

和親王在走之前，不知想到了什麼，語氣突然沉了下去，「聖上，這兩匹狼是不是薛遠送給你的？」

顧元白：「是又何妨？」

和親王深深看了眼他，悶頭跟著宮侍離開。

等和親王沒了影，顧元白又散了會步，兩隻狼綴在他的身後，可憐兮兮地不敢靠近。顧元白不怕牠們，但其他人已經因為這兩匹狼而脊背發寒，緊繃得渾身汗毛立起。

「聖、聖上，」田福生小心翼翼道，「天色已晚了。」

顧元白瞧了瞧天色，「那便回去吧。」

在入睡之前，皇上還去沐浴了一番。在聖上沐浴的時候，那兩隻被養得毛髮旺盛烏黑的成年狼也踱步進了殿中，討好地將地上散落的鞋子叼到了顧元白的面前。

顧元白睜開眼看了牠們一眼，在繚繞熱氣之中勾起了唇角，「物似主人形。」

他話音剛落，那兩隻狼便放下了龍靴，好奇地伏低身子，伸舌舔起了池中熱水。

這就是薛遠這個文化人，千辛萬苦馴出來的狼？

第八十四章

文化人薛遠這兩日在路上總會打上幾聲噴嚏。

時間已晚，但北部的天還有些餘暉，行軍的眾人吃過晚飯之後，就著餘暉又開始往前趕路。

薛遠捏了捏鼻樑，副將關心道：「大人，沒事吧？」

薛遠搖了搖頭，繼續面無表情地帶兵往前走。

副將瞧著他這冰冷無情的模樣，側頭看著路旁兩側那些看著他們的災民，心中暗暗歎了口氣。

軍隊行至災區之後，就時不時會見到大批的災民。

這些災民餓得瘦骨嶙峋，看著他們這一行軍隊的眼神怯弱而恐慌，但轉而看到他們糧草的時候，那種眼神又變成了火熱的貪婪。

這些糧草，真當是鋪天蓋地堆積如山。運送糧草的軍隊強壯有力，而這些路旁受災的難民則是可憐兮兮，裡面甚至有幼小的孩童和即將餓死的老人。

被聖上養得好穿得好的大恒士兵，許多人生平第一次見到這樣的慘狀，他們心中不忍，在第一次見到這樣的災民時就想要把自己的口糧施捨出去，但薛遠也在見到這些災民後的當天下了命令，不准任何人施捨災民一口糧草。

「誰敢拿出去一口糧草，」薛遠那日舉著大刀，臉上的神情是駭人到發顫的冷漠，「按軍規處置，人頭落地。」

這話一出，頓時壓制住了所有心懷不忍的人。

但同樣，主將的冷酷無情引發了許多士兵心中的怨懟，終於在兩日之前，有幾個士兵忍無可忍，偷偷拿出了自己的一部分的糧草去救濟了即將餓死的一夥災民。然而就在當晚，軍隊準備安營紮寨的時候，就被數百個餓到喪失理智的災民包圍，他們不顧士兵警告，發了瘋地朝著糧車衝去，因為士兵們對他們的退讓，這些災民甚至舉著石頭和尖銳農具打死了幾個大恒士兵。

這樣的混亂直至薛遠帶著人殺光了所有包圍他們的災民才算平息。

動亂平息下來之後，護著糧草的士兵們喘著粗氣看著地上的災民屍體，這些災民不要命衝上來的樣子還印在他們的腦海，那種瘋狂到癲狂的眼神，讓這些士兵還有些回不過神，整個人都在發懵。

薛遠殺完了人之後，他的臉上濺著災民的血，大刀染成了暗沉的紅色，他轉身，面無表情地抬著刀指著士兵們，問道：「是誰給他們糧草了？」

將自己口糧勻出去一部分的三五個士兵咬咬牙，從人群之中走了出來。

剎那之間，薛遠臉上的面無表情瞬間變得猙獰了起來，他把大刀插在地上，大步走過去，愈走愈快，最後一拳揍了上去，把這三五個士兵壓在身下狠打，扯著他們領口怒吼，「他們就是被你們害死的，明不明白！」

他的拳頭一下下落了下去，圍在周圍的士兵們憋得紅了眼，但沉默，不知道該說些什麼。

副將心頭酸澀，被打的士兵們默默扛著揍，災民的鮮血和他們自己的血淚狼狽混雜著塵埃，天空之上的禿鷲被鮮血味吸引了過來，圍著災民的屍體不斷盤旋。

「我之前說過什麼？」薛遠脖子上的青筋暴出，他攥著士兵們的衣領，「不能給他們糧食！」

「你們以為自己做了英雄？」薛遠神情可怖，「我們是運送糧食的，這是什麼意思！這些糧食都是給邊關將士的，你們覺得這些糧食很多？那你覺得整片災地的災民有多少！」

「一根麥穗，他們都會命都不要地上來搶，哪管你們的兵馬多少，哪管你們是不是朝廷的士兵，數百人可以殺，數千人呢，數萬人呢？趕往北疆的這一路，因為你們給的這些糧食，他們能一路跟著你，一路找機會去搶去奪，」薛遠突然拽著一個士兵的領口帶著他踉蹌地走到被災民攻擊得頭破血流的士兵處，指著這些人頭上的傷口道，「看到了嗎？給老子睜開眼看清楚了，這就是你們善心的後果。」

這些受傷了的士兵沉默地抬頭，和這三五個士兵對望。那些拿出自己口糧出去救濟災民的士兵們，死死咬著牙，臉上的肌肉顫抖。

薛遠又帶著他們去看了那些猝不及防之下，不想對災民動手卻反而被災民殺死了的幾個受難士兵的屍體。

這些人眼中的淚再也忍不住了，他們跪下，痛苦的嗚咽。薛遠放開了他們，從泥裡拔出刀，又恢復了面無表情的樣子，「無視軍規，按律當斬。」

「大人——」

「將軍！」

然而他們叫了一聲之後就閉了嘴。

慈不掌兵，不令行禁止，還叫什麼軍隊？

軍法無情，不殺他們，死了的士兵，死了的災民，他們就是白死了？

都知道什麼叫軍令不可為，主將說在前頭的話若是違背，死了不冤——即便他們是好心。

薛遠走上前，他這一步邁出去，跪地嗚咽的三五個士兵就抬頭看向了他，既痛苦但卻卑微地想活下去，「將軍，我們錯了。」

手中的大刀揚起落下，薛遠親自執掌了死刑。身上的血液又多了些，薛遠甩下刀，轉身看著圍在周圍的眾士兵，「收屍。」

他冷著臉，沉默地最後看了一眼士兵的屍體，眼中晦暗不明。

沒人知道他是在為受難的士兵們而沉默，還是在為被迫殺死那數百名災民而沉默。

一直到今日，這些時日薛大人臉上的表情愈來愈少，顯得分外地漠然，但肉眼可見，整個軍隊的士兵對薛大人的信服和依賴升起，再遇見災民時，哪怕心有不忍，整個軍隊的士兵也可以板起臉，目不斜視地日夜趕路。

主將愈是理智，愈是顧全大局，士兵愈是懼怕他，軍紀就愈是嚴明。

副將若有所思，心中感歎不已。

薛大人如今年歲也才二十有四，但對待讓人一看就忍不住心中升起憐憫的災民們，他是怎麼保持這樣清醒冷酷的？

還是說，薛大人以往經歷的事情，要比如今這一幕更為殘酷？

副將胡思亂想之間，薛遠抬頭看了看天色，言簡意賅道：「通知大軍今夜在此休息。」

命令被吩咐了下去，後方的聲音嘈雜了起來。今日好不容易找到了一處乾淨的河流，前些日子備的水已經不多了，薛遠安排人輪番去河邊裝水補給，四散的哨兵趕了過來，「將軍，後方跟著的災民人數愈來愈多了。」

薛遠道：「讓他們跟。」

主將說了什麼那就去聽什麼，不只副將對薛遠歎服，這些哨兵也聽話極了，他們乾淨俐落地應了聲是，轉身翻身上馬，繼續去探查四方動靜。

還好這些災民畏懼數萬士兵的威嚴，只敢在身後遠遠綴著，並不敢上前招惹。

愈是接近北疆，薛遠的話就愈是少了起來，他的神色沉沉，只有偶然之間才會露出幾分柔和神色，但那幾分柔和稍縱即逝，眼中的想念還沒升起，就已被寸草不生的災地驅散得一乾二淨。

副將道：「大人，一起去清洗一番？」

薛遠拍拍手，「走。」

副將回頭往身後看了一眼，災民就在遠處歇了腳，因為之前救濟災民一事，士兵們對災民也開始有了警惕。即便是這麼遠的距離，這些士兵仍然戒備十足已經自覺跑到了車旁，默默守著糧草。

薛遠跟著看了一眼，沒說話。副將苦笑道：「大人的一番心意，下官知曉在心。這些糧食是運送到邊關的糧草，我等沒有權力處理，只有薛大將軍有權用這些糧草去救濟災民。他們要是真的能撐到跟著我們到了北疆，也算是有了一線生機。」

說完，副將又有些憂心忡忡，「我們的糧食雖然管夠，但我心中還是憂慮，不然將士兵們的口糧減少一些，等到北疆之後再做打算？」

說話間，兩個人已經走到了河邊，他們在下游處洗了把臉，薛遠道：「不用，就這麼吃。」

行軍數年，很少能吃頓飽飯的薛遠也沒有想到自己會有說出這樣話的一天，他不由笑了，臉色的水珠順著鋒利的下頜滴落，「聖上在後頭，糧食必定管夠。」

這已經不是幾年前了，顧元白，薛遠相信顧元白。

§

在前方將領不知道的情況下，十萬隻鴨子正在趕往北疆的路上。

不只是鴨子，更有今年收成的一部分米糧。為了顯示自己對聖上的感激，對聖上的忠心，這些豪強自覺極了，其中幾人更是一擲萬金，掏出了令人瞠目結舌的數量。

這些消息傳到顧元白耳朵裡時，他感歎不已，更是親自提筆，寫了數幅「為國為民」的字樣，派人賞給了這些捨己為人的豪強們。

能得到聖上的賞賜，這是何等榮耀的事情。得到賞賜的豪強們心中暗自生喜，出門走路都帶上了風，平白惹人羨豔。不只如此，在此次北部蝗災中獻上一份力的豪強們也會按照所出力多少得到朝廷分發的銅、銀、金三種腰牌，姓名籍貫會被官府記錄在冊，等蝗災一過，他們的姓名就會刻在石壁之上，豎起容百姓瞻仰。

這樣的舉動一出，大大小小的商戶也跟著坐不住了。

戶部連續忙了好幾天，回過神的時候，前來進京賀壽的使臣們都已經走了，唯獨留下一個有求於大恒的西夏使者。

戶部尚書湯大人同顧元白一一上報完要事之後，也說起了同西夏的榷場一事，「聖上，同西夏的互市到如今已停了三月。西夏使者心中都急了起來，已經派人往臣同戶部官員的府中送禮了。」

「是嗎？」顧元白道，「朕瞧著他們皇子的樣子，好像還挺悠閒。」

戶部尚書哭笑不得，卻不得不承認聖上說得有理。

「再晾一晾他們，看看西夏還能再拿出什麼好東西，」顧元白笑了，意味深長，「朕現在沒功夫去搭理他們。若是送禮，你們只管收，正好看看西夏的這批使者究竟是帶了多少東西來了大恒。」

說著，他搖了搖頭，「送了朕那麼厚的一份禮，結果還有餘錢在大恒花天酒地，還有東西往你們府裡送……西夏可真是有錢得很。」

戶部尚書先前沒有想到這層，此時跟著聖上的話才轉過來彎，他細細想了想，也不由感歎道：「是啊，西夏可當真是富有啊。」

君臣二人感歎了一番後，戶部尚書就退了下去。顧元白瞧了瞧外頭的天色，突然說道：「薛將軍走了有三月之久了，即便是薛遠，也有一月有餘了。」

田福生算了算時間，恭敬應是：「正是如此。」

顧元白歎了口氣，「將門將門，薛府的妻女老母怕是心中孤苦極了。」

田福生勸道：「聖上平日裡備為照顧薛府，又提了薛老夫人與薛夫人的誥命，京城府尹也時常派兵從薛府門前巡視而過，雖是滿門女眷，但仍然不敢有人上門欺辱。」

顧元白點了點頭，餘光一瞥桌旁趴著的兩匹狼，他按按額頭，道：「安排下去，朕明日親自上門去薛府瞧瞧，讓兵部尚書和樞密使陪同在側，和平日裡薛將軍關係不錯的那些官員，也挑出兩三人一同陪行。」

田福生道：「是。」

§

第二日，聖上便帶著臣子親自駕臨了薛府。

無論是薛府還是一些武官，俱因為此而鬆了口氣。

顧元白安排薛遠前去送糧，一是因為他合適，二是顧元白想告訴薛將軍，儘管去做，朕能派你的兒子去給你送兵送糧，就代表著朕相信你，朕是你的強硬後盾。

但總有些會亂想的人，將此舉猜測成聖上忌憚薛府，想趁機一舉除掉薛府父子二人的證明。這樣的人實在小覷了顧元白的肚量和胸襟，也實在是將顧元白想得窩囊了些。如今聖上親自帶著朝中重臣上門安撫，此舉一出，這些人才知曉聖上沒有那個意思。

被聖上溫聲安撫的薛老夫人更是淚水不斷，「能為聖上做事，便是死了，也是他們倆的造化。」

顧元白失笑搖頭道：「老夫人此言嚴重，此戰不難，薛將軍父子倆必定會給朕帶來大勝。」

他語氣淡淡，但就是這樣的語氣反而顯得胸有成竹，極為讓人信服。

安撫好薛府家眷之後，顧元白被請著在薛府轉了一轉。半晌，他突然想起：「薛九遙的房間是在何處？」

常玉言曾說薛遠房中的書比他整個書房的書都多，顧元白對這個說法實在是有些好奇。

薛府的小廝連忙在前方帶路，引著顧元白來到了薛遠房前。眾人留在外側，顧元白獨自一人走了進去，踏進房間一看，果然看到了許多擺放整齊的書籍。

他微一挑眉，走上前隨意抽出一本翻看，只見裡頭的紙張乾淨整潔，沒有絲毫被翻開過的樣子。

顧元白將這本書放了回去，又連抽出幾本兵書，結果都是一樣，別說有什麼看過的注釋和字跡了，這些書還留著新書特有的油墨香氣，宛如剛印出來的一模一樣。

這就是傳說當中的文化人？

顧元白坐在了書桌之後，將手中的書隨意翻開幾頁，心想，這一牆的書，薛遠不會是一本都沒看過吧？

仔細一回想，薛遠好像曾親自同顧元白說過，他是個粗人，沒讀過幾本書。

可是聽著常玉言的說法，薛遠又好像成了不可貌相的人物一般，面上不露分毫，實則深藏不露。哪個說法是真的？

顧元白翻了幾頁，正要將書放回去，腳尖卻踢到了什麼東西。他低頭一看，就見書桌之下的空檔之中正放著一個做工粗糙的燕子風箏。

正是薛遠曾經放給顧元白看的那一個。

顧元白沒有一點兒非禮勿視的自覺，他彎身將燕子風箏撿了起來，翻過來一看，風箏上果然寫著一行龍飛鳳舞的大字。

「若無五雷轟頂，那便天子入我懷。」

第八十五章

天子入我懷。

天子、入、我、懷。

顧元白坐在薛遠書桌前，被這一行字給震得半天沒回過來神。

等回過神之後，紙糊的燕子風箏已經毀在他手下了。

好啊，薛九遙。

你還做了多少朕不知道的事。

顧元白還以為打了薛遠五十大板之後，薛遠那日當真是老老實實規規矩矩了，還規矩呢，還明理呢，原來就連放風箏時，他都能拿著寫上這一行字的風箏去放給他看，都能膽子這麼大的讓侍衛們上前給他放風箏。

膽子這麼大，你怎麼不在雨天去放你的狗屁風箏呢？

風箏的紙面被顧元白捏得咯吱作響，顧元白壓著心中暗火，他將風箏上寫有薛遠字跡的紙面給撕下來團在了袖子當裡，早晚讓薛遠為自己寫出來的這句話付出代價。過程之中，顧元白心中還一直道，你還挺敢想。

天子入你懷，冷笑，他記住了。

將風箏殘骸碾碎之後，顧元白冷著臉正要出了薛遠的房間，可一從椅子上站起來，他的餘光就不經意間在床底下瞥到了一個東西。

顧元白緩步走近一看，被放在床底的是個雙手可捧起的精緻木盒，看著很是沉重珍貴的模樣，能被放在這處，顧元白似笑非笑，覺得不簡單。

「田福生。」

外頭的田福生帶著小太監走了進來，顧元白指著床底道：「把東西拿出來。」

小太監鑽到床底下把東西給拿了出來，恭敬放在了桌子上。顧元白走近一瞧，這盒子應當是因為薛遠已走了月餘，上頭已經積了薄薄一層灰。小太監得了命令，抬起袖子擦去盒上灰塵，田福生站在一旁，也瞇著眼兒好奇著盒裡的東西。

咯吱一聲，木盒被打開了。

顧元白看著裡頭的東西，半晌，「玉？」

細長細長的玉，從細到粗，一端圓潤一端扁平，瞧起來成色不錯，只是形狀分外怪異。

顧元白抬手要去拿上一塊細看，就被田福生倏地攔了下來，田福生滿頭大汗，聲音打顫，「聖上，這玉都積灰了，不乾淨。」

顧元白看了他一眼，淡淡道：「這東西是什麼。」

田福生諾諾不敢言，嘴巴張開了許多次，就是沒有一次能說出來話。

薛大人自己在房中準備了玉勢，還藏得這麼深，幹什麼用的自然不言而喻。瞧瞧，聖上這還不喜歡薛大人呢，薛大人就已經做好承受龍恩的準備了。這鐵骨錚錚的男兒郎平日裡躲在屋裡偷偷用玉勢也罷了，若是被聖上知道了，這、薛大人還有臉見聖上嗎？

但皇上問話，田福生不能不答。正當他鬢角冷汗順著滑落時，外頭突然響起了薛府小廝的稟告聲：「聖上，家中夫人送來了一些茶飲，您現在可要用？」

顧元白的眼睛往外瞟了一瞬，田福生快步出去接了茶飲，送回來道：「聖上，薛大人房屋窄小，您可要出去用了茶點？」

顧元白還沒忘了那一盒玉的事，他盯著田福生看了一會，冷哼一聲：「待會兒再問你。」讓人把這一盒玉一起給帶著離開了。

能讓田福生這麼難以啟齒的東西，又有關於薛遠，顧元白直覺此物不是個什麼能光明正大見人的東西。他準備把這東西帶回宮中，再來好好一探究竟。

約莫是回到了熟悉的地方，被薛遠調教出來的那兩匹狼興奮極了，待顧元白出了薛遠的房門之後，還來不及嘗一嘗薛府的茶點，就被這兩隻狼咬住了衣衫，帶著顧元白一路來到了狼圈前。

狼圈在薛府的深處，兩隻狼嚎叫一聲，片刻之後，狼圈中的群狼也開始狂吠不止，聲聲響徹雲霄，甚至開始撞著鎖起來的木門，木門被撞得砰砰作響，顧元白周身的侍衛們臉色驟然一變，護著顧元白就要往後退去。

然而顧元白離得愈遠，狼圈裡頭的狼就愈是狂躁，嚎叫之聲含著血性，一聲比一聲的高亢。

顧元白在身上找了一下，沒找到什麼能讓它們如此亢奮的東西。薛府的家僕聞聲匆匆趕來，見到那兩隻拽著顧元白的袖子的成年狼時，眼睛一瞪，嚇得兩股戰戰，「聖、聖上！」

侍衛安撫道：「這是薛大人送到聖上身邊的兩匹狼，不必在意。你們快來看看，狼圈裡這些狼這是怎麼了？」

家僕回過神，忙上前去查看這些狼群的情況。顧元白還記得薛遠說過的話，他可是將話說得漂亮極了，什麼府中眾狼全已被他教訓完了，都會聽聖上的話。可如今一看，一個個桀驁不馴，可不像是薛遠話中的樣子。

顧元白在心底暗暗又給薛遠記了一筆。

家僕上前之後，侍衛長低聲道：「聖上，臣等護著您先行離開。」

顧元白的雙手背在身後，落在手腕旁的衣袖就被兩隻狼分別叼在了嘴裡，用利齒勾著，不讓顧元白走。他讓侍衛長看他腳旁的這兩隻狼，「這兩個纏人的東西擋在這，朕還怎麼走？」

牠們非要讓顧元白走近看看，顧元白那便走上前了。他離得愈近，狼群的聲音便愈是激動，等走到面前時，這些狼已經趴在了柵欄上，鋒利的爪子刮著柵欄，一個個狼的脖子上面，竟然都纏著一個白色瓷瓶。

顧元白盯著這個白瓷瓶，突然伸手從最近一隻狼的脖子上拽了一個下來，在一旁眾人的驚呼聲中穩穩拔了白瓷瓶的蓋子，裡頭正放著一張捲起來的紙條。

瓶口很細，紙條不好拿。顧元白直接將瓷瓶就地一摔，宮侍在碎片之中撿起紙條恭敬送上，聖上接過，將紙條悠悠展開。

「聖上來我家中看狼，是那兩匹狼的牙崩了，還是因為聖上想念臣了？」

顧元白倏地將紙條合上，指骨握緊，雙眼瞇起，危險十足地沉了眉。

薛九遙。

薛九遙帶著大兵日夜兼程，隨身帶著那袋洗澡水，餿了他也捨不得扔。

風餐露宿，跋山涉水。唯一的休息時間就是入睡之前，有時候眾位軍官齊聚在一起，話裡話外談論的都是家中的妻女。

§

說著說著，也有人問薛遠：「將軍，您此次遠行北疆，家中的妻女應當很是不捨吧。」

薛遠盤坐在火堆旁，他的身形高大，火光照映在他身上，明明暗暗。

聽到這話，主將這些時日以來冷硬得猶如石頭一般的表情終於有了緩和的跡象，「我沒娶妻，也沒有兒女。」

周圍人驚訝，「竟然沒有娶妻嗎？」

「要是沒有記錯，將軍都已二十有四了吧？」

薛遠這會的耐心多了一些，「聖上也沒娶妻。」

「聖上……」有人笑了兩聲，「聖上還年輕呢。」

「聖上年輕，我也不老。身為臣子，自然得一顆心想著聖上，」薛遠沒忍住勾起嘴角，似真似假道，「聖上沒娶妻，我就得陪著。」

「若是聖上娶妻，將軍也跟著娶妻嗎？」身旁人哈哈大笑，「薛老將軍要發愁嘍。」

薛遠嘴角弧度一硬，颼颼滲著寒氣。

旁人沒看見他的神色，繼續笑笑呵呵地說著笑，有人問薛遠：「將軍難道沒有心上人嗎？」

薛遠心道，怎麼沒有。

他還和心上人親過又摸過了，羨慕嗎？但羨慕有個屁用，心上人不認這事。

薛遠愈想愈覺得自己真他娘的憋屈，正當憋屈著的時候，他耳朵一動，倏地抬頭看去，就見四散的哨兵快馬加鞭往這處趕來，火把飛揚，見到了薛遠就是一聲大喊：「將軍！有蝗蟲襲來！」

眾位軍官立刻收起嬉笑，翻身站起，熟練十足前去排兵佈陣。薛遠拿著刀劍，牽了馬跟上，「副將派人看顧糧草，此地距北疆愈來愈近，蝗蟲勢頭迅猛，切不可讓糧食有絲毫損失！」

副將沉聲抱拳：「是！」

薛遠上了馬，烈風蹄子一邁，就如疾風般跑了出去。他將兒女情長壓下，將腦海中聖上的臉也埋起，臉上鬍子拉碴，握著韁繩的手又被磨出了許多粗繭的印子。

奔到黑暗中的最後一刻，他突然不合時宜地想到，他的那些絞盡腦汁讓顧元白記住他的手段，是否生效了，會有用嗎？

§

十分有用。

顧元白被他氣得大半夜的睡不著覺。

從薛遠那帶回來的那盒不知名的玉件都忘記去探究了，擺在面前的是二十三個白淨的小白瓷瓶。這些瓷瓶上頭印著各色的花樣，材質普通，其中幾瓶甚至還有些微的裂口。

顧元白看著這些瓷瓶，知曉薛遠狗嘴裡吐不出象牙，但他卻還是一瓶瓶地摔碎，從裡頭拿出了一卷卷的細紙條。

這些細紙條語句含糊，踩在那條線上反覆的試探。二十三個紙條再加上顧元白白日裡在薛府中砸出來的那個紙條，幾乎連成了一篇另類的情書。

只是寫「情書」的人本質終究不是斯文的讀書人，話到半程，其中的侵略感愈強，表面的臣服愈是虛偽，最後還知道憶甜思苦，同顧元白說起以往那日在山洞中的一夜，說起了那個吻。

「聖上龍根溫如玉，」上面的字張揚極了，「臣觸手喜愛萬分，瞧著應當也是可口非常。」

後面的幾句話，都把顧元白看得有感覺了。

清心寡欲好幾年，上一次的荒唐也已經是五六月之前的事了。顧元白面不改色地看完這些紙條，手指伸入被下，但一動作，卻倍覺枯燥地停了。

一點兒也不爽，一點兒也不舒服。

以往沒覺得有什麼，現在卻覺得乏味極了。

顧元白把紙條掃到枕頭旁邊，拉上被子蒙住了頭。

半晌，他沉沉歎了口氣。

第八十六章

第第二日一早，顧元白從睡夢中醒來，就察覺到自己的火氣了。

他躺在床上緩了一會兒，自己懶得摸，休憩一刻鐘之後，火氣總算是下去了。

「身子不行，想得還挺多。」顧元白喃喃一句，拉了拉床邊的搖鈴。

用完早膳，顧元白前往宣政殿處理政務。片刻，工部尚書同侍郎二人和孔奕林一起前來覲見。

他們三人上報了棉花已成熟之事。

顧元白大喜，親自趕往棉花田地中一觀，入眼就是如雪一片的棉花田地，被孔奕林叫做白棉花的東西，果然和棉花一般無二！

孔奕林上前摘下一掌心棉花，送到顧元白跟前，「聖上，您摸摸，這東西正是臣所說的白棉花，中有絲絮，柔軟輕便。」

顧元白拿在手中揉了揉，面上滿是笑意，容光大盛，「好東西！吳卿，你們可有算了畝產？」

工部尚書也是面色紅潤，喜上眉梢，「臣前兩日便派人算了畝產，因著這半年多來的小心照料，畝產足有三百五十斤！」

大恒的斤數比現代的斤數要小，三百五十斤的產量，按現代的計數方式也不過是一百五十公斤左右。顧元白沒種過棉花，但他對這個數已經很滿意了，非常滿意。

他毫不吝嗇地讚揚了工部的官員，更是將孔奕林的功勞說得天上地下僅有，在場的眾位官員被誇讚得神清氣爽，即便是硬要壓制著笑，嘴角也壓制不下去。

稍後，聖上將種植棉花的農戶也叫過來讚賞有加，賜下賞錢之後，當即下旨，「吳卿，立即派人將所有的白棉花採摘下來，召集人手加快速度為北疆眾戰士和災民趕製冬衣，不得有分毫延誤！」

工部尚書立即應了是，又顧慮道：「聖上，恐怕布莊之中的人沒有這麼多啊。」

顧元白思索一番，突然道：「孔卿如何看？」

「為戰士和災民趕製的衣服，並不需要出眾的繡法和縝密的針腳，只需平整無誤，使棉絮不露出即可，」孔奕林道，「百姓現如今已忙完農活，家中女子都曉得一手製衣的活計，不如每日給些工錢，讓百姓家的女子前來為北疆戰士和災民趕製冬衣。」

顧元白又問：「那每日工錢該如何算？」

「不若以成衣數為準，」孔奕林不急不緩，「做好了一件衣服那便是一份的錢，手巧的自然多，手慢的也不花冤枉錢。待她們交上成衣以後，便讓專人前去檢查針腳，確定不露棉絮嶄新平整之後，再給工錢。」

顧元白輕輕頷首，「就由孔卿之言去做吧。」

§

如今都已十月了，秋風也開始轉寒，要想要在年底寒冬最冷時將新一批冬衣運送到北部，那就需要在十一月初將全部冬衣裝車運走了。

這是一個大數量，北部的士兵不論兵種，少說也有三萬人，再加上大批的災民。一套成人棉衣要用掉一斤的重量，即便棉花夠，製作冬衣的時間也十分緊迫。

孔奕林將棉花當做進身之階，他自然不會將棉花種子五粒十粒地獻上去。孔奕林知曉白棉花此物，只有夠多才能彰顯其價值。他的性子讓他即便在沒有確定是否能考中進士當官之前，就已動用了全部的錢財，去購買了足足可以種百畝地的種子。

而這些種植成功的耗費了孔奕林無數心血的白棉花，就在景平十年十月，走進了京城百姓和文武百官的眼中。

這一日一大早，已經養成習慣了的農漢三三兩兩往官府門前走去，到了官府門前時，人頭已經圍了好幾層。百姓們等了沒過一會兒，官府中平日裡給他們讀《大恒國報》的官差就準時走了出來。

但在讀報之前，官差清清嗓子，大聲道：「咱們朝廷要為北部的士兵和災民趕製冬衣，京中的布莊人手不夠，若誰家女眷有心想要賺些工錢，儘管來官府記名，明日一同前往布莊去趕製衣物。」

此話一出，百姓群中轟然，不時有人追問「是朝廷給錢嗎？」「工錢怎麼算？」「若我婆娘去，她自個兒能行嗎？」

「大人，我婆娘的手藝好，女兒的手藝不行，你們是需要帶花兒帶鳥兒的衣服嗎？」

官差一一解釋，最後道：「諸位不必擔心，進出布莊的全是咱們宮中的女官，她們會負責你們家中女眷的膳食和安危，外頭還有咱們的官兵守著，每日太陽落山之前必定會回到家中。這一塊兒，大傢伙安心罷。」

說完後，官差又解釋了良多。

許老漢就站在其中，他聽得仔仔細細，聽完之後，回家的路上也一直在想著這事。思來想去，他覺得這是聖上和朝廷想幫他們過冬，才給他們一個能在農閒時候掙工錢的活計。

許老漢回到家中就將這件事同家裡的人說了，家裡女眷一聽，都是面上一喜，「就我們這手藝，也能去掙朝廷的工錢嗎？」

許老漢一板一眼道：「那妳們可不得好好練練，咱們不求快，不求錢多，就求個穩當。這可是給將士們穿的衣服，沒準妳們做出來的衣服還能被咱們大恒的將軍穿上！這事可不能著急，知足常樂，貪財得貧，妳們得比在家裡時更認真，要是妳們一個個都為了工錢，那還不如不去。」

許老漢的婆娘嗔怒道：「我們還不知道這事嗎?!給士兵穿的衣服當然要認認真真的了！就你，天天出去聽《大恒國報》，瞧瞧，現在說話都一股子讀書人的味道了。」

許老漢嘿嘿一笑，頗有幾分自得：「不一樣嘍！不一樣嘍！」

婆娘瞪了他幾眼，也忍不住笑了，跟兒媳道：「還別說，他聽人家念報聽得多了，懂的事兒也多了。有時候和我一說話，把我說得一愣一愣的，真跟讀書人一樣了。」

飯桌上的一家人都笑了，大兒子琢磨這個事，跟幾個兄弟商量一下道：「娘，要不您就別去了，就讓雲娘她們幾人去就好。」

「是啊，」大兒媳婦道，「您就在家好好歇息，咱們幾個妯娌，必定將這事給幹得好好的！」

幾個女人的臉上帶著喜悅和緊張的神色，她們可從沒有自己去掙過一份工錢，男人們不在，她們是有些忐忑和不安，但更多的是躍躍欲試。

許氏立刻瞪大了眼，想也沒想就拒絕道：「不行不行，我一定要去。你們都不用攔著，家裡就我的針線活最厲害，我去了，幾個媳婦兒也有個主心骨。」

幾個兒子勸了許久也未曾勸動，只好點頭同意。

第二日一大早，許氏就帶著兒媳們出了門，她們心有忐忑，但在路上一看，家家戶戶都走出了人，無一例外都是女人。眾人你看看我，我看看你，心中都安定下來，三三兩兩一同往官府而去。

記上姓名夫家之後，眾人低聲交談著，沒有多久，宮中就來了人，客客氣氣又溫和地將人帶到了布莊當中忙碌。

等天大亮之後，眾多漢子前去聽《大恒國報》的時候，也在說著這件事。家中的婆娘都走了，說不擔心是假的，許老漢自己聽完《大恒國報》後就在家中等著，幾個兒子也坐不住，等到晚上天色都暗了，家人開始著急的時候，許氏帶著媳婦兒紅光滿面，笑得見牙不見眼地大步朝著家裡走了過來。

許老漢和兒子們這才鬆了一口氣，「這是出什麼好事了，今天就拿到工錢了？」

許氏和媳婦們坐到位子上，笑著道：「哪裡能這麼快？這一套冬衣趕製出來，就是一天到晚什麼都不做，手快的也得需要兩三天。」

許老漢納悶：「那妳們這是？」

「我們開心著呢，」許氏讓兒媳將東西拿了出來，「朝廷給我們準備了午飯，那米香噴噴的，包管你吃飽，還不只是好米，還有好幾樣的菜。說起來你們都不信，我們今個兒中午可是吃到肉了，味兒都現在還沒散呢！」

兒媳小心翼翼將油紙包著的糕點拿了出來，許氏道：「瞧瞧，這是照顧咱們的女官給我的糕點，女官說了，這是因為我做得又快又好才賞下來的。這糕點可是皇宮裡皇上吃的糕點，可不便宜！」

許老漢一驚，跳起來道：「聖上吃的糕點妳還在計較便不便宜！這哪裡能吃，快供起來！」

許氏一把奪過了糕點，白了許老漢一眼，「布莊裡頭的女官可是說了的，這糕點拿回家就是留著吃的，你供起來還白瞎了這些糕點，要供你供你的那份去，我們還得吃呢！」

許老漢啞口無言。

家中的小兒跑了過來，見著奶奶手中的糕點就撲了過來，抓著就往嘴中塞去，囫圇吞棗咽下之後，就眼睛一亮，「奶，真好吃！」

小兒還要再抓，但卻被家中長輩抓住了手，長輩氣得臉色漲紅，「慢點吃，細點吃！你嘗嘗味啊，你怎麼能這麼吃？」

小兒懵懂，長輩們歎了口氣，也跟著小心翼翼地抬手捏了一塊糕點，放進了嘴裡。

又甜又香，原來宮裡頭的糕點是這個味啊。

許老漢嘗了又嘗，品了又品，等最後一點味兒也沒了，他才停下咂嘴。再讓他吃，他不捨得吃了。家裡的長輩們把糕點讓給了小兒，小兒被看得緊張，也學著長輩的模樣，一板一眼地珍惜。

當天晚上，許老漢和許氏躺在床上，琢磨這一天的味兒。

「沒想到還有能見著宮中女官的一天。」

「沒想到還能吃到皇宮裡的糕點。」

「那些士兵們冬天冷，沒衣服穿，我得快兒點，別把他們給凍壞了。」

「是要快，但也別急，」許老漢道，「等朝廷發了工錢啊，妳們做主，一人一身新衣裳。」

深夜漸晚，鼾聲漸起。京城之中陷入安寧，空中明月懸空。

第八十七章

朝廷用民做事，那就一定要在方方面面顧慮好細節。萬事按著章程來做，既不可欺壓百姓，也不可由百姓中飽私囊。

聖上將趕製冬衣的時間壓得很緊，負責此事的官員們打足了精神，力求將效率提到最高。

自古打仗，其實打的不只是士兵的戰爭，更關鍵的則是後勤的戰爭。遊牧民族用肉乾當做口糧，他們不需要後勤，可以快速地發動進攻，這正是他們的優勢，但在如今蝗蟲肆虐、大恒糧食充足的情況下，他們這個優勢就不存在好了。

顧元白和眾臣商議的時候，仗著大恒如今國庫和糧倉滿溢的底氣，也就直說了，「朕不只要送冬衣去北疆。大恒的士兵辛苦，但辛苦不能連年都過得辛苦，朕要讓他們在遊牧人面前好好地過一個年。」

臣子躬身追問：「聖上，何為一個好年？」

「吃飽穿暖，有滾燙的肉湯喝，有鮮美的大餅吃，」顧元白看向他們，「那些豪勢送了十萬的鴨子前往邊關，也快要到了吧？」

「驛站的人來信，已快要到達北疆了，」戶部尚書沒忍住笑瞇了眼，「薛將軍來信時曾說，蝗蟲在七月就開始在北部肆虐，他到達北疆時，情況已經十分嚴重。秋蝗三月一死，待到十月中旬，應當就進到若蟲期了。」

參知政事接道：「十萬隻鴨子在九月就送上了路，再晚，也能在這個月底送到北疆手裡。到時正好趕上了蝗蟲的若蟲期，吃完了蝗蟲之後，正好也可以給戰士們加加肉。」

「豪勢富姓們這次做得不錯，」幾個大臣笑了，打趣道，「終於算是做了一件人好事了。」

顧元白笑了，「省了我們好大的一筆功夫，但這還不夠。蝗災到了如今，只要後方的糧食跟得上，對前方來說已經算是過去了危機。諸位卿，朕現在想要的，是同遊牧人的一場勝利。」

「要讓遊牧人知道大恒的底氣，」聖上道，「他們向來自得於自己的戰績，自得於自己的駿馬與自己的牛羊，此次蝗蟲一出，大軍壓境，不讓他們知道自己有多麼弱小都浪費了這次的機會。」

「他們沒有糧食吃，沒有冬衣穿的時候，咱們的將士要吃得好穿得好，要有充足的力氣和精神去應對遊牧人的騎兵，」顧元白道，「糧食，冬衣，肉……年底了，百姓家尚且會吃頓豐盛的年夜飯，這些為朕打天下的士兵，也要好好過個年。」

眾位臣子應是。

午時，顧元白留下眾位臣子在宮中用膳。宮中的膳食精美，味道可口，但今日卻有一道紅黃交加的鮮豔菜肴，樞密使試探嘗了嘗，「咦，這是什麼，味道不錯。」

酸甜可口，鹹味適當，分外的可口。

田福生道：「趙大人，此菜是紅燈果子炒蛋。」

樞密使奇怪：「紅燈果子為何？」

「紅燈果子是黃濮城的縣令在當地發現的一種果子，」田福生，「這果子顏色漂亮，小巧圓潤，食之無害，無論是做菜還是熬湯，都別有一番風味。」

大魚大肉吃多了，番茄炒蛋是真的開胃。自從太醫院確定這些紅燈果子對人體沒有危害之後，顧元白就把番茄搬上了菜桌。番茄炒蛋只是基礎，番茄牛腩、番茄湯拌麵、糖拌番茄……他已經吃了好幾天了。

眾位臣子對紅燈果子分外好奇，等午飯之後，顧元白讓人送上清洗乾淨的紅燈果子，讓他們人手一個嘗一嘗。

眾臣試著嘗了一嘗，這口味十分的奇妙，汁水泛酸，但果肉又泛著甜，但還別說，這東西愈吃愈覺得好吃。既可入菜，又可生吃，臣子們接二連三地誇讚道：「聖上，這紅燈果子是個好東西。」

顧元白忍笑不禁，「但再好的東西，朕這裡也沒有多少了。此番眾位大人嘗一嘗味就好，待到明年種下長出時，才可知這東西的畝產多少。」

臣子們不由露出幾分失望神色，吃著剩下的紅燈果子時，咀嚼的速度也放慢了許多。

下午，各位臣子回到了各自的衙門處。而顧元白則留下了戶部尚書，帶著人換上常服，坐上馬車出了皇宮。

尊貴無比的皇帝陛下，帶著人來到了京中的菜市之中。

顧元白親自從菜市的路頭問到了路尾，從一個雞蛋的售價問到了一斤兔毛的售價。他的氣質斐然，衣著即便再低調，在百姓之中也是鶴立雞群。但顧元白語氣溫和，態度親切，被他問話的百姓雖然拘謹，但並無多少害怕。

「公子，你若是買得多，我們這價位就會更便宜，」賣著自家雞蛋的農戶搓著手，小心翼翼道，「我家的雞蛋又大又好，是最便宜的了。」

顧元白看了看，果然點了點頭，「老伯，若我買得多了，還能再便宜多少？」

「一斤雞蛋便算十二文銅錢。」農戶老老實實道。

顧元白了然。

他一路走過來，將各物件的售價明白的大致清楚了。等到同戶部尚書坐上回程的馬車時，他感慨道：「外頭的雞蛋是十二文銅錢一斤，可這雞蛋入了宮，就變成一百二十文錢一個了。」

戶部尚書不敢說話。

「該說朕不愧是皇帝嗎？就連這一模一樣的雞蛋，到了朕的飯桌上就成了金雞下的蛋了，」顧元白打趣，「是朕配不上去吃這十二文錢一斤的雞蛋。」

「聖上，」戶部尚書頭頂大汗淋漓，「內廷的帳目，這……」

「湯大人，你瞧瞧這才過了多久，」顧元白搖了搖頭，歎了口氣道，「朕才清了內廷不到一年吧？但天下熙熙皆為利來，天下攘攘皆為利往，這不到一年的功夫，就有人敢在朕眼皮底下鑽空子了。」

戶部尚書完全不知道該在此時說些什麼，馬車一晃一蕩，他背後的汗已經隱隱浸透了衣服。

「太府寺，少府監。太府管著內廷的庫儲和出納，現如今的太府卿和湯卿也是熟識，」顧元白悠悠道，「少府監從未出過什麼事，太府寺的事情倒是一件接著一件。前些日子反貪腐剛過，前太府卿正好逢上丁憂，這便辭官回鄉守孝去了。這新上任的太府卿約莫是不瞭解朕的脾性，他甫一上來老實了還未到兩個月，這便把雞蛋給變成了金雞蛋了，你說，之後朕還能吃得起雞蛋嗎？」

戶部尚書腦中神經緊繃，既為這一句「熟識」而膽戰心驚，又恨太府卿這沒腦子的貪財行為。

皇帝陛下的脾氣，對貪污的態度和零容忍，這個太府卿如今還不明白嗎？

馬車正好停下，顧元白拍了拍戶部尚書的手臂，語重深長道：「朕聽聞湯卿正為家中女兒相看親事，這女兒家的親事可是無比重要的事，湯卿要多看多思，萬萬不要隨意就下了決定。」

戶部尚書這才反應過來，聖上對他說這一番話的意思。

最近戶部尚書確實在猶豫是否要同太府卿結成親家，聖上如今單獨對他說這樣的一番話，恐怕就是在提前提醒他，莫要和太府卿有過多牽扯，這是聖上對他的愛護啊。

戶部尚書心中一鬆，感動得熱淚盈眶，他俯身行了個大禮，「聖上今日所言臣字字記在心中，銜草難報皇恩，聖上對臣的愛護，臣真是萬言難以言其一，只恨不得為聖上肝腦塗地，萬死不辭。」

顧元白點了點頭，含笑安撫他兩句之後，便讓他下車了。

太府卿其實自從反貪腐之後一直老老實實，近期才開始有貪污意向，但他這手腳剛做，就被顧元白給發現了，不得不說也是一個倒楣蛋。

京城中，顧元白一邊忙著處置太府卿，一邊忙著緊盯著棉衣事宜。

而在北疆。

十月中的時候，一路草行露宿的送糧軍隊終於與北疆士兵匯合了。

薛將軍在大風中迎來了這一條長長的隊伍，也迎來了被這條隊伍護在中央長得見不到尾的糧車。

這些糧車各個裝得堆積如山，一個緊挨著一個，平曠荒涼的平原兩側，聽到聲響的難民從災民居中走出，愣愣地看著這些糧食。

從他們面前經過的糧車打下一道道影子，這影子將他們罩在底下，都遮住了太陽，遮住了天上的雲。

駐守在邊關的士兵們眼睛眨也不眨地看著這些糧食，薛將軍臉上憔悴的神情在這一瞬間變得神采奕奕。

「看到了沒有？看到了沒有？」老將激動，「我就說！我就說聖上一定會送大批糧草前來！你們信不信？你們信不信！」

駐守在邊關的這些士兵和被薛將軍救助的這些災民，已經吃了一旬的稀粥了。

薛將軍到了北疆之後，就無所不用其極地去救濟災民，然而災民太多，帶來的糧食不夠。在等待朝廷送糧的這一段時間，不知從哪裡傳起來的謠言，說是朝廷不願意往北疆送糧。

被薛將軍從京城帶往北疆的士兵們對此說法不屑一顧，他們是被聖上養起來的兵，聖上對兵如何，他們最是清楚。但原本就駐守在北疆的士兵們慌了，他們經歷過最黑暗的一段時間，即便這一年來朝廷運往邊疆的糧食穩定，給他們換了盔甲和刀劍，但他們還是害怕，恐慌開始在他們之中傳播，聽聞此事的薛將軍直接抓住了傳播謠言的源頭給斬了，才暫時將一部分的士兵們安穩住。

但這一部分的士兵心中還是擔憂，隨著時日的見長，他們甚至開始心中升起了絕望。

然後就在這種絕望之中，他們等來了朝廷送來的糧。

送糧來的大軍已經走近了，但即使是走近了，那些糧食仍然看不到尾，好像就沒有盡頭一樣。

駐守北疆從未離開的士兵愣愣道：「怎麼會有這麼多的糧食……」

京城的士兵驕傲十足地道：「聖上愛護我們，當然會給我們運送多多的糧食。不就吃了十天的稀粥嗎？我都不知道你們為什麼這麼慌。」

士兵只顧著看糧食，來不及回他的話，眼睛都要轉不過來了。

這麼多的糧食，能有多少人一輩子能見過這麼多的糧食？

反正常年駐守在邊關的這些將士們，他們中沒有幾個人曾見過這麼多的糧食。不知不覺間，這些從未見過如此多糧食的人被身邊人一提醒，自己摸摸臉，才知道不知道什麼時候，他們竟然眼睛濕潤了。

哭什麼啊？

士兵們茫然。

他們只是看了一眼糧食，看不夠，又多看了幾眼而已，心裡面還沒琢磨過來味兒呢，怎麼就對著這麼多的糧食哭了？

他們正想著，就聽到突然有嗚咽痛哭聲在兩旁響起，愈來愈響亮。士兵們扭頭一看，原來是被薛將軍聚集在這一塊的災民們正三三兩兩地抱在一起痛哭。這些前些日子滿臉寫著麻木的災民們，在看到這麼些糧食之後好像突然有了宣洩的管道，一個人哭得引起了一大片的哭聲，止也止不住。

有糧食了啊，他們得救了。

第八十八章

這是因為餓怕了。

在蝗災肆虐和餓殍遍地時，糧食是最硬的通行貨，也是最讓人心安的鎮山石。薛將軍見到災民如此，見到北疆士兵如此，心中酸澀又難受。

兩個月前，他帶著兵糧一踏進災區，抬頭是遮天蔽日的蝗蟲，低頭是餓得瘦骨嶙峋的災民屍體。何為地獄？不親眼看上一眼，旁人想得再多，也想像不出來人間煉獄是何等的模樣。

人餓極的時候是沒有理智的，什麼都可以吃，樹、草，甚至地上腳下踩著的土，混著水也能硬吃下去，但這土，人吃多了就會死，等沒有東西可吃之後，最後就是人吃人。

這等的慘狀無法用言語文字去轉述，薛將軍寫給聖上的摺子之中，也只寫了「餓殍遍地」這四個字。

蝗災爆發最早最嚴重的地方，女人和孩子，瘦小的男人，他們不只是自己餓，他們還得時時恐慌自己會不會被別人吃掉，自己的妻子、自己幼小只會哭泣的孩子會不會成為別人的口糧。

這樣的場面哪怕是最有靈氣的讀書人也會愣住拿不起筆，薛將軍有心想將災區嚴重的情況一一轉述，可能轉述什麼呢？處處嚴重，之後就沒有能單獨拿出去寫的東西了。

八百里急報派人快馬加鞭送往京城的時候，薛將軍還擔心他寫上去的文章是否無法將北部蝗災的嚴重說清楚，會擔憂朝廷是否會重視，是否會派來大量的米糧。

直到看到擺在面前的這些一眼看不盡的糧草時，他才徹底安下了心。

一個將軍最感恩的事，就是在前線打仗時，後方的皇帝能信任他並用盡全力的支持，這很難，不只是說起來那麼簡單，但當今聖上就做到了。

老將軍很是激動，看到帶頭的薛遠之後更是暢快大笑，「我兒，你來得慢了些！」

薛遠的容顏一露，常年駐守在北疆的士兵就驚呼一聲，「薛九遙！」

「薛九遙竟然回來了?!」

薛遠坐在馬上居高臨下地看了薛將軍一眼，嘴角一勾，「薛將軍數月未見，倒是滄桑了不少。」

他翻身下了馬，走到薛將軍跟前行了禮，朗聲道：「下官薛遠，奉聖上之命將糧草送到，還請將軍審查。」

薛將軍笑容止不住，「好好好。」

他拍著薛遠的肩膀，一時之間眼角也有些濕潤，「聖上竟然派你來運送糧草，聖上這是看得起你啊。」

薛遠咧嘴一笑，「這是當然。」

薛將軍同幾位將領拉著薛遠說了幾句話，隨後就一同去檢查了糧食數量。即便帶隊的人是薛遠，薛將軍也公私分明，等最後查完之後，他們也被這些糧食的總量給嚇了一跳。

「這都能吃到年後了吧？」

這麼多的糧食還有送糧食的數萬大兵，薛將軍琢磨著不簡單，他正想將薛遠叫來問問話，卻被人告知，薛遠已經帶著眾位將領前去清洗自己一番了。

薛將軍眼睛一瞪，怒罵一聲兔崽子，也不琢磨了，「把糧食卸車，萬事不管，先讓大傢伙吃一頓飽飯！」

等薛遠清洗完自己從房裡出來後，就聞到了四處飄香的糧食味道。

他抹了把臉上的水，抬眼看著四處飄起來的白煙，慢條斯理在軍中看了一圈。新來的兵聽過薛遠剿匪的名聲，以往的兵知曉薛遠駐守北疆的大名，他這出去一逛，軍裡不少人都知道薛九遙回來了。

薛遠的名號對北疆士兵來說當真是響噹噹，裡頭不少人都曾跟著他出入戰場過，偶爾薛遠從他們身邊經過，他們還會恭敬地道一聲：「少將軍。」

在以往盧風掌權時期，薛遠的功名都被薛將軍壓了下來，即便之後聖上掌權，因著薛將軍的謹慎和擔憂，對當今聖上的脾性也不曾瞭解，因此也沒有為薛遠表功。薛遠在邊關時自然沒有位列將軍之位，只是他以前桀驁，別人這樣叫他，他也就光明正大、理所應當地應了。

現在聽到這樣熟悉的稱呼，薛遠卻第一時間想起來了顧元白，突然有些慶幸顧元白不知道這事。否則這小沒良心的，定會懷疑他用心不良了。

薛遠把自己曾經野心勃勃妄圖登高位的想法故意忽略掉，悠悠閒閒地走到了薛將軍的營帳當中。正好飯菜已上，薛將軍停下與幾位將領的商談，讓他坐下一同用膳。

飯桌之上，薛將軍一顆忠君之情無處傾瀉，只能不斷地問薛遠：「聖上如今如何？」

薛遠一聽這話，眉眼之中就染上了陰翳，「我一月有餘未見過他，我怎麼能知道。」

薛將軍不知道他怎麼心情突然變壞了，「那你走之前，聖上怎麼樣？」

「臉軟得跟天上的雲似的，」薛遠筷子頓住了，不知道想到了什麼，「還是瘦，手上就剩骨頭了。」

薛將軍前半句沒聽懂：「什麼叫臉軟得跟天上的雲似的？」

薛遠沒聽到他的聲音，他已經完全陷進去了，骨頭都泛著酥人的癢，「他生辰時我也沒在，以往他生個病，踩在溫泉池邊的白玉磚上都會渾身乏力，只能讓人背著。我這一走，誰還能背著他？」

「也不一定，」他忽然滲人一笑，「老子去荊湖南待了一個月，回來還發現他變得氣色更好了呢。」

「他身邊這麼多人，叫誰背不是背？」

薛將軍聽得糊裡糊塗，雲裡來霧裡去，「薛遠，我在問你聖上的身體怎麼樣！」

薛遠回過神，瞥了他一眼，不耐地壓低劍眉，「好著呢，不用你關心。」

「我怎麼能不關心！」薛將軍勃然大怒，「聖上對我如此關心愛護，如此信任於你我，我怎麼能無情無義，連聖上的龍體都不去關心？」

薛遠：「有我關心著。」

薛將軍一愣，怒意霎時間褪去，變得樂呵了起來，「好好好，我兒切莫要忘記這顆忠君之心，你我為人臣的，就得這樣才對。」

薛遠摸摸心口，勾唇一笑，眼中有沉沉笑意轉瞬即逝，「那這顆忠君之心跳得還挺快。」

§

這些時日，一直同邊關將士們拉鋸的遊牧民族正是契丹八部之一，首領名為日連那的一部。

薛遠帶著兵馬糧草送到北疆的陣勢很大，日連那派出去的哨騎看到此事之後就連忙趕回了部落，將大恒士兵又往邊疆派了軍糧的事情告訴了首領。

日連那聽聞此事，布袋中的牛肉乾都不香了，他皺眉道：「大恒皇帝派來了多少人？」

哨騎凝重道：「足有上萬！」

「嘶——」日連那倒吸一口冷氣，追問道，「領兵的人你們可看見了是誰？」

「他們也有哨騎探路，我們不能過於接近，」哨騎道，「雖然沒有看清是誰帶的兵，但能瞧出領頭的主將似乎是個年輕人。」

日連那鬆了口氣，哈哈大笑，「怕不是大恒朝廷只剩下兵了，連個能用的將領都沒了吧？哈哈哈哈，薛平那個老東西年紀大了，朝廷是不是以為派個年輕的人來了就行了？不用擔心，像這樣毛都沒長齊的將領，來一個我日連那殺一個！殺到這群毛頭小子見到我就被嚇得屁滾尿流為止！」

圍在一起的屬下也跟著放聲大笑。

笑完之後，想著哨騎所言的連綿不絕的糧食，日連那的臉上閃過貪婪，「我們的馬匹已經很久沒有吃過一頓飽飯了。這麼久以來，我們的戰士都吃掉多少隻牛羊的肉乾了，你們還記得大恒女人的滋味和大恒糧食的滋味嗎？」

屬下們滿臉凶悍，「首領，我們已經被薛平那個老東西打回來數次了，這次來了個年輕人，說不定還是從沒上過戰場、從沒和我們交過手的年輕人，從他這裡突破，必定能給那個老東西一次重擊！」

日連那殺氣沉沉，「說得沒錯，我們這次一定要連本帶利地殺回來。」

屬下之中有人開口道：「不只如此，首領，如今契丹八部的大首領快要死了，我們要是能在大首領死了之前做下一番大事，下一個契丹族的大首領恐怕就是您了啊。」

此言一出，日連那就動心了。

不錯，此時正值大首領彌留之際，朝廷來了個年輕蛋子的事要是被其餘幾部的首領知道，他們必定會為了搶奪功勞而對大恒人發起劫掠，現在是日連那最先知道這個消息，他也離得最近，這不正是上天想要賜給他的功勞嗎？

薛平那個老東西嚴防死守，但是現在，這個鐵板出現了一個大大的漏洞了。日連那要是不踹上這個漏洞一腳，他就是死了都會後悔。

殺，必須殺！

要讓這些個新兵蛋子知道什麼是人世險惡，要讓領兵的這個毛頭將軍知道什麼叫做惡夢！

第八十九章

薛遠吃飽了飯後就出去看了士兵給災民們賑災的情況。

這些餓了許久的災民們殷勤排隊地等著拿糧，看著前頭的眼睛裡都是希望，數排數人，佈滿了整個空地。隊伍望不到頭，一眼就是密密麻麻的人頭。

薛遠問道：「跟在送糧隊伍身後的那群災民，你們將他們安置了嗎？」

正在負責看著士兵發糧的軍官回道：「我等已將這群災民安置了，只是這些災民餓得太久，現如今只能吃稠菜粥，伙房正在熬著這些粥。」

薛遠言簡意賅，「派個人帶我去難民住處看一看。」

軍官派了一個士兵跟上，薛遠走進難民居中一看，見到已經有不少人領了口糧，正圍在一起用瓦罐煮著飯。

這些災民被安置在北疆，因為人數太多，許多人的安置之處甚至不能稱之其為房子。四面漏風、屋頂漏雨，薛將軍忙碌之中，只臨時建起了一些容納災民的災民居，但在北疆的寒冷之中，這樣的房子不管用。

北疆太冷了。

薛遠知道這冷是個什麼滋味，知道北疆的雪嘗起來是個什麼味道。聖上喜歡他熱，嫌棄他熱，但即使是熱氣騰騰不怕冷的薛遠，在北疆的冬日也會被凍得手腳僵硬，邁不開腿。

如今快十月底，再這樣下去，即便有糧也會凍死許多的災民，這些災民的命不值錢，一凍死就是一大片。但寒冷和蝗災之後，可能還會因此而引發人傳人的疾病。

小皇帝之所以派了如此多的的藥材和大夫，正是因為顧慮這點。

薛遠看完一圈之後，當即帶著人駕馬拉車去找建房的用材，準備在真正能凍死人的冬日來臨之前，建起最起碼能讓人活命的房子。

他說幹就幹，帶著人手幹得熱火朝天。薛將軍知曉他要做的事情之後，又多分給了他一部分人手，人多力量大，做起來也就更快。

將建房的用材找回來之後，北疆的災民也知曉軍隊們打算做些什麼了，他們默默站起身，也跟著忙了起來。

薛遠將最重的一塊石頭給扔在了地上，拍拍手，又從懷中拿起匕首去削尖木頭。一旁正在劈柴的士兵滿頭大汗，瞧見他如此就大聲喊道：「少將軍，來一手！」

薛遠手上的匕首繞著手轉了兩圈，上下翻轉出了朵花兒，這一手厲害極了，刀芒寒光閃現，在木頭上折出好幾道烈日的白光。

建房子的士兵們和災民被叫好聲吸引，往這邊一看，倒吸一口冷氣，也跟著鼓掌叫好了起來。

這些士兵因為駐守北疆，時刻要面對蝗蟲和遊牧的風險，外有慘不忍睹的災區情況，內有糧食逐漸減少的危機。在連續吃了一旬的稀粥之後，士兵們的士氣很是低落，他們內心深處一直惶恐而不安。薛遠帶來的糧食是一記重拳，將他們的不安給擊碎。但這還不夠，士兵和麻木的災民們，需要一場徹底的狂歡來鼓舞士氣，燃起新的希望。

一場勝利。

北疆得要一場勝利來鼓舞人心。

薛遠想了一會，懶懶地將匕首挽出了最後的一朵刀花，漂亮地收回了手。

周圍站著看熱鬧的軍官們帶著士兵叫好聲不斷，更有人蠢蠢欲動，在起哄聲中直接上去打了兩套拳。

他們熱鬧他們的，薛遠則又低下了頭削著木頭，但不知何時，握著匕首的手卻不由自主地在木頭上刻下了三個字。

最後一筆落成的時候，薛遠都不知道這名字的第一筆是怎麼刻出來的。

他出了神，拇指摩挲過字跡，曾在北疆同他一起上過戰場的將領楊會走近，低頭一看，洪亮十足地問：「少將軍，這是什麼字？」

薛遠的指尖正好摩挲到中間的字眼上，他笑了笑，裹著風沙和風吹不散的想念，「元。」

顧斂，顧元白。

楊將軍恍然大悟，「這不就是少將軍的名嗎？」

「可不是，」薛遠笑了，「這就叫做緣分。」

薛遠，薛九遙。

實在太配了。

配得老天爺都不捨得拿雷劈死他。

薛遠心情好了，在「顧元白」三字的旁邊再龍飛鳳舞地加上了「薛九遙」三個字，自己欣賞了一會，怎麼看怎麼舒服。

但刻了這六個字的木頭是沒法用了，或許還得毀掉，薛遠一想到這就皺起了眉。他突然起身，帶上木頭和匕首，大步往軍營中走去。

「少將軍？」後方的呼喊逐漸遙遠。

薛遠這會兒的心口正火熱著，年輕人的衝勁在他身上是直衝雲霄的增長。他回營帳之中拿起大刀配在腰間，牽走烈風翻身上馬，揚鞭起馬：「駕！」

烈風如箭矢般奔了出去，從邊界一直往契丹族的地盤跑去。

契丹族之中最靠近邊關的就是日連那的部族，薛遠悄無聲息地駕馬接近，躲過了哨騎，在日連那族人營帳的正東方百里處勒住了馬。烈風揚起蹄子高昂一聲，停住了疾風般的奔馳。

薛遠正了正衣袍，下了馬，將那根刻有他與顧元白名字的木頭豎著插進了土裡。

厚厚泥土蓋起木頭，薛遠站在這看了一會，記住大概位置，笑了。

草原上東邊最早升起來的太陽會最先照耀著這片土地。

敵人的腳底下藏著薛遠的這分心意，等這片廣袤的草原屬於顧元白的時候，大恒的皇帝會親自發現這個秘密。

風沙帶不走，大雨沖不走，顧元白一日不接受薛遠，那長木就永遠直立不倒。除了薛遠，除了天地，誰也不知道。

薛遠翻身上了馬，駕著烈風轉身，快馬在冷風中飛馳。

他踏出日連那的地盤時，壓低身體回頭看了一眼身後已經小如螞蟻一般的契丹族營帳。

日連那。

你離得這麼近，你不死誰死。

§

日連那覺得攻打毛頭將領的事宜早不宜遲，兩日後便開始派兵馬前去試探，與大恒巡邏守備的士兵發起了多次平原突擊戰。

雙方各有勝負，但因著契丹族的馬匹多日以來從沒吃飽過馬糧，現在虛弱無比。巡邏的大恒士兵按著主將所說，未曾用盡全力，因此給了日連那一種彼此實力拉鋸的感覺。

但即便是這樣，對一向自得於自己戰績和騎兵的契丹人來說，都是一場侮辱。

幾場遭遇戰、突擊戰下來，日連那心中有了數，準備了十天後便組織了大批的騎兵壓境，兵分兩批，從東西兩側逼近大恒邊關。

大恒營帳之中，薛老將軍從西側迎擊，派給薛遠三千騎兵和五千步兵從後方抵禦外敵，薛遠領命，帶著八千兵馬前往敵人目的地排兵佈陣。

八千士兵站姿規整，形成了薛遠所佈置的迎戰方陣。他們穿著精良的裝甲，拿著鋒利得反著寒光的刀槍。經過十幾日的休養，士兵重新變得精神勃勃，盔甲下包裹的是力氣十足的強壯身軀。

大恒的床弩擺在四方，巨大的連弩武器可萬箭齊射，形成巨大而密集的箭雨陣型，每個床弩都有三至五個士兵作為床弩手操作。

這場戰爭看在薛遠的眼裡，已經勝負分明了。

遊牧民族的騎兵強悍而凶猛，但他們的駿馬已經虛弱無比，衝不起來跑不起來。而遊牧民族使用的武器還停留在最為基礎的弓箭和刀槍之上，他們被長城所隔絕，沒有學習製作武器知識的路徑，而在他們原地打轉的時候，大恒的士兵，卻已經人手一把弩弓了。

契丹人這怎麼贏？

薛遠看著遠處逼近的敵人騎兵，挑眉深深一笑，吩咐士兵做好迎擊的準備。

日連那親自帶兵繞路趕往東側去迎戰薛遠，大批的騎兵軍隊還未趕到城下，已經看到了城池下準備迎戰的士兵了。

日連那眼中閃過殘忍的殺虐欲望，「那就是朝廷派來的將軍嗎？」

副將點頭道：「應當就是了。」

他們的野心被大恒的糧草激起，眼中火光滔天。全部的族人聲勢浩大，嚎叫著殺喊著往前衝去，一直衝到了薛遠的面前。

這樣大的陣勢，往往能將新兵蛋子給嚇得腿軟，騎兵還沒衝到敵人跟前，日連那就已經想到了勝利的結局，哈哈大笑了起來。

然而下一刻，他大笑的表情就凝在了臉上。大恒領頭人的面孔被他們看見了，這面孔熟悉極了，熟悉的不得了！朝廷派來的年輕將領，竟然是曾經狠狠咬下他一層皮肉的薛遠！

是薛平那老東西的兒子薛遠！

日連那的表情瞬間變得猙獰。

薛遠早就瞧見了日連那，他勾出一抹戰意嗜血的笑，高聲：「放箭！」

弓箭手的動作整齊劃一，乾淨俐落。他們用著工程部製作出來的新的弩弓，對契丹人發動了箭雨一樣的攻擊。

密集的千萬支弓箭從空中急轉直下，巨大的床弩箭孔對準著表情驟變的敵人，在他們驚恐和不敢置信的表情當中釋放了這個威力凶猛的武器。

可悲的是，契丹人走進了大恒士兵的射程之內，但大恒士兵還遠在契丹弓箭手的射程之外。

他們只能承受，無法回擊。

千萬支凶猛襲來的弓箭擊中了契丹人的身體和馬匹，馬匹被箭雨驚動，慌亂四處逃跑，不時有人被奔跑的馬匹摔下了馬，再被亂蹄踏死。這些許久未曾吃飽的馬匹已經到了崩潰的邊緣，這時一受驚，一匹的暴動便帶動了更多馬匹的暴動，在箭雨和馬匹暴動之間，契丹已經死傷無數。

多麼可笑啊。

日連那表情扭曲到有幾分驚恐。

在契丹人還沒靠近大恒士兵之前，日連那的族人就已經有潰敗之勢了。他大吼：「盾軍！盾軍頂上！往前逼近反擊射箭！」

副將困難地抵禦著漫天的箭雨，腳下無法往前一步，他恐慌道：「首領，走不了！」

平時的箭雨都是一陣一陣，中間有個可以反擊的時間。但這次大恒的弓箭手卻不知怎麼回事，難道是層層的弓箭手前後交替，才使得箭雨分毫不減，讓他們寸步難行嗎？

那總該有個結束的時間吧！

前方被弓箭射死的契丹人和馬匹的屍體擋住了剩下部族的前進，打死日連那都想不到這箭雨的攻勢怎麼會如此猛烈，他身邊的親衛甚至為了保護他也死了十數人，日連那咬咬牙，死亡和被大恒打敗的羞恥來回拉扯，他臉上橫肉顫抖，終於，「撤！」

看著契丹人狼狽逃走的背影，看著滿地被箭雨射死的屍體和馬匹，大恒的士兵停下了射箭，忡愣片刻之後響起震天歡呼！

而在這種歡呼之聲逃走的契丹人，駕馬的速度更快，他們擋住臉，只覺得萬分丟人和恥辱。

敵方死傷慘重，我軍無傷亡一人，大勝！

那是契丹，是劫掠邊關數次、殘忍凶悍的契丹啊，他們被打得落荒而逃了！

原來契丹竟然是這麼弱的嗎？

第九十章

契丹人被以往的勝利沖昏了頭腦，大恒二十多年的退讓壯大了他們的野心和膽量。在高傲輕敵之下，這一敗就敗得一塌糊塗。

這場勝利帶給士兵的感覺無法言喻，他們如同做夢一樣地被薛遠帶回了軍營與薛老將軍匯合。薛老將軍的臉上也是喜氣洋洋，他們同樣收穫了一場大勝。薛將軍已經很少打過這麼酣暢淋漓的勝仗了，他來到邊疆的前兩個月，因為蝗災和災民事宜，打的也只是防守反擊戰，根本沒有這般的暢快。

這場勝利給邊關帶來的變化顯而易見，大恒威力十足的武器讓契丹人狼狽脫逃的一幕被許多人深深記在腦海裡。

士氣洶湧，出擊之前的害怕和擔憂轉為了高亢的的戰意，多少士兵恨不得仰天叫上一聲，把以前的窩囊和屈辱給一口氣嚎出來！

勝利的喜悅猶如燎原的火苗，無需多久，百姓們就知曉了邊關士兵大勝的消息。他們走出房屋，放下手中的石頭和磚木，看著那些個士兵興高采烈地從他們面前的路上一路高歌地回了營。

北疆的百姓們很少會見到士兵們的這個樣子。

在邊關，百姓與士兵們的關係並不友好，北疆的民眾對駐守當地的士兵又怕又恨，恨其沒有作為，明明有兵卻保護不了他們。他們在暗中罵士兵們是窩囊廢，是孬種，是和遊牧人同夥的罪人。

軍民關係緊張，百姓甚至會對士兵們舉起防身武器。但這會兒，他們才恍惚發覺，原來大恒的士兵並不是窩囊廢。

他們原來也能打敵人，也能獲得勝利。

蝗災跟前，遊牧來犯跟前，也只有朝廷的軍隊能給予其重擊。

朝廷都不窩囊了，他們的軍隊敢打回去了，原來在敢打回去之後就能這麼輕易的勝利，就能這麼輕易地將那群遊牧打得落花流水。

突然之間，北疆百姓們覺得，駐守在北疆的這些士兵開始變得有些不一樣了。

§

邊關的事宜按部就班，十萬隻鴨子軍隊也踏進了蝗災肆虐的範圍。

牠們一到這裡，就不必再需要人去提供口糧了，而是就地啄著已經進入若蟲期的蝗蟲，一嘴一個，一天趕往北疆的路上，十萬隻鴨軍就能解決兩百萬隻的蝗蟲，各個吃得老香，養得肚飽溜圓。

這些蝗蟲連卵還沒產出來便被鴨子給吃了，正好省了除卵的事情。

京城之中，顧元白也在時時關注著邊關事宜。

京城中的天氣也開始轉冷了，寒風蕭瑟。在其他人至多只加了件袍子的情況下，顧元白已經披上厚厚的大氅了。

精神很高亢，但身體跟不上。他只要多看一會兒奏摺，手指便會被凍得僵硬。太醫常伴身側，姜女醫也被安置在聖上身邊診治。

姜女醫雖然不知如何診治先天不良之症，但她知曉家中祖父在冬日是怎麼照顧小叔的，她也跟著有樣學樣，將這些方法一個個用在了顧元白的身上。

無論是按壓穴道還是藥浴，姜女醫的辦法能讓顧元白的身體暖上一段時間。但這樣的暖意逝去得太快，同太醫院的方法也殊途同歸，見效甚微。

而手爐和殿中的暖爐，給顧元白帶來的也只是虛假的暖意。

手碰上便熱一瞬，離開又頃刻冷去。偶然夜半醒來，在冰冷和體弱的折磨之中，顧元白想到了熱乎乎的薛遠。

他閉上眼睛躺在床上，蓋著冰冷冷的被子，想著薛遠身上的那股讓他無比愜意的熱意。

第二天晚上就寢的時候，侍衛們正要退下，聖上就啞聲道：「張緒。」

侍衛長疑惑，上前一步道：「臣在。」

「去床上，給朕暖一暖床。」顧元白言簡意賅。

侍衛長一愣，臉上瞬間就紅了。他脊背繃起，握著拳頭默不作聲地脫掉外衣和靴子，爬上了床。

姜女醫帶著配好的藥浴走進來時，就瞧見了這一幕。她面不改色，沉穩走到聖上面前，緩聲道：「聖上，到了按壓穴道的時間了。」

顧元白看了她一眼，勸道：「讓其他人來就好。」

姜女醫搖搖頭：「民女親自來更好。」

這藥浴是泡腳的，按壓的穴道也在腳步和小腿之上，姜女醫獨有一種手法，家傳祖籍，也確實不好讓她強傳他人。

水聲淅瀝，床上的侍衛長躺屍一般的筆直，臉上的紅意都可以燙熟一個雞蛋了。熱氣很快便暖了整個龍床，厚厚的明黃被子一捂，更是熱得侍衛長渾身都冒著汗。

等藥浴結束，顧元白就上了床鋪。侍衛長渾身緊繃，乖乖地躺在一旁當個人形暖爐，聽著顧元白與田福生的對話。

床鋪很暖，聖上的眉目舒展，和田福生說完了棉衣事宜之後，確定可以在十一月初將棉衣裝車啟行，顧元白才停住了話頭。

「也就幾天的功夫了，」田福生道，「邊疆也來了信，照薛將軍所言，蝗災已有好轉跡象。」前兩日北疆的信就送到了顧元白的桌子上。薛老將軍的奏摺就一封，其餘的都是薛遠在路上便往回寄過來的信，顧元白到了如今，也就把薛老將軍的信給看了一遍。

聖上點頭後，田福生帶人退下。內殿之中沒了人，顧元白躺下，但沒一會兒又開始覺得難受。

侍衛長在一旁動也不敢動一下，熱意從一邊傳來，另一邊冷得跟冰塊一樣。兩人之間的縫隙還可以再躺下一個人，風鑽了進來，比沒人暖床還要冷。這冷還冷得很奇怪，骨頭縫裡鑽進來的一樣，冷熱交替之間，還不如沒有熱呢，更難受了。

聖上閉著眼，「下去吧。」

侍衛長輕手輕腳地下去，片刻之後，門咯吱一聲響起，又被關上了。

§

幾日之後，棉衣裝車完畢，即便發車前往北疆。

顧元白在啟程之前特意去看了一番棉衣，隨機檢查了其中幾件，確實都已達到了他想要的要求。

「百姓的工錢可有結清？」

孔奕林隨侍在側，「回聖上，分毫不漏。」

「很好，」顧元白點了點頭，笑了，「朕會帶頭穿上棉衣，這等好物，天下人都值得去用。」

孔奕林笑展顏一笑，「今年的白棉花已經用光了，但臣相信有聖上為表率，明年種植白棉花的人只會愈加多了起來。」

「愈多愈好，」顧元白歎了口氣，「只可惜今年的冬天，我大恒的百姓卻用不上這個好東西了。」

一行人從裝滿了棉衣的車旁一一走過，回程的時候，聖上讓人在鬧市之外停下，帶著孔奕林在街市之中隨意走走，看看民生。

路邊酒館上，西夏皇子李昂順一邊聽著屬下彙報的有關褚衛的事情，一邊往下隨意一瞥，就瞥到了大恒的皇帝。

大恒的皇帝穿著一身修長玄衣，外頭披著深色的大氅，他的臉色泛著白氣，如此時節穿得這麼厚重，不覺怪異，只顯卓絕。

李昂順拿著筷子的手頓住，追著皇帝的身影去看。

大恒之主哪裡是想見就能見到的，李昂順在大恒待了一個半月的時間，也就在萬壽節當日的宮宴上見到了顧元白一面。沒想到緣分來得如此之巧，機緣巧合之下就又見到這位了。

下屬還在說著話：「褚衛公子昨日下值之後，就與友人一起在酒樓之中用了頓飯。待半個時辰之後，褚衛公子從酒樓中走出，就回褚府了。」

李昂順口中問：「友人，是男是女的友人？」

眼中還在看著下面。

「……」下屬，「自然是男人。」

李昂順明顯在出著神，他夾起一口菜放在了嘴裡，「褚衛的那個友人相貌如何？與他是否親密？」

下屬歎了口氣，「七皇子，您已經讓我們盯了半個月的褚衛了。您要是喜歡他，一個小小的大恒官員而已，直接來強的不就行了嗎？」

李昂順冷冷一笑，「蠢貨。在大恒的地盤上去強搶大恒的官員，你被關在鳴聲驛中學的那十幾天規矩的屈辱，是不是都忘了？」

下屬道：「您真喜歡褚衛？」

「喜歡，」李昂順漫不經心道，「當然喜歡。」

「那您現在在看誰？」

李昂順指了指顧元白。顧元白此時剛剛走到他們酒館的樓前，一舉一動更是清清楚楚。他的相貌頂好，通身貴氣更是妙不可言，連淡色的唇，蒼白的臉都好似是裝點美玉的錦盒一般，看了一眼就想讓人看上第二眼。

大恒的皇帝有一張讓人生不出怨氣的臉來，也有讓人不敢再看第二眼的威勢。在沒人敢多看一眼的情況下，李昂順看得久了，大恒皇帝就好似有所察覺，倏地抬頭朝樓上看來。

李昂順的心臟突地一跳，他站起身沉穩一笑，朝著顧元白彎腰行禮，舉了舉手中的酒杯。

孔奕林隨著聖上的目光看去，見是西夏七皇子，便道：「聖上，此人驕奢淫逸，在西夏百姓中的名聲很不好，但西夏的皇帝卻對其多有寵愛。臣聽聞這些時日此人一直在打探褚衛褚大人的事，以此人的脾性看，應當是對褚大人有幾分不正的念頭了。」

顧元白溫和地同李昂順點了點頭，看著他的目光仍然跟看著會下金雞蛋的母雞一樣，口中道：「難為褚卿了。」

因著顧元白的惡趣味，他想看看西夏的使者到底從西夏帶來了多少的好東西，便一直沒有同西夏使者商議兩國榷場一事，看著西夏使者東忙西走的送禮打探消息時，他偶爾處理政務處理得頭疼，就拿西夏使者的事放鬆放鬆心情。

效果絕佳。

孔奕林愈是同當今聖上相處得多，愈是哭笑不得，他此時應了一聲，也跟著無奈附和道：「褚大人確實辛苦。」

顧元白繼續同他往前緩步走著，打趣道：「孔卿也是相貌英俊，武威非常，怎麼這西夏七皇子這麼沒有眼光，沒有看上孔卿呢？」

孔奕林苦笑：「臣相貌平平，聖上莫要打趣臣了。」

「哦？」顧元白問，「那看在孔卿的眼中，哪位俊才才能撐起得相貌堂堂，能比潘安衛階呢？」

「比如褚衛褚大人，平昌侯世子李延，」孔奕林不急不緩地念出了一堆的人名，最後道，「薛遠薛大人的樣貌看在臣的眼中不輸他人，也是英俊非常。最後，自然少不得還有聖上您。」

顧元白挑了挑眉，愉悅笑了，白到有些病容的臉色也有了些顏色，「這奉承話朕就當真了。」

孔奕林笑笑，突然低聲道：「聖上，最近您將姜女醫召在身側陪同一事，許多不識姜女醫來歷的人有了許多猜測。朝中暗下已經有了幾種聲音，愈演愈烈的一種說法，便是您要收妃入宮了。」

第九十一章

顧元白對這些傳聞只是一笑置之。

他並沒有將此事放在心上，轉而同孔奕林說起了邊關事宜。語調悠閒，街道上不能說大事，兩個人的對話也好似閒談一般，到最後，孔奕林主動給顧元白講起了邊關的樣子。

無盡的風，望不到盡頭的草原，還有藍天。

顧元白聽著他的話，也開始想著，大恒的邊關會是什麼樣的？

這分思緒飛上了天，由風卷著晃晃悠悠往北方的邊疆而去。

§

大恒士兵們清掃戰場的時候，將受傷而死的馬匹也帶回了營中加肉。

只可惜契丹人的馬匹已經餓得皮毛包著骨頭，剩餘的那些肉也不夠幾萬士兵們分吃，更不用說那些災民了。

最後的這些肉都被做成了馬肉湯，能吃到一口肉的寥寥無幾，只能用肉湯來解解饞。

行軍打仗就是辛苦，救災之急，肉帶得少，很早就已經吃完了。能救濟士兵改善口糧的就只有從遊牧人手中搶下的牛羊還有戰場上受傷的馬匹，於是，在小小地打贏了日連那一場戰役之後，薛遠又同薛將軍帶上了兩萬人馬，徹底包圍了日連那的部落。

聖上的命令是將頻繁侵犯邊關的遊牧人打怕，在其內部準備聯合之時議和，以尋求穩定發展，沾染草原上游牧人的經濟命脈，形成一條固定商路。

不成功，那就打。成功了，那就換一種方式打。

遊牧民族的所有部族人數足有二三十萬人，遭受到蝗蟲危害的也是其中的一個小角，現在若是要拿大恒的騎兵去對上這些人的凶悍騎兵，七成會輸得很難看。

沒辦法，大恒的馬源少，騎兵少，要培養騎兵就得要時間。顧元白染指軍隊的時間才多久，騎兵別說大規模的培養了，馬都沒見到多少匹呢。

這次的目的就是利用蝗蟲和兵馬聲勢將他們打怕，再勾起他們已經暗潮湧動的內部之爭。

薛將軍將聖上的話牢記在心底，帶著兩萬人馬趁著天時地利打得日連那抬不起頭，大恒的士兵趁機搶奪日連那部落的所有牛羊和馬匹，俘虜了八千敵軍，剩下的人被日連那帶著，狼狽至極地往北方逃竄。

搶奪回來的馬匹被養了起來，這些馬匹一吃到鮮美的糧草，掙扎也不掙扎了，頭都埋在草根底下，大口大口地咀嚼。

剩餘的一些同樣瘦成皮包骨的牛羊，一部分留下來，一部分全殺了，宰了吃肉！

「留下的那一些牛羊正好可以等著天寒地凍時宰了吃，」薛將軍同眾位將領議事，「日連那往北邊跑了，應當是去投靠悉萬丹的部落。悉萬丹大膽又謹慎，他的部族也受到了蝗災的影響，他們會接受日連那的部族，但這個冬天，他是不會為了日連那再同我等發起戰爭了。」

「他們自顧不暇，」薛遠道，「今年冬天，不論是他們還是我們，第一件事就是保命。」俘虜的契丹人被當做了奴隸，為災民們的房屋建設添瓦加磚。

這個冬天不好過，災民們衣不蔽體，有個暖身的被褥就是好的，這些時日已經有一些災民染了風寒，還好有藥材和大夫在這，才能及時救治。

蝗蟲已經進入了若蟲期，若是不在這個時期解決掉蝗蟲，一旦等蝗蟲進入成蟲期產卵之後，他們還要除草割卵，挖溝埋蝻。

營帳裡的人沉默半晌，心中憂色沉沉，正在這時，外頭卻響起了一聲鴨子叫。營帳中的人沒人將這當回事，只以為是聽錯了。

但隨即，密密麻麻的鴨叫聲就響了起來，吵得人耳朵發疼。薛遠倏地抬眼，同薛將軍對視了一眼後就轉身大步往外走去。

營帳簾子掀起，鴨叫聲更為響亮，人人順著叫聲而去，一走出去就見到了數萬隻黑壓壓一片的鴨子。

這些鴨子「嘎嘎」地叫著，機敏地啄食著路上的蝗蟲，然而牠們實在太過肥壯，這樣機敏的動作也顯出了幾分笨拙。

肥肥的鴨子，和邊疆所有餓成皮包骨的牛羊畜生完全不一樣的鴨子。

許多人咽了一口口水，薛遠甚至聽清楚了他身邊的幾個將領也跟著咽了咽口水。這些鴨子一層緊挨著一層，各個都有人的小腿那般大，波浪似的往這邊跑來，護送十萬隻鴨子大軍的人著急喊道：「敢問薛將軍何在？」

薛遠身邊的將領楊會扯著嗓子聲嘶力竭：「薛將軍在這！」前面擋路的士兵和災民連忙讓出一條路，薛遠眼皮跳了幾下，在眾人期望深重的目光中大步走上前。

來人見到他就是眼睛一亮，高聲道：「薛將軍，小的聽令從後方送來十萬隻鴨子！路上坎坷，失了兩百隻多鴨子的蹤影，剩餘的九萬九千七百多隻，還請薛將軍清查！」

身後的人群一片譁然。

十萬隻鴨子！這、這竟然有十萬隻的鴨子！

薛遠也被這個數字給震了一下，隨即回過神，簡明扼要，「這些鴨子一路過來吃的都是蝗蟲？」

來人笑得更是熱烈，「是。外頭的蝗蟲都被吃得差不多了，這些鴨子也各個吃得肚飽溜圓，等最後的一些蝗蟲被啄食殆盡之後，這些鴨子便是眾位將士桌上的盤中飧，只希望諸位將士莫要嫌棄它們吃的是蝗蟲就好。」

盤中飧。

薛遠看了那些鴨子們一眼，眼中泛著綠光。這些鴨子各個毛髮光亮，眼珠子有神。蝗蟲對鴨子來說是美食，但這些一路走來，身上的肉因為路途而鍛煉得更有嚼勁更為結實的鴨子對士兵來說，也是美食，極為難得極為美味的美食。

薛遠的喉結滾動了一番，聽到這話的眾人也將目光緊盯在鴨子身上，熱烈極了，完全移不開眼。

十萬隻鴨子叫起來的鼓噪聲音在這一瞬也變得美妙了起來，運送鴨子前來邊關的也有幾千人，帶頭的人瞧見薛遠這個神情，十分上道地道：「將軍若是想嘗嘗味道，今日就宰殺也可。」

「不急，」薛遠客氣道，然後微微一笑，「留給牠們幾日將邊疆蝗蟲啄食殆盡的時間。」

這些鴨子來得太及時了，完全省了他們動用人手去捉捕蝗蟲除蝗卵一事。薛遠嘴角暗中勾起，心情愉悅極了。

顧元白派這麼多鴨子來邊關，是因為想他了，所以想給他省些時間，讓他快點回京嗎？

大名鼎鼎的薛將軍突然悶聲笑了兩下。

他剛剛還在想怎麼治理蝗蟲產卵的事情，結果後方來的十萬隻鴨子已經將這件事情解決完了。

這樣前後恰逢的巧合，給了薛遠一種他與顧元白心有靈犀的感覺。

薛遠如同先前被道士騙著買下符紙的時候一樣，腦子裡又開始鬼迷心竅地想著心有靈犀的這個可能。

他平日裡想的東西，顧元白到底能不能知道。

若是知道了，那他們二人豈不是早就顛鸞倒鳳了數次，已經情意糾纏，不分你我了？

§

薛遠的愉悅心情一直維持了下去。

內裡蝗災安定，外無敵人窺伺。這段時間是難得的安穩時間，有了空閒之後，薛九遙的一門心思就放在了顧元白的身上，一想到這個人就如飲了八分的酒，思緒飄乎，熱得每天夜裡睡不著，早上還得豎起長槍大炮。

薛遠連洗了半個月的褲子，天天營帳門前都有褲子隨風飄動。從他門前經過的士兵和將領一看就知道怎麼回事，剛開始還打趣偷笑不已，後來就是咂舌佩服。

與薛九遙熟識的楊將軍還特意跑過來善意提醒：「薛遠，你可別仗著身體年輕就這麼放肆，你都洗了半個月的褲子了吧？火氣怎麼這麼大！」

薛遠懶洋洋地躺著曬太陽，聞言嘴皮一掀，「別擋著老子太陽。」

楊將軍搬了個凳子坐在一旁，看著不遠處的契丹俘虜劈著柴木，語重心長地道：「我是過來人，知道行軍打仗的軍隊裡都是男人，母豬都見不到一個，憋也是應該的。但你這也實在太誇張了些，說，你這心裡頭是不是有了人了？」

薛遠這些時日對「心有靈犀」一事將信將疑，但他只要一想到萬一此事是真，如果他在想顧元白的時候，顧元白也知道他在想什麼。一想到這種可能，薛遠就有些耐不住。

這些時日春夢連連，小皇帝是不是也能看到他做的春夢，進而臉紅心跳，冷顏而又羞赧不可言？羞赧，顧元白應該不會羞赧的。但他抬腳碾著薛遠兄弟的樣子，眼尾勾起，狠戾而唇色發紅，只要一想，薛遠就硬了。

「有。」薛遠懶聲。

楊將軍眼中一亮，十足十地好奇，「那人是誰，竟能把你薛九遙都迷得如此神魂顛倒，七竅沒了六竅？薛將軍知道嗎？薛夫人知道嗎？」

「什麼叫我被迷得神魂顛倒？」薛遠抬腳踩著腳邊的矮凳，不承認了，「你哪點看出我被迷得神魂顛倒。」

心裡有人的人是不是都是這麼的喜怒不定，楊將軍納悶，「你這每日早上爬起來洗褲子的模樣，還不叫神魂顛倒嗎？」

「年輕氣盛，肝火大，」薛遠面不改色，「最近夜裡有些熱。」

北疆的寒風已經吹起，十一月了，別人都被凍得瑟瑟發抖，他卻說熱。

可惜楊將軍嘴巴笨，明知道他是在胡言亂語，卻不知道怎麼揭穿他，正急得滿頭冒汗的時候，有小兵跑過來道：「將軍，朝廷又派人送東西來了！」

楊將軍一愣，面前卻一陣風閃過，薛遠已經大步從他面前離開了。

§

在邊關的這幾個月裡，無論是士兵還是災民，都知曉了朝廷對他們的愛護。

堆積如山的米糧之後就是整整十萬隻的鴨子，那鴨子美味極了，讓災民也跟著吃上了肉。一口下去就是肥得流油，美味得讓人恨不得連舌頭都能吞下去。

這樣好吃的鴨肉，就是蝗災沒來之前也不容易常吃到。那鴨子肉一入口，倍為鮮美有嚼勁，簡直讓人覺得這些時日的困苦都被趕走了。

薛老將軍也毫不吝嗇，十萬隻鴨子怎麼也得讓眾人都吃上幾口。等鴨肉端上桌的時候，別說是百姓了，各個將領都是風捲殘雲，筷子如同打仗，頃刻間就消滅了一盤又一盤的肉。

那幾日整個邊關都是暢快而幸福的，鴨子毛也有大用，被人採去準備做過冬的衣物和被褥。即便接下來的日子多麼艱難，百姓心想，怎麼也得對得起朝廷給他們的糧，對得起吃下去的這些肉。

他們做好了面對寒冬的準備，做好了最惡劣的情況下也要硬抗下去的準備，卻沒想到朝廷給他們送來的東西還沒有結束。

他們所擔憂的，也正是朝廷所擔憂的，並已被朝廷解決了。

長長的裝車被放置在空地之上，士兵們圍在兩旁，好奇地想知道車上裝的是什麼。

「是糧食和肉嗎？」

「咱們的糧食已經足夠了，還有鴨子和遊牧人的牛羊。」旁人反駁。

還有人擔心道：「朝廷怎麼一直給我們送東西？一趟又一趟的，這該不會是朝廷省吃儉用給省出來的吧？」

後方的竊竊私語不斷，議論之聲逐漸嘈雜，前方的薛將軍同諸位將領已經出來恭迎，也滿臉納悶地想知道這是什麼東西。

護送車隊前來的官員與薛老將軍的關係不錯，他意味深長地撫了撫鬍子，笑道：「將軍若是猜不出來，不若就讓人將這些東西卸車好好一觀？」

薛老將軍雖然不知道這能是什麼，但他知道必定是對他們有用的好物，老將嘴唇翕張幾下，既愧疚又感動道：「臣有愧，讓聖上憂心至此。」

這句話一出，諸位將領的神情都顯現出了隱隱的羞愧。

聖上如此待他們，三番兩次地往邊關花費大財力物力地運送東西，這是他們從未想過的。

原本以為薛遠帶來了如此多的糧食就已經是朝廷能拿出來的極限，是朝廷他們的愛重和信任，此時才知，朝廷對他們遠非如此。

這怎能不讓人羞愧，又怎能不讓人激動？

官員安撫他們道：「諸位將軍何必愧疚？爾等保護我大恒邊關安危，為我大恒百姓出生入死，我大恒有如此海晏河清的盛世之景，都全賴諸位將軍。」

說著，他反而深深行了一禮，「應當是我等感到愧疚才是。」

薛遠來到的時候，就見到他們在彼此說著客套話。他聽了兩句不耐，直接讓士兵前去卸車，去瞧一瞧聖上派人送來的到底是什麼東西。

見他如此，客套說了幾輪話的人都停住了話頭，一同期待地往車上看去。不到片刻，裡頭的東西就露了出來，人群之中不知是誰猝不及防，驚聲叫出了聲：「竟然是冬衣！」

士兵們頓時成了亂哄哄的一片，爭先恐後想要探頭看上一眼，「什麼，冬衣？」

「朝廷給我們送了冬衣？」

薛老將軍當即在人群之中點了五個士兵上前，讓他們換上了冬衣。嶄新的冬衣一上身，暖意和柔軟的感覺就襲了上來，士兵們把臉埋在冬衣裡，只覺得不到片刻，全身都熱得冒汗。

薛老將軍看著他們的樣子，驚訝：「這冬衣見效竟然如此之快？」

士兵們七嘴八舌地道：「將軍，這冬衣特別熱，而且很是輕便，我們已經出了一身的汗了。」

薛將軍半信半疑，親自拿起一件冬衣穿上了身，過了片刻，他臉上閃過震驚，隨即就是大喜。

其餘的將領耐不住心中好奇，也上手試了一試，大為驚奇道：「這冬衣怎麼如此地輕便！」

官員含笑不語，待到他們追問時才給他們細細說了一番緣由。

諸位將軍知曉緣由之後，耐不住高亢的驚喜，匆匆跑去準備分發棉衣事宜。

官員與薛老將軍多日未見，兩人落在之後慢慢說著話，薛將軍已吩咐人手下去備了飯，準備了酒菜。他們二人往軍帳中走去，薛遠想借機問一問京中事宜，也跟著一同前去。

落座之後，酒過半程，從京城出來的官員突然一笑，低著頭神神秘秘道：「薛將軍，你遠離京城不知，京中之後應當要發生一件大事了。」

薛老將軍道：「哦，是什麼事？」

薛遠正好夾起了一塊鴨肉。

官員笑著道：「聖上對一女子一見鍾情，已準備將這女子收妃入宮了。」

薛遠手上一停。

不可能。

薛遠完全嗤之以鼻，他非但不信，心中還覺得好笑，他想繼續淡定地吃飯，可手卻動也動不了。

一旁的薛老將軍已經在拍手叫好，哈哈大笑。不斷追問其細節，那官員說出來的話好像確有其事一般，關於聖上的話，他也敢造假嗎？

那如果不是造假呢。

鴨肉上還有蜜色的汁水留下，這汁水因為夾筷人的手在抖，也極快地從皮肉上滑落了下去。

薛遠將筷子一扔，大步走出了營帳。

黃沙漫天，冷風裹著沙子往臉上衝，一下下打在臉上，寒氣再從肺腑蔓延四肢。

半晌，他鑽回了營帳，問：「聖上要收妃入宮？」

聲音乾啞。

京官道：「……確實，聖上……妃子入宮……琴瑟和鳴。」

薛遠好像是在認真的側耳傾聽，可跑進他耳朵裡的話卻變得斷斷續續，忽近忽遠。

良久，等營帳裡面沒人說話了，等薛將軍一聲聲地呼喊薛遠的名字從怒火到緊張，薛遠才回頭。

他道：「我知道了。」

第九十二章

薛遠在城牆上站了一天，冷風颼颼，他知道冷了。

月上高空的時候，他去找了薛將軍，眼中的血絲在燭光之下若隱若現。

薛將軍皺著眉問他：「你這到底是怎麼了？」

「北疆事宜穩定了，」薛遠沒答這話，他將營帳的簾子打開，吸著外頭的冷風冷氣，每吸一口就是泛著酸氣的苦，「薛將軍，悉萬丹的人得過了冬才能打過來，他和日連那自顧不暇，最起碼，北疆會有一個月的清閒吧？」

薛將軍被凍得鬍子瑟瑟，「快把簾子放回去。你問這個做什麼?北疆確實有一兩月的清閒了，敵方與我軍都要為再開戰做準備。」

薛遠收回抬頭看著外頭月亮的視線，轉而放在了薛將軍的身上，他神色混著化不開的暗，道：「薛將軍，給我一個月的時間。」

「我要去處理一些事。」

§

顧元白搞定了太府卿，將一百二十文的金雞蛋重新變回十二文一斤之後，他又思念了一番上一任老實好用的太府卿，並給還在孝中的前任太府卿寄出去了一封書信。

身在孝中收到聖上信封的太府卿受寵若驚，即刻也給顧元白回了信，信中表明忠心，又暗喻聖上信任無可回報，只願能繼續為聖上盡職盡力。

顧元白心情很好，安撫其道，只要他守孝回來，那太府卿便可重新上任。現在的太府卿，他先交給信任的人兼職。

這些時日朝廷也不是光出不入，前些日子也發生了一件好事，那就是荊湖南又發現了一座鐵礦。荊湖南簡直就是一座隱藏起來的寶藏，顧元白將陳金銀手中的金礦拿到手之後便包圍起金礦挖金，結果金子還沒挖完呢，又來一個大驚喜。

一想到這顧元白就想笑。他邊笑邊批閱著奏摺，政務處理完之後已經過去了一天。這樣的一天實在是過得太快了，他起身走到殿外看了看，此時也不過剛過申時，天色卻暗沉得如同深夜。

田福生上前：「聖上，和親王派人遞了話，邀您一同去京外莊子泡泉，明日休沐之日，您可要去？」

顧元白問道：「是朕賞給他的盧風的那個莊子？」

「是，」田福生心中可惜，「那莊子應該留在聖上手中的。」

顧元白無所謂地笑笑，轉了轉手中的玉扳指，沉吟片刻道：「朕大權旁落時，就聽聞那莊子的好處。和親王既然邀約，那便一同去了吧。」

田福生應道：「是。」

§

第二日，京城之中的馬車便往京郊而去。

顧元白在馬車上看著書，卻有些看不進去。他看著窗外的景色飛逝，抱著手爐默不作聲。

聖上的馬車也分內外兩閣，外閣之中，奴僕正在煮著茶，內閣之中，褚衛正在捧書在讀，而風姿翩翩的常玉言，則是正襟危坐地給聖上念著書。

翰林陪侍，君子相伴，與初冬的天氣一樣乾乾淨淨。

孔奕林實在是高大，馬車坐不下他，他同餘下的幾個人便坐於之後的馬車之中。也是他聽聞聖上要出京，才回到翰林與一眾同僚一起前來同顧元白請願陪行，以便在路上及泉莊之中也能同聖上解悶。

褚衛說是看書，眼睛卻有些出神，偶爾不自覺地從聖上身上一眼瞥過，又如被驚動的蝴蝶一般連忙垂落。

然而口是心非，攔不住一個「想」字。等他下一眼再看時卻是一頓，聖上的臉上留下了窗外冷風拂面後的露水，黑睫之上，竟然凝了灰白的霜花。

「聖上，」褚衛著急，掏出手帕遞到了顧元白面前，「外頭寒風凜冽，還是關窗，避免受寒吧。」

顧元白回過神，看著他的手帕稀奇：「朕臉上落了髒灰了？」

「是凝霜了，」常玉言停下念書，插話道，「聖上未曾覺得冷嗎？」

顧元白說笑道：「約莫是朕比凝霜還要冷，就覺不出這些冷意了。」

褚衛見他未曾伸手接帕，便自己蹙眉上了手，擦去顧元白臉上的水露和凝霜。被伺候慣了的顧元白側了側臉，讓他將臉側的也給擦了一遍。

外閣的宮侍細聲道：「聖上，茶好了。」

常玉言將茶水接了過來，水一出壺，濃郁的茶香便溢滿了整個馬車之間。茶水綠意沉沉，又透徹分明，香味幽深夾雜著雪山清冽，聞上一口就覺得不同尋常。

常玉言深深嗅了一口香氣，驚歎，「這茶是什麼茶？」

「是皇山刺兒茶，」外頭煮茶的宮侍道，「這皇山便是溢州的雪山，每年降雨次數得在十六次之內，晴日得在三百六十日之上，全天下只這一處產皇山刺兒茶。每年只有驚蟄到穀雨時期，還有初秋時期的刺兒茶味道最好。」

「去年雨水下得多了些，聖上便沒吃刺兒茶，吃的是雙井綠，常大人如今所吃的這碗，正是秋初時採下來的新茶葉。」

常玉言頓覺手中茶杯重如千斤，他挺身坐直，「多謝聖上愛戴，讓臣今日也嘗了一回這刺兒茶。」

顧元白也是剛剛知道這個茶還這麼講究，雨水和晴日並不受人控制，這樣一來，更是物以稀為貴，他笑了笑，「既然喜歡，那便來人包上兩份茶葉，送予常卿與褚卿留用。」

外頭應了是，顧元白笑了笑，扶起向他道謝的兩人，輕鬆笑道：「茶葉再好，也不若兩位卿對朕的一片心意。縱然再珍貴，看在朕的眼裡，能讓兩位喜歡，才是萬金之所在。」

聖上簡直無時無刻不忘收攬人心。

君臣之間的甜言蜜語對顧元白來說只是隨口一說，我說了你聽了就行，大家都是成年人，漂亮話肉麻話說起來比後代的告白情書都要能起一身的雞皮疙瘩。

但聖上這隨口一說，褚衛卻是心中一驚，被聖上握住的手不禁瑟縮一下，幾乎下意識就想要開口辯解。

但隨即，理智拉住了他。他暗暗皺起眉，不願深想，同常玉言一同道：「謝主隆恩。」

§

兩匹狼緊跟著顧元白不放，牠們脖頸上的項圈繫在車上，徒步跑著追上。

這兩匹狼護主得很，奔了一個時辰也不敢放鬆一下腳步，還好馬車的速度慢，路上侍衛們怕它們餓了咬人，還一直給牠們扔著新鮮的生肉塊。

一個時辰之後，馬車到了泉莊，顧元白被扶著下了車。

身邊與顧元白會有親密接觸的人早就知道了這兩隻狼的脾性，時時會在身上掛上一個藥包，既可以清神，這樣做又能防著被狼咬傷。譬如此時，侍衛長就光明正大地碰著聖上的手指，不只碰了，還虛虛握著了，兩匹狼也只是看著，沒有撲上來。

身後馬車也都停了，走下來了一長串的人。和親王帶著人恭迎聖上，看見這麼多人後也沒有說什麼，他悶聲道：「聖上來得正好，莊中已備好了酒菜，待聖上休息一番後，再去泡泡溫泉吧。」

顧元白頷首：「好。」

用了飯，又睡了一會。顧元白精神奕奕地起了床，讓人備上東西，他去泡一泡泉。

其實皇宮裡要什麼沒有，顧元白來和親王這裡，就是為了露下的泉池。一邊泡著一邊看看風景喝喝小酒，哦，小酒他是不能喝了，但這樣的美事，也只有在宮外能享受到幾分野趣了。

眾人等在層層密林與小路之外，只有那兩匹已經休息夠了的狼跟在顧元白的身後。這兩匹狼可比十幾個侍衛還凶狠，別人不好跟著進去，它們卻是什麼都不顧忌的。

因此，眾人也心安的在外頭守著。顧元白則是帶著兩匹狼，慢悠悠地順著硫磺味走著。

泉莊底下就是溫泉脈，有溫泉在的地方，莊子裡各季節的花草都開得繁榮豔麗，溫暖如春。大氅已經取下，穿著單衣也不冷。

顧元白下了水，兩匹狼堵在小道之前，在池子裡的聖上閉上眼之後，原本睡著的兩隻狼不知道聽到了什麼，牠們倏地站起，眼神警惕凶猛，過了一會兒，又莫名其妙地散去這些戒備，重新趴回了地上。

水聲淅瀝，顧元白舒服極了。正要閉上眼的時候，草叢之中突然傳來響動，他正要回頭，眼上卻有一隻大手蓋了上來，蒙住了他的眼睛，不知道是誰在身後叫了一聲：「聖上。」

聲音如啞巴發出的破裂聲響。

血腥氣，風塵味。

顧元白呼吸頓了一下，這隻手很燙，燙得顧元白眼皮發熱。身後的人已經離他這麼近，但那兩匹狼卻沒有叫出聲。這不可能，除非這個人是薛遠。

但薛遠在北疆。

理智說著不可能，但嘴上卻沉聲道：「薛九遙，你好大的膽子。」

半晌沒人說話，只聽得潺潺水流聲，正當顧元白心道不好，快要皺起眉時，身後人突然笑了，壓低身體，在顧元白耳邊道：「你還沒忘記我。」

話音剛落，他便已經跳進了水池，一身的風塵僕僕混著泉水而來，捂著顧元白雙眼的手卻還不放開。

顧元白知道是他後，微不可見地鬆了一口氣，但隱隱的暗火又升了上來，抬腳就往水流晃動的方向踹去。

腳踝被人握上，粗糙炙熱的手圈得嚴嚴實實。水波愈來愈大，人好像離顧元白更近了。顧元白伸手欲撥開薛遠遮住他眼睛的手，可卻猶如鐵臂，紋絲不動。

「聖上，」薛遠好像笑了，但他的嗓子太難聽，好像還含著厚重的風沙，笑聲便顯得怪異，「我一進京，就聽聞你來了這，也聽聞了你要娶宮妃了。」

他的手開始慢慢的摩挲，真的猶如石粒一般，「那女子是誰。」

殺意暗暗浮現，語氣之中的戾氣隱藏得再好也有苗頭顯現。

顧元白看不見，對耳側的聲音就更是敏感，他聽到了薛遠愈來越粗重的呼吸聲，敏銳地察覺到了薛九遙此時的不對勁，眼皮跳了幾下，「給朕放開手。」

薛遠卻反而手上一緊。

「薛九遙，朕說的話你明明聽到了卻不去做，朕還沒有問你怎麼會出現在這裡，」顧元白臉上一冷，用力要收回腿：「你怎麼這麼不聽話。」

這句話好像是朝著猛獸刺去的一劍般，鋒利得直戳要害。薛遠被驚動一樣驟然壓著水花靠近，在聲浪晃動之中壓著顧元白靠在了岸邊，泉水大幅度地沖上了岸，後方的水一拍一拍地推著薛遠向前。

他還捂著顧元白的眼睛，牙齒恨不得咬著血肉，「我還不聽話，我還不夠聽話?!」

乾涸的血味夾雜著硫磺味道撲面而來，湧起的水也拍打在了顧元白的臉上髮上，顧元白面上的冷靜也被撕碎，他拽著薛遠的衣服，把人扯到面前，太陽穴一鼓一鼓，臉色難看，「你給我發什麼瘋?!你這也叫聽話？」

「你他娘的要收妃入宮了!要娶妻了，」薛遠的眼底通紅，他捏著顧元白下巴的手在發抖，在控制著力氣，「這個時候了，你要我聽話，你嫌我不夠冷靜？」

「怎麼算聽話，看你娶妻，看你後宮佳麗三千，然後看你死在那群女人的床上嗎！」

粗重的呼吸打在顧元白的臉上，顧元白的呼吸急促，頭腦一抽一抽地疼，心臟也一下比一下地快。他放開薛遠，深呼吸幾口氣，然後好像平靜了下來一樣，「滾回去。」

他儘量理智，平復呼吸：「滾回你的邊疆去。」

薛遠看著他冷酷無情的面容，忽地握拳重重砸在顧元白身旁的地上。

顧元白氣息冷了下來，他一字一句道：「即便我不收妃，這也不關你的事。」

「也不該闖到我面前，鬧到我面前，」顧元白說著說著，又升起了怒意，「你是想怎麼，想做什麼?你膽子怎麼這麼大！」

身體弱的人連發脾氣都要控制。顧元白竭力壓制，薛遠不說話了，過了半晌，他壓低著聲音，疲憊，「我在戰場上一直護著我的背，生怕等我回來了，背上都是傷痕，就留不下你的指甲痕了。」

我做什麼要在你的背上留下指甲痕？

顧元白氣極，正想要冷嘲熱諷，薛遠卻突地抓起了他的手，把他的手按在了左胸之前，說道：「你摸一摸你的心。」

顧元白的手被他壓著，層層交疊著放在了左邊的胸口上，但卻有什麼東西從顧元白纖細的指縫之中露出，摩挲在薛遠的掌心上，薛遠面上的沉色一凝，乾澀的眼底突然多出了點驚愕。

顧元白臉色變來變去，「薛九遙！」

薛遠掌心發癢，鼻尖也發癢，瘋狂的妒忌和醋意被這一下衝擊得四分五裂，他啞聲解釋：「我只想讓你摸一摸自己的良心，沒想摸你。」

顧元白冷笑不已，即便周邊沒有人在，即便他手無縛雞之力，氣勢卻一點兒也不軟，一點兒也不願落人之下，「呵。」

薛遠嗓子突然低了，求著，「顧斂，讓我親一下。」

顧元白緊抿著唇，唇色在泉池之下極盡穠麗。

他沒說拒絕，也沒說同意，在這霧氣縹緲之下，容顏都好似被熱氣給軟化了冷硬。薛遠鬼迷心竅地上了前，鼻尖相觸，唇上是說話就能碰上的距離。

薛遠低低地道：「你要收妃入宮了嗎？」

每說一句話，唇瓣都好似快要貼上唇了。

顧元白冰冰冷冷，仿若不為所動，他連吐息都是穩的，「關你屁事。」

這是薛遠喜歡說的話，薛遠的呼吸已經紊亂，他笑了，「別收宮妃，你身體不好，耐不住女人。」

顧元白冷笑勾唇，「什麼意思。」

「我也不會有妻子，不會有女人，」薛遠含著熱氣，水露凝結在劍眉之上，「我們相依為伴，我對你好，讓你舒服，給你暖手暖腳，好不好？」

顧元白聲音也低了下來，「滾蛋。」

「我不滾，」薛遠挨得更近，身子壓上，強勁有力的身體如同勃發的狼，周身上下喧囂地叫著想親近，想得到愛的欲望，「你不信我說的話？」

顧元白嗤笑，卻又被薛遠帶著手，去隔著他濕透的衣袍摸了一手炙熱。

「我想你想得難受，頭疼，渴血，想殺人，」薛遠的一隻手還是不放開顧元白的眼睛，「你想切了它，手用力就能斷。我知道我逾越，沒規矩，不討你喜歡，但顧元白，我太喜歡你了，我也不想一見到你就這樣，但我控制不住。」

「我也不想像一頭發情的野獸，想學褚衛那樣的君子作風，」呼吸轉到了脖子間，薛遠吮了一口顧元白的喉結，沙啞，「但沒辦法，只要我一想起你，壓也壓不住。我跑了十五天，日夜趕路，十五天從北疆跑到京城，我原本只是想問問你是不是想要娶妃。」

他鬆了按住顧元白的手，反而去熟練至極地伺候著被他捂住眼睛的帝王。

「我聽話，聽話極了，」薛遠咧嘴，抬頭親了口顧元白，「主子爺把我當狗，也不能這樣呼之即來揮之即去。」

單獨的兩個人的空間，好像就是單獨的兩個人，無關帝王無關臣子，就是兩個擁有完整人格的人。

顧元白終於說了話，他的呼吸開始喘了起來，白皙的脖頸仰起，仿若瀕死的鹿一般修長漂亮，喉結在其上滾動，性感的水珠滑落，「你聽話？呵。」

薛遠上了嘴舔過那些水珠，顧元白伸出了手，用力抓著他的黑髮，命令道：「低頭。」

薛遠卻還是用著手，「現在低不了頭，還不能鬆手讓你看到我。」

顧元白的臉上出現了淺淺的惱怒。

薛遠道：「因為我現在太醜，會嚇著你，不能讓你看。」

等顧元白舒服了之後，薛遠又拿著這隻手去小心翼翼地掐著顧元白的下巴，猛地親了幾口，親吻之聲響亮，親完之後就啞聲道：「我知道你現在還不喜歡我，但沒關係。」

他這次的笑聲總算是好聽了點，然後溫柔低聲。

「顧斂，我有一輩子的時間跟你耗。」

第九十三章

你有一輩子的時間跟我耗，然而我卻沒有這麼多的時間。

顧元白呼吸一下一下，有些急促，也有些悶聲的喘息，水氣飄散，在鼻尖上凝結成了一顆圓潤的水珠。

薛遠說了這麼多話，他想看看顧元白的神色，可是顧元白被他捂住了半個臉，什麼也看不見。

薛遠心道就這樣吧，看不到顧元白的表情他還可以騙自己他是喜歡他的，要是看到了厭惡的表情，那樣才是難受。

眼睛被結結實實地捂著，黑暗一片，顧元白無神睜開眼，手心在薛遠的掌心留下一片羽毛撓過的瘙癢。

薛遠親著顧元白的額頭，兩鬢，鼻樑上的水珠被他吻走，臉側落下一個又一個吻。

安撫著剛剛出了神的顧元白。

顧元白嘴唇動了動，薛遠見他如此便堵了上來，生怕顧元白會再說些傷人的話。

顧元白偏過了臉，道：「水髒了，起來。」

薛遠終於鬆開了捂著顧元白眼睛的手。顧元白剛要去看看他，薛遠下一瞬就將他抱了起來，皇帝的臉被埋在了他的懷裡，還是一片黑暗。

「別看我，」薛遠察覺到了顧元白的意圖，「我現在難看得很。」

薛遠的手心順著顧元白的背，岸邊有嶄新的衣服和大氅，薛遠坐在了椅子上，把小皇帝抱在腿上，往旁邊一看，隨手拿過最上方的髮帶綁住了顧元白的眼。

顧元白的手腳無力，動也動不了一下，或許是因為溫泉，或許是因為怒火，亦有可能是爽了的那一下，他聲音倦懶，「薛遠，我們好好聊一聊。」

薛遠給他穿著衣服，雙手規矩，不停留一刻。

瘦弱的手臂穿進衣服之中，接著便是雙腿。薛遠知道顧元白瘦，但這次是他第一次這麼清晰地知道他是有多麼地瘦。

暗中牙關緊鎖，手指用力到發白。

給顧元白穿好了衣服之後，他自己卻是濕漉漉地將人抱了起來，跨過那兩頭狼，慢慢往外走去，坦然道：「你現在太過冷靜，我不佔優勢。等哪日你能情感用事，我再和你交談。」

他拍著顧元白，「先睡一覺。」

顧元白閉上了眼，哼笑一聲，「有了第一次果然會有第二次，朕在你面前不是皇帝，也不是你的主子。」

「是我的主子，」薛遠低頭在他髮上親了一口，「主子，別強了，睡一會。」

他聲音低沉，顧元白還真的疲憊地有了睏意，他神識飄忽了一會，真的陷入了夢鄉之中。

§

在失去意識的前一刻，顧元白心想，好幾次了，他為什麼總是在薛遠面前這麼說睡就睡？

薛遠將顧元白抱回了房，小心放在了床上。

他站在床邊看著顧元白，看了一會兒才去找了身衣服換下。等回來時，坐在床邊又看起了小皇帝的睡顏。

昏暗的光打在他的身上，眼底青黑，鬍子拉碴，日夜奔馳十五日不要命的趕路法，即便是薛遠，現在也狼狽極了。

薛遠原本不在意容顏，因為他本身長相俊美，是天之驕子，自然不會在意這些。但等要見到顧元白時，他卻不由自主地去注意到了皮囊。

看了一會兒，不知過了多久，床上的人眉頭皺起，似乎有些難受。

薛遠摸了摸他的臉，又摸了摸被中的手，很冷。他歎了一口氣，上了床，掀起被子躺了進去，將顧元白抱在了懷中。

這可怎麼辦啊，這麼怕冷，溫泉莊子已經很暖和了，這要是到了嚴冬，豈不是難受得要命？

薛遠的身體繃到了極限，他明日就需要上馬回程，可現在，卻眼睜睜地只想看著顧元白，捨不得閉眼。

就像睡覺也是浪費時間一樣，捨不得去睡。

顧元白感受到了暖意，剛剛蹙起的眉頭也舒展了開來，薛遠將他的手腳放在懷中、腿間暖著，壓低著聲音問道：「舒服嗎？」

顧元白呼吸淺淺，薛遠暗笑一聲，意有所指道：「你要是真納宮妃了，哪個人能這麼給你暖著手暖著腳？到時候是你給她們暖手暖腳，不好。」

薛遠停不下嘴，斷斷續續說個不停。半夜裡，顧元白醒了一次，發現他還在說，說得本來就啞的聲音更難聽了，顧元白清醒了一瞬，但神智還有點混沌：「北疆……」

「北疆很好，」薛遠道，「日連那被打得滿頭是包，跑去找悉萬丹了，但悉萬丹那個奸人狡猾萬分，這個冬天過去，日連那的手下就要換首領了。」

「悉萬丹有個兒子，」顧元白迷糊指點，「他兒子記恨悉萬丹手下第一大將烏南，烏南好幾次都想要暗中殺了悉萬丹的兒子。」

薛遠：「我記下了。」

顧元白正要閉眼接著睡去，鼻尖卻好像聞到了幾縷血絲味，他眉心一跳，「你跑死了幾匹馬？」

「五匹。」薛遠。

從北疆最快的速度到達京城，怎麼也需要一個月的時間。顧元白記得薛遠之前所說的話，十五天，十五天他趕了過來，他一路上到底是怎麼過來的？

人都有一個極限，十五日，他連睡覺都不曾睡過嗎？

屋中靜默了半晌，顧元白突然睜開了眼，他起身，薛遠也跟著莫名起身，但卻在下一刻倏地被帝王壓在了床頭。

顧元白壓著他，拿著手輕輕拍著他的臉，漫不經心地道：「薛九遙，天子入你懷？」

屋中的燭光一個不留，黑暗之中看不清薛遠的表情，但薛遠卻悶笑了一聲，「聖上，您這是要對臣做什麼？」

臉側的手一下拍著一下，羞辱一樣，卻很讓人興奮。

顧元白漫不經心，「你此時再說一遍，天子怎麼入你懷？」

薛遠乖順極了，他笑了笑，「是臣入您的懷。」

顧元白冷笑了一聲，放鬆了對薛遠的鉗制，「你從北疆偷偷回來一事，朕還沒跟你算。」

「我明日就走了，」薛遠道，「等我回來那日，聖上再與我算帳吧。」

「聖上有太多太多的帳需要同我算了，」薛遠在黑暗之中準確地摸到了顧元白的手，把玩著他的手指，「年後便是一場惡戰，要是我能從戰場上回來，那時聖上可以與我一分一毫地算。」

騙人。

顧元白心道，那對你來說怎麼能算是惡戰，你分明就是在對朕裝著可憐，在用著苦肉計。

但薛遠卻只一筆帶過地說了這一句，隨即就將手覆在了顧元白的眼上，道：「睡吧，聖上。」

他總是能精準地在黑暗之中找到顧元白，好像顧元白在他眼裡會發著光一樣，顧元白卻看不到他，只能看到一片黑暗。

顧元白拍了拍身邊的空處，難得心平氣和道：「躺下，睡覺。」

薛遠躺了下來，自覺抱住了顧元白的手腳，顧元白喟歎一聲，突然笑了：「全天下，也就你敢這麼抱著朕了。」

薛遠笑了，「老天爺都不敢劈我，我還需要顧忌什麼？」

「要是老天爺劈了你呢？」顧元白突然問道。但他問完就後了悔，這麼無趣的假設竟然是他問出口的。

薛遠悠悠，抱著顧元白的手用了力，「他劈他的，老子做老子的。」

顧元白氣笑，「好一個薛九遙。」

「聖上不生氣了？」薛遠問。

「我生氣幹什麼，」顧元白懶洋洋，「你敢回來，必定是北疆已定，你有了底氣。之前那事我爽也爽到了，便宜都被我佔了，我再生氣，生什麼的氣？」

薛遠悶笑幾下，「那你先前還是怒氣勃勃的樣子。」

「那是對你，規矩都管不了你，」顧元白，「我罰了你多少回了，但你下次還敢。」

黑夜之中，只有身體貼在一起，看不清彼此。顧元白驟然之間升起了一種錯亂，好像他又穿越了時空，回到了現代，而他躺在床上，身邊躺著的也是一個靈魂平等的人。

語氣淡淡，但含著放鬆。

「我不敢做很多事了，」薛遠抬起顧元白的手指啄吻，「不敢傷了你，不敢嚇著你。連我想在你身上蹭一蹭，拿你的手或者腳揉一揉那裡，我都怕磨破了你。」

還挺敢想。顧元白隨意地想著，什麼都不怕，什麼都敢做，即便鏈子被顧元白攥在了手裡，但薛遠還有怕的東西嗎？

他也索性問了出來：「你怕什麼？」

薛遠沉默了，老半天沒說出一個字，而在等著這個答案當中，顧元白已經睡著了。

等不知道到了多久，窗外的夜色隱隱退去，薛遠才囫圇睡了一個小覺。

沒過多久他就從夢中驚醒，大汗淋漓地喘著粗氣，初冬的早晨裡他卻像是經歷了一場惡戰，面色已經猙獰。

薛遠連忙翻身去看顧元白，數次去摸他的脈搏試探他的鼻息，一直這樣持續了幾十次，他才從森森寒意中穩住了顫得不停的手。

這雙拿刀殺去無數人的手，竟然在現在因為一個人的鼻息存在而激動不已。

薛遠怔愣了一會，才下床去穿鞋，收拾好東西啟程之前，他控制不住地又去試探了一下顧元白的鼻息，去額頭貼額頭地感受他淺淺的呼吸，才覺得嗓子裡的那顆心臟又安穩回到了胸腔裡。

親了一口，低聲道：「等我回來帶你放風箏。」

頓了一下，又酸澀發脹道：「別給老子納宮妃。」

陽光落了滿地。

顧元白一夜好眠，從夢中轉醒時，薛遠已經沒了蹤影。

皇帝愣了一會兒，將奴僕叫了進來，問田福生道：「薛遠呢？」

田福生一愣一愣，比聖上還懵，「薛大人何時回來過了？」

顧元白皺眉，他正要下床，卻忽地想起了什麼，揚手將被子猛地掀起，床上，就在顧元白躺下的地方旁邊，正有著幾塊波瀾血跡。

不是夢。

他十五日趕回來，已然爛掉幾塊肉。

第九十四章

顧元白看著這些血跡，過了一會，他下床走到了窗戶處，陽光灑進來，晃眼得連外頭的景色都不清不楚。

燦爛的陽光底下正是適合啟程的好天氣。

顧元白突然抬手捂住了眼，擋住刺目烈日，悶聲笑了幾下。

好手段，薛九遙。

身旁的人小心翼翼：「聖上？」

顧元白笑了一會兒，他就轉過身，「來人。」

薛遠來得如一陣風，走得也如一陣風。

一夜過去之後，沒有人知曉昨日還有一個薛九遙來過。顧元白與人在亭中暖茶時，還在想著他究竟還有些什麼本領，聽到旁人叫了好幾聲，才回過神抬眼看去。

孔奕林笑了笑，「聖上昨日泡泉，可有覺得暖和了一些？」

「確實，」顧元白，「就是中途跑來了一隻野鳥，在朕的池子裡落下了幾根羽毛。」

孔奕林感歎：「如今這季節，沒想到還能在和親王這處見到鳥雀。」

眾位青年才俊陪侍在側，都想要在聖上面前表現一番，枯坐著無趣，求得同意後他們便將此當做成一個小小文會。暫以花枝為介，指到誰，誰就做一首詩。

這是文會常有的開胃菜，常玉言微微笑著，雙手背在身後，十分地胸有成竹。顧元白有意給常玉言造勢養名，他的名聲不可同日而語，這些人當中，不少人將他視作勁敵。

湯勉年齡小，還未立冠，他主動跑出亭子去折了一支含苞待放的芙蓉花，正滿面笑意地想要跑回去時，一轉身，卻對上了和親王的臉。

湯勉的臉霎時被嚇得慘白，說話哆嗦，「王、王爺……」

和親王冷冷瞥了他一眼，暗含警告，「你竟然還敢出現在聖上面前。」

湯勉慌亂極了，與他一同私藏聖上畫作的同犯李延現在也不在，只有他一個人面對和親王，一時之間手足無措，「王爺，請聽小臣解釋！」

和親王卻直接轉身，快步朝著亭中走去。

他的衣袍飛滾，湯勉卻嚇得六神無主，倉皇跟上，生怕和親王會告訴聖上他曾做過什麼。

而在亭子中，久久等不來湯勉的眾人正說笑交談著。聖上被眾人圍著中間，諸位才華橫溢的年輕官員湊在他的兩旁，這些官員俱是天之驕子，年紀輕輕便考上了進士入了翰林院，孔奕林能與這些人交好，恰恰就表明了這些人並非迂腐古板之輩。

腹有詩書氣自華，如此多的俊才在此，和親王第一眼看過去的竟然還是顧元白。

他氣息沉澱下去，乾淨俐落上前行禮：「臣拜見聖上。」

「和親王來了，」顧元白含笑拍了拍身側，「坐。」

諸位官員朝著和親王行了禮，退開了位置。和親王走上前坐下，顧元白側頭看著他，「昨日朕有些體乏，睡得早了些。今早聽田福生說，和親王昨晚專門過來找了朕，似乎有些事想同朕說？」

湯勉緊跟在後，聽到這句話只覺得眼冒金星，頭暈眼花。

和親王卻沒有說他，而是低頭看著衣服上的蟒紋，平靜得宛若一個死潭：「聖上，臣只是想同您說一件喜事。前些日子大夫上門診治，王妃有喜了。」

顧元白猛地看向他。

和親王還在看著膝蓋上的手，側顏冷漠，手指不自然地痙攣，看著不像是得知自己妻子有了孩子的丈夫，而像是一個冰冷的劊子手，「夫人現在不宜面聖，她前些日子受了些驚嚇，大夫說了，要時刻在府中好好安胎才好。」

這兩位先帝的血脈，總算是有下一輩了。

田福生喃喃道：「是大喜事，天大的喜事。」

先帝在時，和親王一直在軍中拚搏，常年在外不回府，和親王府都要落了灰。回來京城之後，這麼長的時間也沒有聽聞過子嗣的消息，再加上先帝同樣是子嗣單薄，不少人都猜測皇家血脈是不是就是如此的難延。

眾人拱手恭賀，臉上都帶上了笑，一時之間只覺得喜氣洋洋。和親王客套了幾句，顧元白問：「胎兒幾個月大了？」

「快兩個月了，」和親王扯扯唇，「約莫是在聖上萬壽節之後有的，當真是有福氣。」

顧元白笑了，朗聲道：「田福生，賞！」

田福生同樣高聲應道：「是！」

和親王道：「臣替王妃謝過聖上。」

顧元白笑著搖搖頭，拉著和親王的手臂站起，同他一起緩步下了亭子，打算說些兄弟的私密話。

落在他身後的和親王低頭看著他的手，只覺得這手怎麼這般的細長瘦弱，在他深色的常服上白得猶如透明一般。

王妃的手也白，卻並無男人的經脈和青筋，這手即便是養尊處優，也是一雙男人的手，世上唯獨此一雙的手。

深夜中的那些時日，和親王伏在王妃的身上，抓著她的手臂扣在頭頂，有時候汗流浹背，失神之中就會扣著王妃的下巴，喊著：「顧斂。」

王妃知道了他的心思。

但和親王卻很輕鬆，他好像終於能找到一個可以聽他說這些秘密的人一般，把心中的這些足以氣死列祖列宗、足以遭受天譴的話都肆無忌憚地告訴了王妃。

王妃嚇得瑟瑟發抖，但沒必要害怕，和親王不會對她做什麼，正好相反，和親王會給她一個孩子，一個能擔負她未來富貴榮華的孩子。

聖上同和親王緩步而去，兩人身量俱是高眺修長，亭子中的眾人看著他們愈走愈遠，面上或多或少地流露出了幾分失望。

孔奕林主動開口道：「諸位，我等還繼續嗎？」

褚衛收回視線，垂眸淡淡道：「都已說好了，那就繼續吧。」

湯勉送上芙蓉花，孔奕林看著他的臉色，眼中一閃，「湯大人，你的面色怎麼如此不好？」

湯勉強撐無事，「應當是有些受寒了。」

§

綠葉紅花之間，碎石小路之上。

聖上緩步走著，腳步聲低低，配著潺潺流水之音。顧元白雙手揣在袖中，袖袍垂落，語重心長道：「兄長，和親王妃辛苦，你要多多照看好她。這莊子朕就覺得不錯，平日裡無事，你也可帶著王妃出來走一走，千萬不要一動也不動地待在府中。」

「聖上也喜歡這莊子？」和親王似有若無點點頭，「臣自然會照顧好王妃，聖上不必擔憂。話說回來，這莊子直到今個兒也沒個名字。和親王府四個字是聖上題的，聖上不若給這莊子也題個名？」

顧元白對自己的取名能力心知肚明，「不了。你要是想要朕的題字，取名之後告訴朕就行了，朕寫完讓人送到你府中。」

和親王神情緩和，「好。」

聖上歎了口氣，「咱們兄弟二人到如今也沒有個後代，說出去很是讓人不安。朕身體不好，時常憂慮於此，如今聽到這個消息，終於覺得猶如雲開見月明。」

兩匹狼泛著凶光的獸眸緊緊盯著和親王，喉嚨之間發出可怖的嗚咽聲，每一匹都需要兩三個侍衛同時費力拽著，以免牠們衝上去咬傷王爺。

和親王瞥了這兩隻狼一眼，不喜劃過，「臣也如此。」

兩個人閒聊幾句，眼看快要走到路頭，和親王突然頓住腳，皺眉道：「聖上，臣昨晚來找您也並不單是為了稟報王妃有喜一事。前一個月，西夏使者曾遣人送禮到府中，說是賠禮，然而說不清楚賠的是什麼禮，我沒有收。這些日子他們又給我送上了一份禮，送的禮還不薄，一看就是有事相求。」

顧元白沒忍住笑，「你收了？」

和親王冷笑，「一個小小西夏，行賄都行到我面前了，真是膽大包天，我怎麼會收。」

顧元白倍覺可惜，剛想要表露遺憾，但一看和親王理所當然暗藏不屑的面孔，又瞬間對和親王這種不被金錢擄獲的正氣升起了佩服。

不愧是和親王，與顧元白這種無時無刻不在看熱鬧、不在想著怎麼再多坑蒙拐騙西夏使者一番的俗人不同。

顧元白敬佩完了之後，又好奇道：「他們送了什麼禮給你？」

和親王挑了其中還能記著的幾樣說了，顧元白眼睛微微瞇起，半晌，他笑了，眼中閃著欲望的光：「巧了，這些東西怎麼這麼討朕的喜歡。」

他也該同西夏談一談榷場的事了。

§

薛遠在天色茫然時奔出京城，途經過第一個驛站時，他卻被恭迎在驛站門前的人給攔了下來。

這些人牽走了他的馬匹，準備了熱水和熱菜。上好的房間，柔軟的床鋪，絕佳的藥材，還有恭恭敬敬等著為薛遠療傷的大夫和殷勤的僕人。

等薛遠好好休息了一夜之後，第二天一早，他的馬匹就被牽了出來，馬匹毛髮光滑，佩戴著漂亮精緻的馬具，馬鼻聲響亮，馬背上已準備好足量的清水和肉乾，與主人一般的精神飽滿。

薛遠納悶地騎上了馬，再次往北疆奔襲。可他每過一個驛站都會受到如此妥帖的對待，有時沒趕到驛站，驛站中的人甚至會帶上爐子和調料前往荒山野嶺中找他，給他在野外做上一頓香噴噴的菜。

三番兩次之後，薛遠明白了，這是皇帝的賞賜。

薛遠哂笑，胸膛低顫。

這是他的皇帝陛下在告訴他，即使顧元白身體虛弱、手腳冰涼，是個稍不注意就會生病的主，但皇帝陛下仍然牢牢佔據著上位者的地位，他可以用滔天的權力，去給予薛遠一路的舒適。

這樣的賞賜，硬生生把薛遠當成皇帝後宮的妃子一樣呵護，需要接受來自聖上強勢的寵愛。

果然是臣入天子懷，而不是天子入臣懷。

薛遠坦然受之了。

皇帝的恩寵真切地落下來時，那等的待遇是尋常人無法想像得到的，馬匹每日一換，口糧比在京中不輸，水果新鮮透著香氣，每日的衣衫都被熏滿了悠長的香。

若非薛遠時間緊迫，他甚至相信這些人會跟抬著尊像一樣把他送到北疆去。

這樣的行為無疑會延長了薛遠趕路的時間，但薛遠還是把皇帝的安排給一一受著了。

再疲憊的心都被化成了水。

這些花了心思的東西，薛遠也不捨得拒絕。

第九十五章

聖上也是好手段。

薛遠想把顧元白當做心上人愛護，沒毛病，但顧元白不是乖乖由另外一個侵略感如此強盛的男人愛護的脾性。薛遠的強悍，恰恰激起了顧元白溫和面孔下那根充滿勝負欲和征服欲的神經，他直接用行動告訴了薛遠，在朕這裡，朕用不到你的愛護，但你看起來卻像是少不了朕的寵愛的樣子。

顧元白在看到床上血跡的時候，確實有一瞬間的心軟。

沒法否定，事實擺在面前。

這心軟並不是非要帶上情感色彩的心軟，並不代表著顧元白就對薛遠動了心，只是看到血跡，想到了薛遠說的那些話，想到了昨夜的一夜好眠。於是猛然一下，又很快逝去。

顧元白甚至未曾分清這心軟的由來。

可憐薛九遙？他不需要可憐。

顧元白不知道，但他不急著知道。

他只是想了想，就換了一個念頭，轉而去想薛遠是不是把他當成了女人。

對待他的態度，那樣熱烈的情感，是不是因為顧元白男生女相的臉。

想到這，顧元白便是一聲冷笑。

長得再漂亮，再好看，身體再病弱，要是薛遠真不把他當男人看，那麼顧元白會把他剁成肉泥。

信鴿早已在漢代就用於了軍事用途。在大恒的驛站、邊關、官府、客棧與京城和重鎮，都有專人用來傳遞消息用的信鴿部隊。

這些鴿子被專門培養過，牠們很戀家，對地球磁場很是敏銳。但在北部蝗蟲肆虐時，用信鴿傳信只會讓餓極的人或者猛禽將其視作口中餐，因此薛老將軍放棄了採用信鴿傳信的方法，共弊端也顯而易見。

不過在京城到達驛站的路途當中，用信鴿的方式就要比快馬加鞭快上許多了。

薛遠還在路上奔襲的時候，聖上的旨意便由前一個驛站傳往了下一個驛站，一個接著一個，絕不間斷。

財力、物力，一切讓人心甘情願臣服的東西，在顧元白的身上展現得淋漓盡致。

最重要的是，他不在乎這些東西，他有足夠的底氣去給予任何人特殊的待遇，磅礡大氣的一堆東西砸下來，神仙都能被砸暈頭。

薛遠沒被這些東西砸暈，但他被這些東西背後所意味的霸道給砸暈了。

一路暈乎乎，醉酒一般神志不清。聖上好手段，這麼一下，薛遠徹底酥了心，心甘情願地成為那個被帝王萬里呵護的「嬌弱的妃子」。

行了，沒轍了。自從在山洞之中顧元白說了那句「受不得疼」開始，薛遠就自己給自己纏上了鏈子，然後巴巴地想把鏈子送到顧元白的手裡。

想到他便覺得如在火山，感情如岩漿，時時都被燒烤得炙熱亢奮。

薛遠駕著馬，想到顧元白就想笑。只要確定了顧元白沒有納宮妃，他就心情舒暢，穿越高山密林時都想要引吭高歌。手心偶爾拂過馬匹的鬃毛，只覺得激起一片好像拂過聖上胸膛的癢意。

每當這時，思緒就會被打斷，鼻子也跟著開始發癢。

這麼強勢的聖上，那處也是粉的。

可愛……啊。

§

顧元白絕不知道薛遠還敢在心中說他可愛。

他帶著人回了宮，特意將褚衛送到褚府門前，含蓄問了一番：「朕聽說褚卿近日同西夏使者走得近了些？」

褚衛本有些不敢看聖上，此時聞言，倏地抬起頭，臉色凝霜，眉眼間陰霾覆蓋。

他在顧元白眼中向來是端方君子、謙謙白玉的模樣，有昳麗不失莊重的時代君子之美姿。看著美，有能力，且有傲氣。

但褚衛這樣的神色，還是顧元白第一次見到。即便是被他綁到龍床上的那次，褚衛看起來至少也是平靜無波。

顧元白暗思，這樣的神情，的確是厭惡西夏皇子厭惡到極點了。

褚衛眉目間暗潮湧動，反而鎮定了。雙目不偏不倚，直直看著聖上：「聖上明鑒，臣與西夏使者間，反而齟齬相惡。」

「朕知曉你的為人，」顧元白安撫道，「這些時日辛苦褚卿了，明日朕會召見西夏使者，褚卿近些時日與西夏使者有過幾次接觸，明日也一同過來吧。」

褚衛恭敬應道：「臣遵旨。」

§

第二日，宣政殿。

眾位大臣站在兩側，太監在外高宣西夏使者進殿。

西夏皇子帶著使臣低著頭進殿行禮，顧元白坐在高位看著他們。那十幾日的禮儀學著還是有用的，至少現在，動作規矩極了，挑不出什麼錯。

行完禮後，西夏皇子道：「外臣李昂順，與其西夏使臣參見聖上，叩請聖上萬福金安。」

眾位重臣笑迷迷地看著他們，他們中的大多數人都或多或少收了西夏的禮。西夏使者看到他們就是臉上一抽一抽，心裡已經對這些老傢伙破口大罵了。

哪有收了人家的禮不問問人家送禮做什麼的，西夏使者這些日子真的是看透這些大恒官員的虛偽了。

不都是說大恒是禮儀之邦，人人以謙遜為美嗎？西夏使者給這些人送禮的時候就沒好意思把話直說，結果這些人當真是把禮給收了，但一收完禮，他們就跟聽不懂西夏使者話裡的暗示一般，懂裝不懂，硬生生讓西夏使者白送了一次又一次的禮。

這些時日的焦急和無法更進一步的挫敗，讓西夏使者臉上的囂張早已不見，取而代之的是多處碰壁之後留下的緊張和憔悴。

可見是被折騰得慘了。

然而大恒的皇帝陛下也是個惡趣味的主。顧元白俯身，關切問道：「西夏使臣面上怎麼如染菜色？」

這話中的調侃藏也藏不住，西夏皇子的臉一拉，但抬頭看著聖上時，心中的怒氣又硬生生壓了下去，只是沉聲道：「應當是水土不服，睡得不安穩了些。」

顧元白微微一笑，轉了轉手上的玉扳指，和他客套幾句話之後，就讓戶部尚書上前，和他談論兩國榷場的事。

如今的西夏還離不開大恒的資源，西夏的青鹽因為價格比官鹽便宜，也一直是國內私鹽的主要來源。

光是青鹽一項，便給西夏帶來了巨大的利潤。西夏不怕顧元白大刀闊斧地禁鹽，因為百姓們只要有選擇，他們就會買更便宜的私鹽，有市場就有供求，如果顧元白強硬地禁了，說不好會適得其反。但西夏怕顧元白插手腳，給一條生路，再折騰死一半，這樣的手法，會讓西夏的青鹽遭遇大坎坷。

戶部尚書就仗著自己國家的底氣，拿出了大國的派頭，一開口，就將榷場的利益在以往的條件上往上加了五成，然後等著西夏的還價。

西夏使者臉都黑了。

偌大的金鑾殿中，自然不只是這些人。鴻臚寺的人也在，戶部的侍郎和各官員也在，政事堂的人笑迷迷，也時不時在戶部尚書的話頭之後插上幾句話。

除此之外，還有史官捧書，在一旁準備時時記錄在冊。

這麼多的人把西夏使者圍在中間，好像是一群狐狸圍住了幾隻幼小的雞崽，虎視眈眈。

大恒的官員們穿得是彬彬有禮的官袍，可面上帶笑吐出來的話卻是一步一個坑。孔奕林也在一旁站著，頓覺大受點撥，在兩國官員的交鋒之中學習到了良多。

恍然大悟，原來還能這樣坑人啊。

西夏使者現在的臉色是真的面染菜色了，西夏皇子明明知道這些人話裡有坑，但他的腦袋轉得再快也跟不上這些名臣的腦子。西夏使者之中有專門負責談判的官員，此時已經忍不住了，憤憤不平道：「你們欺人太甚！」

「欺人太甚？」參知政事無奈一笑，「敢問各位使臣，我等如何欺人了？」

當大恒真的對外有禮的時候，他們覺得大恒窩囊，覺得大恒守著這些規矩，守著這些美名也只是虛榮罷了，沒什麼用。但現在，等隱藏在有禮皮囊之下的人真的變成了不講理的模樣之後，他們才知曉一個大國能謙和的給予周邊國家的禮讓，是對其餘國家多麼好的一件事。

西夏使者對大恒的刻板印象太深，好像他們認為，只要他們開口，大恒一定就會什麼都同意一樣。

可現在的大恒已經不是以前的大恒了。

李昂順反應很快，上前一步致歉道：「情急之下措辭激烈而不嚴謹，還請大人勿要與我等計較。」

兩個國家在爭奪自己的利益時，言辭激烈都是小事，心理戰和故意為之的壓迫欺辱都是為了讓對方退讓。大恒官員步步緊逼，說是欺人太甚，只是西夏的人自亂陣腳，敗犬狂吠罷了。

西夏皇子的這一聲致歉，被大恒官員坦蕩接受，並大方表示了並不計較。

他們愈是大方愈襯出了西夏的氣急敗壞。

至此，今日的談論到此結束。接下來的兩日，宣政殿中你進我退的拉鋸持久而緩慢，事宜逐漸細緻，隨著商談步步向前，終於，雙方都確定好了可以接受的條件。

等一錘定音之後，關於大恒和西夏兩國的榷場一事終於立下。西夏還是讓出了那些利益，並答應每年會固定給大恒供應最少三千匹馬的買賣數量。

榷場之中，大恒商人可以佔據其中的六成，稅收和牙錢更是比以往高了三成，還有其餘的零散瑣事，總之，收穫頗豐。

答應完這些事情之後，西夏使臣的臉色都不怎麼好看。李昂順也冷著臉，面上敷衍的笑意都已僵了下來。

顧元白眼睛半瞇半睜，他的面色有些蒼白。唇角卻帶著笑，雖然動作動也沒動一下，但大腦高速運轉到現在，也是有些難受。

不過隱藏得很好，誰也沒有看出來。

太陽當空，時間正好到了午時。御膳房的菜肴一個個擺上，今天是招待西夏的國宴，自然要下大功夫。等菜肴和酒水擺上後，在眾位官員的敬酒和說笑之中，西夏使者的臉色終於是緩和了些許。

李昂順也是在這個時候，才發現褚衛竟然也在這裡。

大恒皇帝先前護著褚衛上了馬車，並為此訓誡了一番他。如此看來，褚衛和大恒皇帝看起來關係還不錯。

李昂順看著褚衛一眼，喝下一杯酒。又莫名其妙地看了一眼高高在上的皇上一眼，再喝下一杯酒。

三番兩次之後，他的神智有些模糊。李昂順突地站起身，端起酒杯走到褚衛面前，不由分說地拽著褚衛的手臂來到了聖上面前。

顧元白身後的侍衛目光定在西夏皇子的身上。

西夏皇子喝醉了，大著舌頭道：「外臣，想、想求娶您的官員。」

顧元白面無表情地看著他。

西夏皇子硬是拽著褚衛，眼睛卻盯著皇帝不放，「外臣退了這麼多步，就喜歡他，大恒皇帝，您、您可同意？」

褚衛冷顏，怒火深深，他剛要甩開西夏皇子的手，餘光一瞥，卻停住了動作。

他側過頭，沉沉看著李昂順。

你如果真的喜歡我，又為什麼緊盯著聖上不放。

第九十六章

顧元白：「西夏皇子看樣子是醉了。」

他的眼神讓西夏皇子稍稍清醒一瞬，頭頂冷汗突生，順著話道：「是，是我喝多了酒，忘記規矩了。」

這件事不鹹不淡地放下，午膳之後，西夏使者同眾位臣子走出宣政殿。宮侍將西夏人引出皇宮時，褚衛也正好從皇宮出來。

他第一次主動朝西夏皇子走去，李昂順瞧見他，站在原地不動了，等人上前後就輕佻笑道：「褚大人這是捨不得我嗎？」

褚衛心平氣和，雙目凝視著他，好似要透過皮囊看到內裡，「七皇子，你說你喜歡我？」

李昂順愣了一下，隨即道：「當然。」

他撫了撫胸前微卷的黑髮，氈帽下的面容是有著幾分同大恒人不一般的深邃樣貌。西夏人和契丹人有通婚，李昂順的母親就是契丹一位首領的女兒，這讓他的容貌也有了幾分異國風情的味道，但他的眼神倨傲，很是讓人不喜，「難道褚大人心中動搖，真的想跟我回去西夏，然後嫁給我嗎？」

褚衛深深看著他，冷冰冰地，突然來了一句莫名的話：「你最好老老實實。」

然後轉身走人。

李昂順的面孔陰沉了下去，沉默地上了馬。就連大恒的一個小小的官員都敢威脅他了，都敢教訓他了，李昂順好歹是西夏的七皇子，他想著褚衛剛剛那厭惡隱藏不屑的面孔，想起大恒皇帝對褚衛這個人的維護，面上陰晴不定。

§

皇帝的事情大大小小，可謂繁多。顧元白愈到年底愈忙，整個政事堂都跟著忙得頭暈腦脹，各地官員到年底的政績報告逐漸遞交了上來，官員的評定、賞罰等等，都需要一件件地過。

在全朝廷各個機關高速運轉時，顧元白推開所有事務，光明正大地翹班，他打算盤炕了！

當皇帝這麼多年，前三年的時候忍辱偷生，別說盤炕了，能不能活下來都得看人臉色。去年終於掌權，但一場大病就熬過了整個冬天。今年到目前沒有生病，沒有權臣擋道，今年不盤炕不把火鍋搞出來，顧元白都要忘了自己是個穿越的人了。

火炕，分為炕爐、炕體和煙囪三部分。盛京皇宮內就有許多盤炕的宮殿，顧元白身子骨不好，晚上的湯婆子一冷，顧元白能生生地被凍醒，幾天下來，他煩不勝煩，乾脆找來了皇家的工匠，跟他們說了記憶裡頭火炕和地暖的方法。

明朝的時候，青磚地下鋪的就是煙道，顧元白可以先不要地暖，但他一定要火炕。

聽完聖上的想法，幾個工匠若有所思之後倒是說了不難，「難的是對煙道的處理，而且宮殿如此之大，只一個火炕也暖不了整個宮殿，若是多設上幾鋪炕面，也要尋準好位置。」

炕面不難，難得是怎麼讓其顯得美觀而華貴，不會破壞整個宮殿之中的美感。

顧元白點點頭，「磚上是石板，石板上是泥，內裡就有一層炕間牆，煙道應當就在炕間牆中。」

工匠們連連點頭，看上去神情輕鬆，「聖上，您放心，我們會儘快將樣式畫出再交給您。」

顧元白欣慰無比，「那就辛苦各位了。」

幾位工匠從皇上那裡離開後就湊在一起，商量怎麼去做出這個火炕。聖上用的火炕自然不能將就，要看什麼樣的材料保暖能更長久，裡頭的煙道必須通暢順達，還要乾淨、漂亮，無異味無噪音，方方面面一考慮上，簡單的也變成不簡單的了。

但之前從未想過這種取暖方法，聖上一提出來，工匠均有醍醐灌頂之感，他們談論時也多是激動興奮，研究圖紙時更是精神勃勃，堪稱廢寢忘食。

幾日之後，顧元白就收到了火炕的圖紙。

工匠們結合宮殿樣式加上了火炕，聖上常待的幾個宮殿都會盤上火炕，特別是寢宮與辦理朝政的地方，因為宮殿地方大，若想要整個房子都暖融融的，那就需要多盤些炕。

光是聖上休息的寢宮，就設了七個炕面。

顧元白一看到這個圖紙，就好像已經感受到火炕的熱意似的，全身都暖洋洋了起來。他又將火炕的圖紙單獨拿出來看了一眼，排氣孔，煙道，承重牆和炕面，工工整整，很是漂亮。

古人的智慧不可小覷，除了顧元白說的那些，工匠們還就此加上許多小細節，樣樣妥帖有用。

顧元白當即道：「欽准。即日撥去銀兩，開始承修火炕。」

皇宮內因為聖上的這一聲命令開始熱火朝天地幹了起來。宣政殿的偏殿也有人進去盤炕，偶爾有大人從旁走過時，聽到裡頭的響動，也會追問這是在幹什麼。

顧元白一概道：「盤炕。」

聖上用的東西，往往會讓百官跟隨。百官一用，那便帶著百姓也倍為嚮往。如同聖上先前穿的棉衣，棉衣一出，穿著錦羅綢緞的官商也想要換下綢緞跟著穿上棉衣。但棉衣都被送往了邊疆，很難得到一件。但愈是如此，愈是備受追捧。

弄懂了這火炕的作用之後，進出宣政殿的官員都有些意動。聖上用的東西都是好東西，但這圖紙是在皇室的手中，大臣們即便意動，也不知道怎麼去出聲。

於是迂迴找了戶部尚書，戶部尚書一聽，靈機一動，有了賺錢的想法，特地來找顧元白稟明：「聖上，眾位大臣對宮中火炕很是心動，若不等皇宮的工匠們忙完宮中的火炕之後，再收一收錢，上門去各大臣宗親府中盤炕？如此一來，朝廷也能多掙一份盤炕錢了。」

顧元白正翻看著奏摺，聞言忍俊不禁，「朝廷已經窮到戶部尚書要做到這般地步了嗎？」

戶部尚書訕笑，不肯放棄：「聖上，京城之中多多少少也有數萬人有餘力盤炕。若是真的如工匠們口中所言，有如此卓絕的取暖之效，那必定這個冬日，光盤炕就能進項不少。」

「朕的火炕還沒盤出來呢，你們就開始想著了，」顧元白頭疼，「朕原本是打算等宮中忙完之後，再派人去官員和宗親的府中盤炕，以犒賞他們對朝廷做出來的功勞。你這麼一打岔，朕難道以後收了錢，再去降下恩寵嗎？」

戶部尚書想了想，「聖上。皇宮裡的工匠親自前往臣子府中建起此等取暖之物，這是莫大的恩寵。臣等必定心懷感恩，時念聖上恩德。但臣子們用得好，也會想起父母妻女，一戶人家怎麼也要盤上十幾面炕，如此一來，還是不夠啊。」

顧元白已經放下了手中的奏摺，「說下去。」

戶部尚書行禮道：「臣想著，除開大臣宗親，商賈、百姓之家也嚮往火炕之法。聖上降下恩寵後，朝中必定知曉了此物的厲害，那時想多多盤炕，大臣們也不好直接前來找聖上。不若皇宮中的工匠便接了這些活計，只做百官與宗親中的生意。而民間百姓和商賈，則是將圖紙給與民間工匠，允他們接盤炕活計，再按盤炕數量，每盤一個，便交予一份錢與朝廷。」

「如此一來，也能讓民間工匠多掙份錢，過個好年。讓百姓屋內暖和，舒舒服服過嚴冬。」

聖上思索了一會，頷首道：「你們去寫個詳盡的章程來。」

戶部尚書大喜：「是！」

§

很快，宮中的火炕就能用了。

顧元白最為欣喜的不是可以用火炕給朝廷進項，而是他終於可以手腳暖和地睡一個好覺了。

這些時日以來，他唯一一次好眠的覺正是薛遠萬里奔襲回京，捂著他的手腳睡的那個覺。他那夜一夜無夢，舒爽無比。第二日沒人當暖床工具之後，一夜就回到了過去。

然而火炕怎麼都好，唯獨卻是太過乾燥。顧元白早晨時起來，需要喝上好幾杯水解渴，再一摸摸唇，唇上已經乾得起皮了。

田福生時刻關注聖上的身體變化，如今是冬日，火炕雖暖但乾，他擔心聖上體內虛火過大，但御醫把完脈後道：「這些時日還好，火炕防止寒氣入體，反而有益。聖上只需要多喝些解渴降火的茶就罷了，若是口乾舌燥，肝胃炙熱，那是才是內火過大，需要忌口了。」

「冷了不行，熱了也不行，」顧元白歎了口氣，「行了，朕知道了，下去吧。」

御醫下去之後，田福生又拿出了藥膏，「聖上，御醫跟小的說過，太過乾燥還會使手臉皸裂，藥膏也需要用上了。」

顧元白把手遞給他，待到田福生上完藥後抽回手，鼻尖卻聞到了一股清淡的草藥香味，他抬起手放在鼻前一嗅，「朕之前好似聞到過這個味道。」

田福生的徒弟上前送茶，也跟著鼻尖一嗅，想起什麼道：「聖上，薛大人還在殿前上值的時候，曾問小的要過護手的東西。那東西裡也加了草藥，味道同這個有幾分相似。」

護手的東西？

顧元白想不起來：「什麼時候？」

「正是您染了風寒那次，」小太監條條有理地道，「在花燈節之後，您剛在褚大人府上做了一個花燈之後的第二日。」

顧元白想起來了，他若有所思道：「是那次啊。」

他燙著了嘴，薛遠上前護著，結果動作太急，反倒是粗手擦疼了他的唇。

難怪之後在避暑行宮之中他的手變得細膩了一些。但前幾日他趕回來，摸在顧元白身上的手好像又再次變得厚繭深深了。

原來那麼早就對他有了心思？薛九遙，真是會藏啊。

第九十七章

皇宮裡的工匠將會分批給京城之中的王公大臣、宗親權貴們盤炕，第一批中，正有薛府的名字。

薛老夫人知道這件事之後，和兒媳一起，上上下下地將需要盤炕的地方好好清掃了一番。

細細囑咐了府中僕人從何處開始打掃之後，薛夫人便親自帶著人，憂心忡忡地上了薛遠的門。

自從她上次在薛遠床底下發現了一盒玉勢之後，薛遠就不准任何人進他的房間。那盒玉勢，薛夫人終究還是給他送回去了。但再怎麼荒唐，那也得在聖上派人來盤炕之間，將那玉勢給藏起來啊。

想到這裡，薛夫人又是拭淚連連，身邊扶著她的丫鬟道：「夫人，您可是想念大公子了？」

「想念他做什麼，」薛夫人的眼淚濕了一個帕子，「好好的男兒郎，非要去禍害旁人家的……」

還把人又親又摸，薛遠就是個土匪模樣，指不定是他怎麼強迫別人的呢。

薛夫人就這麼一路哭到了薛遠屋中，但派人打掃時卻發現，薛遠床底下的玉勢不見了。

薛夫人猛地冷下了臉，心中拔涼一片，「誰曾進過大公子的屋子？」

丫鬟小廝靜默一會兒，有一個小廝上前道：「回夫人，聖上前頭來薛府的時候，曾讓小的在前頭帶路，來了一次大公子的房間。」

薛夫人只覺得頭腦發昏，站也差點兒站不住，「那你、那聖上可拿走了什麼東西？」

小廝為難道：「小的不知道。」

薛夫人想到了最壞的那個可能，氣都要喘不過來，差點兒一口氣厥了過去。

§

過了幾天，比盤炕的人先進薛府的，卻是送信的人。是一封薛遠寄給薛林的信。

躺在床上的薛林一聽到薛遠的名字便是渾身一抖，但他不敢不接，信紙到了他手中，展開一看，頓時眼前發黑，恨不得自己不認識字。

是薛遠從北疆寄回來的一封信。

它自然不是什麼家書，而是語調悠悠的一封威脅信，若是薛林不按著薛遠的話去做，薛林就永遠別想著能從床上起來了。

薛林沒忍住，握著信哭了起來。

哭完了之後，他又重新振作，換來人道：「瞧瞧，這次可是大公子安排的事，你們可別再耍滑頭了。派人去盯著這幾個人，褚衛，張緒……咦，怎麼還有常玉言？」

小廝乖乖應下，又問：「盯著他們之後呢？」

「去看看誰靠得聖上近了些，」薛林說著，又哽咽了起來，「聖上九五之尊，我怎麼敢去窺探聖上行蹤。但要是不做，我這一雙手也別要了。你讓盯著這幾個傢伙的人注意，要是誰得了聖上的恩寵，日日和聖上待在一塊兒，那就暗地裡找個機會，把他們，」薛林抹了下脖子，「懂了嗎？」

小廝點點頭，多問了一句：「常大人也是如此嗎？」

薛林一時有些幸災樂禍，「大哥生起氣來都能殺了我，一個常玉言，十幾年沒見的兒時好友，你覺得大哥會饒了他嗎？」

「小的懂了。」小廝領命而去。

這封信是薛遠在北疆所寫的信，是他在還未被刺激得從北疆跑回京城前寫的一封信。那時因為他幾個月往顧元白面前送的信封都沒有得到回應，薛遠就以為聖上忘了他，這一封寄給薛林的信，正是要薛林去看看聖上有沒有在薛遠不在時被其他人蠱惑、是不是與其他人親密起來的事，如果有，那麼就記下來是誰。

「離他近的人，受了他笑的人，誰碰了他的人，」薛大公子信中的語氣懶散，卻跟護食的狗一樣陰沉，「一個個記著，寫信寄給我。」

這是薛遠的原話。

薛林猜他是打算親自動手殺光這些人。

薛二公子認為自個兒還是瞭解薛遠的，知道薛遠的狠，雖然薛遠在信裡沒有明說要處理掉這些人的意思，但薛林也有想法，他想要更進一步地來討好薛遠。

萬一人死了，薛遠一高興，就不在乎他曾經想謀害薛夫人的事了呢？

§

隨著皇宮之中火炕的盤起，在百官之中也掀起了一番盤炕的熱潮。

但現在正是皇上賞下恩賜的時候，只有皇上可以決定誰家能盤炕，等一番賞賜輪完，才可以自己去請人來家中盤炕。

也是在這會兒，朝廷放出去了民間木匠可學習盤炕之法的消息。皇室工匠主動教導，但每盤一個炕，就要交上一份錢。

收的錢並不多，也不收教導他們的費用，朝廷對待百姓一向寬容，此舉相當於把這個聚寶盆分發給了天下工匠。

這個消息一放出來，京城之中的工匠連猶豫都沒有，當即前往了官府報名學習，等到了官府門前時，隊伍已經排得長長的了。

有老工匠一看，幾乎熟識的工匠都已在這了，老工匠跟著徒弟感歎不已，「都是來學習盤炕的。」

徒弟踮起腳往前後一看，咂舌：「怎麼這麼多的人！」

「這人不算多嘍，」老工匠道，「聽官府的消息，那盤炕之法可神著了呢！學到了手之後，只靠著這一手就能吃一輩子的飯。」

徒弟懷疑：「能嗎？」

「怎麼不能！」老工匠給他算著，「咱們大恒得多少人啊，以往也從沒聽過有什麼盤炕的辦法，要是每個人都要盤炕，你一天盤一個，一輩子都盤不完。人生人，人多了總得建新房子，新房子多了總得去盤炕，人都怕冷，要是能盤，誰不想盤一個炕？」

徒弟一愣一愣，「是。」

「大戶人家盤得更多，上上下下的，十幾個幾十個炕面，」老工匠不由大笑，「這個冬天得忙起來嘍！」

這個冬天確實忙了起來。

朝廷中的官員，本身大多數便是各個學派中的代表人物，他們的文采自然不輸。待火炕一成，躺在其上時，暖融融的熱勁便從身下鑽進了四肢，舒爽得讓人連手指都不願意動一下，從內到外的憊懶，只想就這麼閉上眼睛睡上一覺。

試想啊，冬日裡外頭大雪飄飄，而他們卻能在火炕之上，享受著熱氣，飲著溫酒，有時候小菜擺上一些，便可看著窗外的紛飛大雪悠然自得。

這些的日子，真像是神仙的日子。

於是體會過火炕之後，眾位官員便詩興大發，一篇篇文章和詩句從京城往天南地北擴散，篇篇都是《詠炕》。

只是在興致大發，妙作連連之時，官員們也不由在心底暗忖，聖上為什麼要叫這東西為火炕呢？名字簡單粗糙，總是失了幾分詩意。

被自己的臣子們暗忖不會起名的聖上，則是躺在自己剛剛盤好的炕上，在處理著先前幾日殘留的政務。

他半躺半枕，黑髮垂在手臂外側，看著奏摺的神情時而皺眉，時而面色含笑。

茶香味嫋嫋，顧元白看完了奏摺，道：「這個福建的官員倒是有意思。怪不得政事堂會將這則奏摺遞到朕的手裡。」

田福生好奇：「聖上覺得寫得好？」

顧元白起身，從他手中接過濕帕擦了擦手臉，「說不上好，也說不上不好。他這封摺子，寫的是海關十利十弊，看在朕的眼中，八成都是言之有物的東西，還言辭懇切讓朕千萬不要忘了對水師的訓練，水師之重，不輸陸軍。」

說著，顧元白又拿起了奏摺看了一眼：「正好是臨海一個縣的縣令，叫做林知城，這名字你可耳熟？」

田福生想了想，遲疑地道：「似乎是有些熟悉，但小的不記得了。」

顧元白也只是隨口一問，「那等回頭讓政事堂的人調上他的宗卷。」

田福生應了，等候在一旁的時候不由再次想著這個林知城是誰，怎麼隱隱有些印象。他愈想愈覺得熟悉，想得抓耳撓腮，最後眼睛一亮，連忙上前跟聖上道：「聖上，小的想起來那個林知城是誰了！」

顧元白隨意道：「是誰？」

「是先帝時收服的海盜！」田福生語速很快，「林知城之人年輕時有俠義之氣，也有膽有謀。他可是那時的海盜魁首，當年兩浙和福建一地的海盜要建立各幫各派，林知城便帶著人剿滅了那片海域多支海盜，獨自一人坐擁了千里海疆。因著他殲滅了這些海盜，淨海有功，便多次上書想要大恒大力發展海上貿易，但這一上書，先帝便知道福建與兩浙的海域竟是他一人獨大，便驅使水師打算圍剿林知城。」

顧元白聽得入了迷，「後來呢？」

「林知城的許多手下在朝廷的圍剿之下逃亡了扶桑，但林知城卻放下了海盜魁首之位，主動上了岸，同意了朝廷的招安，先帝便將其放在了臨海一地，成了福州的一個縣令。」

顧元白幾乎扼腕，他起身踱步走來走去，歎了好幾次氣，「如此人物，如此英雄，先帝就讓他成了一個小小縣令？可惜了，可惜了。」

田福生很少見到聖上這般模樣，聖上對奇珍異寶無什麼喜好，唯獨對人才的渴求是全大恒的讀書人都知道的事，他跟著一想，也覺得倍為肉疼，跟丟了金子一般難受，「林知城似乎在縣令一職上，已經待了五年了。」

顧元白腳步一停，「五年？大恒的縣令任期可是三年一換。」

田福生道：「似乎便是從一個地的縣令，調到了另一個地方當縣令。」

顧元白：「……」

先帝和盧風，究竟埋了多少珍寶在這樣的職位上。先帝身為顧元白的父親，顧元白不好去責怪他。這樣的時候，就得把盧風拿出來當一個擋箭牌，拉出來出出氣。在心裡把盧風罵爽了後，顧元白總算是覺得解氣了，他將林知城的摺子放到一邊，打算明日再好好看看他的宗卷。

他有預感，他要撿到一個會名留青史的名將了。

第九十八章

第二日，顧元白就讓政事堂調出了林知城的宗卷。

宗卷中將林知城曾上書先帝的幾封信也記錄在冊了，顧元白看完了之後，當即修書一封，讓林知城年後回京述職。

一個小小縣令，又在新地未滿三年，哪裡需要回京述職。雖然聖上並沒有說將林知城召回來做什麼，但京中與林知城交好的人，已經熱淚盈眶地等著同林知城見面，並暗暗期待林知城能夠被聖上重用了。

十二月，氣溫驟降，京城徹底迎來了冬日。

這個冬日特別了些，先是北部出了蝗災被朝廷雷厲風行壓下。後又是邊關與契丹人發起多次衝突，捷報連連傳來。這些大事，由著《大恒國報》輻射性地往四周蔓延的趨勢，也被百姓所熟知。

但這些事離百姓們太遠，他們憤怒於北疆遊牧的侵犯，自豪於大恒士兵的勝利，但聽完之後，還是更關心京城所新興的火炕。

離京城近的人家，已經動手想要去請京城的工匠前來家中盤炕了。

不過他們如今想請也不容易請到，京城中的工匠早已忙得腳不沾地，京城中到處是富貴人家，這些富貴人家一盤就是幾十個炕，本地的還忙不完，還想去外地？

不去不去，太遭罪。

倒是有偷學到盤炕技術的人想要去外地為這些人家盤炕，但這些人拿不出官府給的證明。國報上可是說了的，若是請了給不出證明的人上門盤炕，若是盤得不好，煙道烏煙瘴氣，朝廷概不負責，因著這些人未曾受過皇家工匠的教導，你們若是貪便宜為了省那幾個小錢，自己就負擔起萬一盤不好的罪吧。

因為這樣的一番話，很多人都不願意用這些偷學到盤炕之法的人。本來人家正兒八經盤炕的工匠收的錢和偷學的人收的錢也就差幾個銅板，何必去冒這個險呢？萬一真的盤了還不能用，這出的錢豈不是全浪費了。

所以即便是等，這些人也願意等著京城的工匠來，或者本地的工匠前去學習。

而在這會，西夏使者終於決定，他們要啟程離開大恒了。

但在離開之前，西夏皇子想到了褚衛在皇宮門前看著他的那個表情。

明明是喜歡褚衛，但一想到他，西夏皇子心中反而會升起一股惡意，這惡意混著不知名的火。愈是到了離開的日子愈是燒得厲害。

李昂順想來想去，自己找到了原因，覺得這是褚衛太過不識好歹，才讓他這個西夏七皇子升起如此深深惡意。

在大恒的地盤，理智讓李昂順什麼都別做，但是在西夏養成的跋扈暴戾的脾氣，卻讓他無法忍下這口惡氣。

於是，西夏皇子準備在暗地裡做些什麼，以出了這口莫名的火氣。

顧元白在等今年的第一場雪。

§

京城中的雪往往十二月分就會降了下來，且還是鵝毛大雪那般的下法，時時一夜過去，外頭已是一腳能蓋住腳裸的厚厚積雪。

一到冬天，人人都在等著雪，好像不下點雪就不是冬天一樣。顧元白也在等著，等一個瑞雪兆豐年。

他躺在火炕上，薛遠送給他的那兩匹狼也舒適地伏在炕旁，熱氣不只止讓顧元白覺得舒服，也讓這兩匹狼舒適極了。

跟著顧元白一段時間，這兩匹狼被養得倍為慵懶，有事沒事就趴在地上不動，除了吃就是睡，每日跟著顧元白出去放風的時候是一天當中最有精神的時段，抖擻得英俊又神武。不過牠們雖懶，但是聰明，知道誰是賞肉的主子，因此格外討好顧元白。

就像這會，顧元白甫一從床上移下腳，兩匹狼便積極撐起身子走了過去，蓬鬆的灰髮柔軟，聖上的腳就直接落在了狼背上。

顧元白哭笑不得，從狼背上移開，「你們真的是夠機靈。」

他伸手揉了幾把狼，正要收回手，狼就探過了頭，用猩紅的舌頭親暱地舔著顧元白的手心。狼頭巨大，利齒就在手旁。顧元白拍拍它的狼頭，「見手就舔，哪來的壞毛病，乾不乾淨？」

田福生捏著嗓子道：「咱們聖上的手必定是乾乾淨淨的。」

「朕是說它們的舌頭乾不乾淨，」顧元白反手掐住了狼頭下顎，扳開大嘴，去看狼匹呲出口的牙齒，「牠們可洗過澡了嗎？」

專門照顧兩隻狼的太監上前，「聖上，前些日子剛洗過的。」

「還算乾淨，」顧元白一個個檢查牙齒和口腔，看得其他人膽戰心驚，最後滿意地點點頭，放過了這兩隻狼，「不錯。」

這兩隻狼還沒有正式的名字，顧元白就大狼小狼地叫牠們，更為俊一點是大狼，另一隻就是小狼。

顧元白讓人牽著牠們下去餵食，宮人端上溫水淨手，他隨口問：「京中盤炕的人可多？」

「聽起來是很多，」田福生喜滋滋地道，「聖上覺得好用的東西，百姓們也都覺得好。聽說外頭熱鬧著呢，盤了炕的人家吹噓火炕的妙處，沒盤炕的人聽著愈發好奇，京城裡頭的木匠忙得很，吃飯也只有幾口的功夫。」

顧元白笑了，「真讓戶部尚書又開了一個進項。你看戶部尚書如今這個鐵公雞的樣子，同以往真的是區別大了。」

「戶部尚書是愈做愈盡心了，」田福生道，「頂好的良臣。」

自從顧元白因為愛惜戶部尚書的才能而提醒其莫要和太府卿結姻後，戶部尚書便開始在自己的職位上發光發熱，為顧元白盡心盡力，比以前都拚命了好幾倍。

顧元白點頭，正要說話，外頭忽有人來報，「聖上，邊關送來了東西和摺子！」

顧元白立刻道：「呈上來！」

通報的人連忙走了進來，將一尊沉甸甸的木盒呈了上去，宮侍檢查之後，打開一看，裡面竟是一個被冰塊凍住的血淋淋的人頭！

顧元白呼吸一頓，他上前定睛一看，雖然他從沒見過這個人，但他還是很快認了出來：「悉萬丹！」

「是，」通報的人道，「北疆傳來消息，悉萬丹的部族冬日無糧，妄圖偷襲我軍，卻被我軍發現，一場混戰之中悉萬丹就被我軍斬於刀下。」

顧元白頃刻之間福至心靈，「砍了悉萬丹是誰？」

「薛將軍。」通報人道。

這個薛將軍，是薛平薛老將軍，還是薛遠薛將軍？

顧元白壓下這句話，心中直覺能做出送人頭這事的非薛遠不可，「悉萬丹的頭顱送給朕做什麼？悉萬丹死了之後，契丹八部的其他人現在又是如何？」

一個悉萬丹死就死了，之後的事若是處理不好才是麻煩。

通報的人呈上厚厚的信封，「您一看便知。」

顧元白接過信紙展開，一目十行地看了下去。

原來是悉萬丹的部族也受了蝗災之害的影響，雖比日連那好些但也沒好上多少。接受了日連那的殘兵之後，很快，悉萬丹便沒有了糧食。

但悉萬丹不是日連那這等的莽撞之輩，他提前設好了埋伏，再引大恒士兵交戰，打算以俘虜來換糧食。接戰的人正是薛遠，在故意激怒薛遠時，悉萬丹曾大笑嘲諷道：「汝主是個未離母乳的小毛頭子，病得風吹即死，要是來到我面前，我一指而捏死之！」

先前無論怎麼挨罵都笑迷迷的薛遠，在這句話中變成了面無表情，盯著悉萬丹的眼神陰沉。

他沒有受激將法，悉萬丹只好帶隊撤回。而等深夜時，更是聲東擊西，派日連那、自己的兒子與麾下大將烏南四路進攻，準備從關口長驅而入搶糧而歸。

那夜是一場大混戰，最可笑的是，悉萬丹的兒子遭受了埋伏，悉萬丹上前去救時，卻被向來對悉萬丹兒子暗藏殺心的烏南大將給誤認，於是派兵趁著黑夜釋放箭矢，打算以被流矢所害為名殺了這個和他不對頭的小子，誰曾想到等大恒士兵點起火把以後，烏南才發現他殺死的竟然是悉萬丹。

烏南驚呆了。

烏南的手下也驚呆了。

那一刻，整個悉萬丹的部族手下都心情複雜至極，呆愣在了原地。直到大恒士兵的弓箭手開始攻擊時，他們才慌不擇路，群龍無首地倉皇逃出了關口。

這顆頭顱，正是薛遠斬下，以給顧元白發洩怒火之用。

敢說顧元白會死得早，那悉萬丹就早點死吧。

顧元白看到悉萬丹的死法後，頓時知道這是怎麼回事了。

悉萬丹所中的這一根要了他命的箭，表面看上去是烏南所害，實際八九成的可能性是大恒的人趁亂射出，以此嫁禍給了烏南。

信紙上將此事的過程寫得分外詳細，顧元白幾乎可以從信紙之中感覺到那晚的刀光劍影和重重危機。他看完之後，長呼一口氣，放下手去看木盒之中的頭顱。

不管過程如何，這個結果當真是漂亮極了。悉萬丹死在自己信任的一員大將的手中，無論這大將是想要殺死其兒子還是想殺他，事實擺在面前，悉萬丹的部族要亂了。

契丹八部已亂兩部，剩下的人也應該急了起來了吧。或許同邊關互市、建起商路的目標，能比預想之中更快一步。

顧元白看著悉萬丹的頭顱，看著這一雙已經沒有了生機的眼睛，憐憫道：「你不會白白死去的。」

「朕還得多謝你，為朕以後挑起你們的內亂和侵入做了這麼大的奠基。等著吧，看看你嘴裡的這個能一指捏死的還沒斷奶的小毛頭，」他道，「是怎麼讓你們消失在歷史長河之中的。」

第九十九章

悉萬丹的頭顱，是顧元白第二次近距離看到的死人頭顱。

很巧，這兩顆頭顱都是薛遠送到他面前的，一是為邀功，二是為讓顧元白洩憤。邀功的那個頭顱是王土山的寨主，而這個，不得了，是契丹八部的首領之一。

當初荊湖南的反叛軍被壓回京城斬首示眾的時候，因為徐雄元從始到終都是顧元白掌中的一條線，是個徹底的手下敗將，顧元白沒有想去看他砍頭的興致，因此滿打滿算，他也就見過這兩顆死人頭了。

但顧元白卻很是鎮定。

他是打心底的鎮定，顧元白也沒有想過他能夠這麼坦然，甚至坦然到跟一個死人的頭顱駁回他生前的話。

派人將悉萬丹的頭顱拿去處理之後，顧元白問：「沒有其他東西了嗎？」

通報的人道：「驛站還送了一樣東西過來，是薛將軍給送來的。」

說著，他從懷中掏出了一個手帕，雙手舉過頭頂，恭敬送到顧元白的面前。

顧元白看了這個手帕好一會兒，才伸手去拿起，緩緩展開。

但手帕之上卻是什麼都沒有，空茫茫地一片。顧元白眉頭蹙起，以為是用了什麼秘方，「端水來。」

在宮侍端水來的時候，他走到殿前，將手帕舉起對著空中烈日，這時才勉勉強強地發現，手帕正中央的部分，有一點細小的沉色。

像是混了風沙的水乾透後的痕跡，若不仔細那就完全看不出來。

「這能是什麼？」顧元白沉思。

通報的人這才記了起來，「聖上，手帕當中還帶著一張紙條。」

他找了找，將紙條遞給了聖上。顧元白接過一看，就見上方寫著：

——北疆的第一片雪花，你的了。

§

北疆的風雪如鵝毛飛舞。

在薛遠寫信的時候，有旁人探過頭一看，哈哈大笑道：「薛九遙，應當是北疆的風雪如鴨毛飛舞。」

此話一出，眾人大笑不已。

營帳外頭的風呼呼地吹著，吹動得帳篷颯颯作響。得要石塊壓著，才能不使風雪吹進來。

薛遠面對這些人的笑話，面不改色地沾墨，繼續往下寫著字。

旁人笑話完了他，繼續閒聊著，過了一會兒，有人問：「薛九遙成天寫的這些信到底是給誰寫的？」

眾人都說不知道，等有人想要問薛遠的時候，薛遠已經拉開了簾子，獨自跑到外頭沒人的地方繼續寫著信了。

外頭的風雪直接打到了臉上，全靠著身上的棉衣護著熱氣。薛遠身強體壯，穿著冬衣後更是渾身冒著熱氣，大雪還沒落在他的身上，就已經被他身上的熱氣給融化得沒了。

薛遠將墨放在一塊石頭上，把紙墊在手上繼續寫，速度變快。沒有辦法，外頭太冷，要是不快點寫，要麼墨結冰，要麼毛筆結冰。

這都是給顧元白寫的信。

薛遠先前也寫，在奔襲到京城的那一日前給顧元白寄過了許多信，但顧元白就是小沒良心的，他就是不回。從京城回來之後，明知道對方不回，但薛遠還是寫得更為頻繁了。

不知道為何，從京城回來之後，薛遠更想顧元白了。

很奇怪，先前的思念還能被壓下去，成為雜草瘋長。但現在的思念好像找到了竅門，它們知道什麼地方是薛遠的癢處，是薛遠捂不住的地方，於是生長再生長。

比先前的更為猛烈，更為無法壓制。乃至現在在風雪裡去寫著信，薛遠也只覺得心頭火熱，甚至帶上了些焦灼。燙得肝火難受，嘴皮燎泡。

風雪同樣打在這張信紙上，但濕透了那點點沉暗反倒有了不一般的意味。薛遠把信收起，揣在懷裡抬頭看著天。

呼吸間出來的熱氣往上飛去，他想了一會顧元白，想了一會他也白得如雪、冷得如雪的指尖，想他的脖頸、臉龐和嘴唇。

好幾次想起來都萬分後悔，那時怎麼沒想起來多親他一口呢？怎麼沒想起來在他脖子上吸出幾個印子呢？

拿個貼身的東西回來惦念，就算是再裝一袋洗澡水，去喝一口顧元白身上滑下的水……怎麼著都比現在這樣乾想著強。

帶過來的白玉杯早就沒了顧元白的味道，手帕之上也只剩下龍紋了，薛遠深深歎口氣，回了營帳。

在外巡查一番的薛老將軍也回來了，極為納悶地看了他一眼，「大冬天，你火氣怎麼這麼大。」

「不知道，」薛遠撩起眼皮看了他一眼，摸了摸唇，又想，想顧元白想到大冬天都能有這麼大的火氣，可惜，要是這疼是顧元白給咬疼的就好了，他歎氣，「薛將軍，趕緊進去，都在等著你。」

父子倆走進軍營，擺在眾位將領中間的是一個沙盤，上方已插好不同的旗幟，那是北疆其餘遊牧民族的地盤。

「來商量商量年後的作戰，」薛老將軍道，「哈哈哈哈，等咱們商量完這最後的作戰，接下來就能準備過年的事了！今年必定是個好年，這最後的關頭，還需要大伙兒再堅持堅持了。」

眾位將領神采奕奕，齊聲道：「是！」開始熱火朝天地商談了起來。

§

時間一邁入了冬，白天亮著的時候就變得愈來愈短了起來。不只北疆如此，京城也是如此，且京城的冬季，也就比北疆好上那麼一手指的功夫。

聖上在十二月中旬時，特地出來巡視了一番京城百姓的生活。褚衛也在身邊，一行人深入看了看，回程的時候，顧元白的臉上就加了些笑意。

在他們一同前往鄉間的路上，盯著褚衛的人便走了一個偷偷回了薛府，將這件事告訴了薛二公子。

「聖上和褚衛同遊？」薛二公子猛地撐著床面坐了起來，「那你們還不趕快找機會處理掉褚衛！薛遠那狗脾氣你們不知道嗎？要是他交代的事情沒辦好，是你死還是我死？」

小廝道：「是您死。」

薛二公子被嚇得抖了一下，「知道還不趕快動手？」

「二公子，不是我們不動手，」小廝道，「是我們發現，還有另一夥人盯上了褚衛。」

薛二公子好奇：「誰？」

小廝搖了搖頭：「不知道。但他們今日從一早就跟在了褚衛身後，如今褚衛就同聖上在一起，他們要是動手的話，怕是這些人都要性命不保了。」

「好好好！」薛二公子喜道，「那你們就別做什麼了，就讓那群跟著褚衛的人去替我們動手。」

小廝恭敬：「是。」

這些跟著褚衛的人正是西夏皇子派過來的人。

西夏皇子是想暗中教訓褚衛一番，他覺得既然他喜歡褚衛，那也不會做得太過分，就是派人將褚衛綁來，讓褚衛被他羞辱羞辱，等他出完氣了，這人就可以放了。到時候大恒皇帝就算要查，也得講究證據不是？

西夏皇子派過來的人並不知道顧元白的身分，他們一邊提防著顧元白和褚衛身後的一眾侍衛，一邊相互傳遞著消息：「這麼多的人，現在不好下手。」

「但他們在京城裡頭也不好下手，」領頭的人急得滿頭大汗，「城裡有巡邏的人，也就在鄉間有機會了。」

「你看走在最前頭的那個公子哥，一看就知道身體不好，手無縛雞之力，」屬下道，「前頭正好有一處山坡，我們埋伏在那裡，一批人去擄褚衛，一批人去擄這個公子哥，把這個人帶上正好能拿他威脅那些侍衛們，讓那些人不敢上前。」

領頭人點頭，擦去頭上的汗：「就這麼辦了，」

§

顧元白和褚衛緩步走著，有說有笑。正當他們走到一處山坡時，旁邊突然有人大聲叫著衝了出來，手裡拿著大刀，凶猛異常，轉眼之間，十數人就從兩側朝著二人衝來。

身後侍衛們立刻拔出刀上前，褚衛神色一變，當即護在了聖上面前，「聖上，快走！」

說話之間，這些早已埋伏在這的辭客已經衝到了面前，褚衛不閃不躲，正當他準備大義赴死之時，只聽耳側有幾聲破空之音響起，身前最先奔來的刺客已經一聲慘叫，捂胸跪倒在地。

褚衛一怔，轉身一看，聖上面容無比冷靜，正拿著一個小巧無比的弩弓，對著面前的刺客連連射著短箭。他當真是鎮定極了，握著弓弩抬起手臂，在這個刺客中箭之後又平穩地轉向了下一個人。

不過眨眼之間，侍衛們已經衝上前去與這些人開始爭鬥，只聽沒過幾聲的兵戈碰撞之聲，這些刺客已經被侍衛們壓著跪了下來。

顧元白將工程部給他特製的弩弓收起，見到褚衛眨也不眨地盯著他看，冷面上勾起一個溫和笑意：「褚卿，嚇著了？」

褚衛倏地覺得胸腔之內心亂跳，他捏緊了手，面上瞬息之間飛上了薄紅，如玉光潔的額上，甚至轉瞬之間出了細密的一層薄汗。

顧元白安撫地拍了拍他的手臂，而後上前，走到那最先撲過來的刺客跟前，冷冷一笑，「朕拿到這個弩弓也有半年了，今天還是第一次用，就用在了你的身上。」

躬身疼得面色慘白渾身鮮血的刺客一聽他的話，眼睛頓時瞪大，面色猙獰出了青筋。

皇上?!

第一百章

顧元白審視地看著這群刺客，道：「派人在周邊繼續搜查，看還有沒有漏網之魚。」

侍衛們沉著臉齊聲應是，隨即快步搜查周邊，還當真搜查出了幾個還沒逃走的「漏網之魚」。

薛府的小廝們排排跪成了一排，一個個地低著頭不說話。顧元白語氣喜怒不定，「你們都是一起的？」

薛府的小廝面面相覷，跪在最後的人出了聲，畢恭畢敬道：「聖上，小的們和這群刺客不是一路人。」

顧元白涼涼問道：「那你們又是誰？」

「小的們都是薛府的人，」小廝為難道，「此次是奉……公子之命來到這的。」

大公子的命令，二公子照做。他們實在不知道該說是哪位公子的名號，就含糊一筆帶過。

顧元白聽到「薛府」兩字，正要蹙眉，突然福至心靈，冷笑幾聲，「薛遠派來的人？」

小廝的面上露出幾分驚愕。

果然。

薛遠往顧元白身邊放了狼還不夠，他還派了人盯著顧元白的行蹤？他這是做什麼，要時時刻刻盯著顧元白做了什麼幹了什麼，把皇上看成他的所有物嗎？

聖上的臉色變來變去，怒火隱隱升起，但怎麼看，都不是什麼友善的好面色。

薛府的小廝好像知道了他在想什麼，連忙解釋道：「聖上，小的們不敢窺探聖蹤，我等是跟著褚大人來到這裡的。」

顧元白面上一僵。

半晌，他忽而柔柔一笑，「很好。」

看他神色，小廝心驚膽戰，於是靈機一動道：「我等並無惡意，只是來保護褚大人的！」

保護褚大人這個藉口總比實話中要殺了褚大人好。

原文男主攻派人跟著原文男主受，正常，正常不過了。他們是天生一對，薛遠遠走北疆，是應該派人保護褚衛。

情比金堅。

褚衛聽到此，唇角冷笑勾起，幾乎輕而易舉的想到薛遠這樣做是因為什麼。

因為薛遠去了北疆，因為褚衛留在了聖上身邊，所以他看不慣褚衛。田野小路，四處無人，是打算將他在這裡殺害嗎？

在褚衛快要嗤笑出聲的時候，顧元白還真就信了，他道：「既然是你們與褚大人的私事，那朕就不插手了，你們自行處理罷。」說完，他微微一笑，視線劃過薛府的小廝時，這些小廝渾身一冷，不由打了個冷顫。

顧元白就這麼一路風平浪靜地回了宮。那些行刺的人被侍衛壓著，立即準備審訊。

聖上一走回宮中，那兩匹狼就想要衝上來嗷嗚撒嬌，但顧元白卻無視了牠們，當做沒看見一樣走到了桌後坐下。

兩匹狼好似察覺到了他的情緒，夾著尾巴頹喪著走到了桌旁趴了下來。顧元白面無表情，隨意抽出了本奏摺看了起來。

宮中伺候的人已經知道了聖上遇刺的事情，各個嘴巴緊閉，小小翼翼。宮殿中愈來愈靜，呼吸聲都好似清晰可聞。過了一會兒，突然有奏摺拍桌聲響起，田福生一個激靈，下意識抬頭往前一看。

顧元白察覺到了他的視線，笑了，「怎麼一個個都這麼緊張？」

田福生聲音發緊，「小的們都擔憂您被刺客給氣著了。」

「這有什麼可氣的，」顧元白好笑，他將剛剛拍在桌子上的奏摺扔在了批改好的那一疊奏摺上，慢條斯理道，「都是一群不入流的東西，不值得讓朕生氣。」

行了，田福生默默地想，確實是氣著了。聖上平日裡可不會這麼說話，溫和得如同不會發脾氣一般，那些刺客可真是有本事，就這麼將聖上氣著了。

等待侍衛審訊刺客的時候，顧元白又從底部抽出了一本奏摺，打開一看，字跡龍飛鳳舞，他眸色一冷。看著裡面的內容時，更是突地一聲冷笑溢出。

通篇的污言穢語，通篇的曖昧旖旎之詞。

薛遠，你當真是好樣子，你真的是好極了。

跑到朕的面前跟朕表白，跟朕一遍遍地說喜歡，長途奔襲到朕的面前發瘋，去伺候了朕親了朕說給朕拚命。

然後背地裡，派人去跟著褚衛，去保護你的命定好兄弟。

真是好一個薛九遙，好一個薛將軍。

北疆的第一片雪，去你他媽的第一片雪。

顧元白直接把這一本書給扔在了地上。

宮殿中的太監宮女呼吸一滯，齊齊跪在了地上，「聖上息怒。」

顧元白站起身，摸著手上的玉扳指，冷冷居高臨下地看著那本奏摺。

薛遠可以不喜歡顧元白，可以去追求褚衛，可以去喜歡任何一個他想喜歡的人。但他不應該一邊朝著顧元白寄出這樣寫滿炙熱情感的信，一邊再去和褚衛你進我退、藕斷絲連。

你一邊熱烈地追求我，一邊還去和另一個人糾纏不清，顧元白覺得簡直可笑至極。

即便到現在都相當於顧元白在免費嫖著薛遠，但薛遠這一個舉動一出，原文男主攻受的關係就清晰浮現在顧元白的眼前，顧元白的怒火壓抑，好像自己才是被嫖的那一個。

你把我當傻子耍？

「燒了。」顧元白突然出聲道。

田福生應是，正要彎腰撿起地上的奏摺，顧元白又道：「不，燒了可惜了。把這些東西都給我一個個退到北疆去，誰寫的，就給我退到誰的懷裡。」

他聲音愈來愈冷，將薛遠以往寄來的都要落灰了的書信一封封找出扔在了地上，「告訴他。他敢再給朕寫一個這樣的字，朕直接殺了他。」

田福生小聲應了，低著頭手發抖著去撿地上的奏摺。他面前正好有一頁書信展開在眼前，田福生不經意間一瞥，就在上方看到了「臣想你想得夢中都是你」這一句話，他嚇得心猛地一跳，連忙合上書信移開眼睛，不敢再多看一眼。

顧元白已經坐在了位置上，拇指上的白玉扳指轉來轉去，他面無表情地沉默著，威嚴讓空氣也開始緊繃。

終於，前去審訊刺客的人過來了，表情怪異道：「聖上，那些刺客說，他們是被西夏使者派過來的。」

顧元白轉著玉扳指的動作一停，抬起眼看著侍衛，扯唇，「西夏使者。」

很好。

出氣筒來了。

§

侍衛們再也沒有見到過比西夏使者、比這群刺客更蠢的人了。

但他們才不管西夏使者是不是被一時的激動給沖暈了頭，而是即刻領旨，前去包圍鳴聲驛捉拿西夏使者。

身著重甲的禁軍快步往著鳴聲驛中跑去，帶著銳利武器逼近鳴聲驛。而皇宮之中，眾位臣子快速飛奔著朝宣政殿而去，跟著皇帝陛下的思路緊急制定策略。

西夏使臣試圖刺殺皇上，人贓俱獲，罪大惡極！他們從現在起就是大恒的罪人，需要以刑犯的身份關押在大恒之中，需要西夏皇帝拿東西來贖！

時間緊迫，顧元白直接一錘定音：「五千匹良馬，一萬頭牛一萬頭羊，五百萬兩白銀，三百萬石糧食。讓西夏皇帝掏空國庫來贖！」

聖上語氣中殺意滿滿，眾位臣子只以為是聖上被西夏使者派人刺殺一事給氣著了，其中幾位為難道：「聖上，這麼多的東西，對方不給怎麼辦？」

「到時候再慢慢談，」顧元白，「他不給，那就等著收到他兒子的屍體，等著朕的大軍吧！」

兵家大忌，最忌一軍兩邊開戰。如今邊關正急，大恒無法和西夏開戰，但怎麼也得剝下來西夏一層皮。

西夏那麼點的地方，這些東西幾乎就是他們的整個國庫了。

最好西夏的國庫也沒有這麼多東西，西下皇帝寵愛七皇子李昂順，最好他愛子如命，強徵豪強們的錢財才好。

在西夏使者被禁軍帶回來的路上，大臣們已經就著賠償一事來回爭論好幾番了。顧元白見他們竟然還在糾結著賠款的數量，品了一口茶，輕飄飄地道：「諸位大人，爾等是忘了西夏使者曾給你們送禮的事情了嗎？」

眾位臣子一愣。

「夜明珠，珍稀藥材，百年一見的稀奇東西，」顧元白微微瞇了瞇眼，笑了，輕聲道，「人家西夏有錢啊。」

對啊。

眾位大臣們恍然大悟，西夏有錢啊。

他們品了品味，又往周邊的大臣們看了一圈，朝中的老傢伙正悠然坐在位上，品著聖上特地讓人泡上的尖兒茶，優哉遊哉，好不快活！

爭吵的人回過了神，也不吵了，都坐下來了歇歇氣，再品口美滋滋的熱茶。等到心胸舒暢了之後，先前爭吵最厲害的儒學大家、覺得要將賠款再降一番的黃大人憨憨一笑，道：「那聖上，現在定的數量，是不是有些少了啊？」

「……」顧元白緩聲道，「倒也不少。」

樞密使歎了一口氣：「黃大人，西夏雖富，但畢竟是個小地方，老臣倒是覺得聖上定的數量是剛剛好。口氣先大些也不怕，若是西夏皇帝真的拿不出來，咱們大恒便體諒體諒他們，可適當降一降。」

「說得是，」參知政事煞有其事地點點頭，「我等朝邦畢竟是禮儀之邦，也要寬以待人，善解人意。」

黃大人撫了撫鬍子，欣慰道：「是當如此。」

第一百零一章

西夏使者在被禁軍壓著去見皇帝的路上，已經明白事情的緣由了。

李昂順面色沉著，沒有半分掙扎地跟著禁軍走人。入了宮殿時，那些被他指使著只是想要去將褚衛綁過來跟他說說話的刺客們正狼狽跪在地上，衣角之上還有斑斕的血跡。

一直面無表情的李昂順瞧見他們，表情才猛地驟變。恨不得上前去抓起他們的衣領怒吼：你們竟然敢對他揮刀，誰讓你們去抓皇帝了?!

但他終究還是沒說出來，而是陰沉著臉跪在了地上。

顧元白以往面對使臣時的溫和面孔已經撤下，沉聲道：「西夏七皇子李昂順。」

李昂順抬頭，沒在他身上看到傷口，這才確定他派的人確實沒有傷到大恒的皇帝。沒受傷就好，他不由想到。

大恒皇帝語氣還好，只是將李昂順意圖派人刺殺他的事情一一闡述，兩旁站著的大臣們比商討榷場那日的神情還要冷漠，等聖上說完之後，便有官員站出，言辭激烈地怒斥西夏不軌之心，索要賠償事物。

西夏有苦說不出，完全不知道該怎麼去反駁。但等他們聽到後面大恒要求的索賠數量時，臉都要綠了。

這一次刺殺事件，直到夜幕降臨時才落下了帷幕。西夏使臣們將被軟禁在鳴聲驛，他們親筆寫下了求救的書信，與大恒的索賠條款一同送往了西夏。

到最後一切快要結束時，李昂順突然想請求和聖上說一句話。顧元白仰躺在龍椅上，摸著指上的玉扳指，看了他一會，面無表情道：「上前來吧。」

西夏皇子被禁軍跟著走上前，看著顧元白的眼神裡複雜，「外臣並沒有讓人去刺殺您。」

剛剛不狡辯，現在來狡辯了？

顧元白搞不懂他的腦迴路，本來心情就不好，這個時候更帶出了些冷漠的不耐，「哦？那這些刺客朝著朕刺過來的時候也只是朕看錯眼了？」

李昂順：「這些人確實是外臣指派的，但不管您信還是不信，外臣沒讓他們傷您。」

西夏皇子很奇怪。

他看上去好像不是記恨顧元白的樣子。

顧元白幾乎沒有什麼動容，「帶下去。」

西夏皇子沉著臉轉身走人，褚衛真的是個災星，都是因為他才會落到這種局面。

大恒皇帝的這副樣子，分明就是不信他的話。

等人都走了之後，顧元白問道：「什麼時辰了？」

「快到戌時了。」田福生道。

顧元白起身，朝他看了一眼，田福生已經將那些書信都給收拾好了，待第二日天亮就往北疆送去。

聖上想起了什麼，「那個手帕，那個紙條，凡是同邊關戰事無關的東西，都給朕通通退回去。」

田福生立即道：「是，小的這就收拾。」

顧元白眉目壓低，一路回到了寢宮。

將西夏使者當出氣筒的時候是快樂的，怒氣都被壓了下去。但等現在夜深人靜、無人出聲的時候，那種被人耍了的怒火又衝了上來。

薛遠對顧元白的每一樣舉動都好像是要把心掏出來給顧元白一樣。

但是現在一看，呵。

顧元白很少被人耍，不管是以前還是現在。在成為大恒的君主之後，薛遠還是第一個耍他的人。疑心病很強的顧元白，幾乎真的要相信薛遠是喜歡他的了，可就在這個時候，原文男主攻受之間的聯繫轟然出現，「嘭」的一下使顧元白想了起來，他身處的世界是一本書。

原文中的兩個主角看上去好像還是天生一對。

有意思。

薛遠真他媽的有意思。

顧元白這一夜睡得有些火氣大。等第二天一起床，嗓子都被火氣撩得有些疼，吞咽茶水都有些困難。但當他躺在床上閉目休息的時候，顧元白突然想通了。

挺好的，他們兩個真命天子能在一起，挺好的。

但薛遠最好有自知之明，他最好清楚地知道什麼能做什麼不能做。他既然和褚衛有苗頭了，那就別來往顧元白面前湊，暗中一套明面上一套，耍著顧元白的時候好玩？

顧元白是個社會好青年，更主要的是，是他一直在嫖著薛遠，他不值得被人耍了一次就去千里追殺。但薛遠最好能給顧元白一個解釋，如果沒有解釋，如果他還敢光明正大地往顧元白這裡寄來那些情情愛愛的書信，那這樣的人，顧元白捏緊了手。

死不足惜。

田福生正在收拾著東西，顫著音兒道：「聖上，薛大人送的那翡翠玉扳指——」

「送回去，」顧元白眉眼被茶中的縹緲霧氣擋住，看不見神情，「扔給他，朕讓他留給他以後的媳婦。」

顧元白不打算繼續嫖薛遠了。

沒意思。

§

冬日過得很快，好像一眨眼就能過去十幾天一樣。

一月分的時候，寒冬臘月，離過年就二十多天的功夫，最後一批從京城送到北疆的信終於到了諸位將領的手裡。

驛站的人糊著滿臉的雪，層層疊疊的衣服也擋不住寒氣，被凍得瑟瑟發抖，朝著薛老將軍道：「將軍啊，這是年前咱們驛站最後一次前來送信了，之後要是想要送信就要等到年後了，那時下官會再來這邊收信。」

這信自然是常規的書信，不是有關北疆戰事的奏摺，薛老將軍笑呵呵道：「好，我等記下了。」

等驛站的人走了之後，有人上前查看，驚訝道：「怎麼全是寄給薛九遙的東西？」

薛遠原本漫不經心地站在一旁，完全不認為自己會收到回信。聽到這話，眼皮一跳，大步上前一看，可不是，落在最上面的一個大包袱上，就別了一個寫著薛遠兩字的紙條。

這一個大包袱都是寄給他的？

薛遠有些不確定了，顧元白能給他回封信就不錯，這架勢，難不成是把他心心念念想著的什麼貼身之物，也一起寄到北疆了嗎？

這個包袱大得顯眼，人人都圍在了薛遠的身邊。混著醋意和羨慕地道：「好小子，這是家裡人多麼想你，得給你寄了多少的家書啊？」

薛老將軍捏著他手裡薄薄兩三封家書，覺得丟人，看著薛遠都格外不順眼，「你娘寄給你的？」

薛遠眼皮跳了好幾下，心情混雜著不敢相信和受寵若驚，他抱著包袱就往外走，「我去看看。」

薛遠三步並兩步地回了自己營帳，把門緊緊一閉。激動興奮地去解著包袱，顧元白不可能給他一封封回信的，這麼重的東西，是不是連顧元白貼身穿的衣服都給寄來了？

有沒有用過的手帕？擦唇過的銀筷？

包袱還沒打開，薛遠都好似聞到了顧元白身邊的那股香氣。

悠長綿綿，濃郁尊貴，薛遠幾乎可以溺死在這種香氣之中。

這絕對就是從皇宮寄出來的東西。

薛遠嘴角勾起了笑意，眉頭一挑，神采飛揚。

包袱一打開，裡面率先就滾出來了一個翠綠的玉扳指。

薛遠目光一凝，眼睛追著滾走的玉扳指，及時伸手撿到了手裡。

這個玉扳指眼熟極了，不就是他送給顧元白的東西？

薛遠心裡升起些不好的預感。他將玉扳指攥在手心，往包袱裡翻了一翻，樣樣都眼熟極了，全是他寄給顧元白的書信。

裡頭是有件衣服，但那件衣服是薛遠的衣服，是曾經顧元白在薛府躲雨那日借穿的薛遠的衣服。

薛遠攥緊這件衣服，眉頭深深皺起，他把臉埋在衣服之中，一吸，好像還能吸到顧元白身上的氣息，吸到那日雨天清清冷冷的濕意。

為什麼他給顧元白的東西都被寄回來了？

是不喜歡悉萬丹的頭顱，被嚇到了嗎？

也是，薛遠想，他曾經碰過頭顱的手要給顧元白剝荔枝時，顧元白都嫌棄他手不乾淨。

想是這樣想，但心裡的焦灼卻愈來愈深。薛遠的下頷繃成了冷硬的模樣，一一將包袱裡的東西翻找出來。

終於，他在最底下找出來了田福生的一封信。

田福生將聖上同他說的兩句話都寫在了信上告訴了薛大人，一是以後不准再給聖上寫無關邊疆戰事的信了，如果寫了一個有關風月的字眼，那麼就按罪處置。二是既然薛大人你曾經討要過這個玉扳指，聖上便派人將東西寄回給你了，聖上說了，讓你交給未來的媳婦兒。

田福生寫在信中的語言儘量委婉了一些，但聖上的原話，他直接給照搬了上來。

看完信的薛遠傻了。

他攥著聖上穿過的衣服，看著一地寫滿他心意的信封，徹底地懵了。

又低頭將田福生的信給讀了五六遍、十幾遍，翻來覆去地讀，甚至開始倒著讀，但怎麼讀也搞不明白顧元白為何會說出這樣的兩句話。

難不成是他書信之中的話語太過大膽奔放，因此惹怒了顧元白？

可是他早就這麼大膽了，他奔襲回京城的那一次，不是也與顧元白親暱了嗎？摸了，親了，顧元白還讓他低頭伺候他，這樣的人，會因為信中的葷話而生這麼大的氣？

回程的時候還是千里護送，現在又是怎麼回事。

薛遠愈想臉色愈是難看，手背上的青筋爆出，手心中的玉扳指發出了承受不住的咯吱聲。他被這聲音喚醒，低頭展開了手，翡翠玉扳指還好沒有碎掉，仍然通透凝沉地待在他的手心。

薛遠將這個玉扳指戴到自己的手上，他的掌心比顧元白的掌心大，指骨也比顧元白的大上一些，在顧元白大拇指上尚且要寬鬆的玉扳指，被他戴在了另外一個手指上。

薛遠站起身，眉目壓抑。

是誰同顧元白說什麼了？

誰同顧元白說了薛遠的壞話了？

到底是誰說了什麼樣的話，能讓顧元白將這些東西大動干戈地給送回來。

薛遠心中暗潮湧動，愈想愈深。

是誰？

第一百零二章

薛遠沒辦法回京城，更難的是，驛站現在不送信了。

這怎麼成！

這豈不是過了一個年之後，顧元白就會完全忘了他了?!

薛遠想到這裡，當即大步走出了營帳，黑著臉駕馬追著驛站的人而去。

還好北疆的風雪大，驛站的人不敢走得快，薛遠沒過一會兒就追上了驛站的人，他驅馬上前，打著好脾氣的客氣道：「你們驛站真的不往京城送信了嗎？」

驛站中的官員眉毛、眼皮上都是層層的雪，大聲喊道：「大人，我們是真的不送信了，這天太冷了。」

薛遠喃喃自語：「這話我可沒聽見。」

他突然勒住馬翻身下來，快步上前伸手拽住了驛站官員的馬匹，然後手指往下一勾，讓人彎身。

驛站官員看著他高大的身形就心裡發怯，乖乖彎下腰，討巧道：「大人啊，您這是有什麼事嗎？」

「我是想跟大人你商量個事，」薛遠因為著急，沒有穿著棉衣，身上的衣著在冰天雪地之中讓別人看著就覺得冷，但他的手卻很有力，修長被凍得微微泛紅的五指抓著驛站官員的脖子衣領，免得這人直接逃跑，好聲好氣，「這位大人，要是我有一封著急的信必須要往京城送呢？」

「只要是與邊關戰事有關，會有專人朝京中送去的，」驛站官員老實回答，「你要是有急信，得看是哪個方面的了。」

就是現在只能送戰事相關的信，其他不能送。

薛遠抹把臉，「行，我就送戰事相關的信。」

他必須得問出來怎麼回事。

驛站官員為難道：「只有主將才有在年底上書奏摺的權力。」

薛遠：「……」

他笑迷迷地收緊了手，在驛站官員驚恐的表情之中彬彬有禮地道：「我不送信了，我只往京城傳句口信。驛站中來往的人數不勝數，總有人會回京述職，你們不去，總有人會去。」

「我只有一句，」他的眉眼瞬間沉了下去，「去跟聖上說，關於薛遠的事，不要相信那批人口中說出來的話。」

「包括其他姓薛的人，包括常玉言。」

§

京城終於在一月分的時候下了雪。

雪連續落了三日，在大雪紛飛當中，有一人冒著雪天進了京城。

他裹著披風，帶著厚重的帽子，層層白雪落在肩頭。此人偶爾抬起一眼去看京城道路邊的兩旁人家，生疏地在其中找著記憶之中的府邸。

鵝毛大雪四處飛舞，京城的道路上卻沒有積雪的痕跡。厚雪俱被掃到了道路的兩旁，裸露出來的平整路面上，時不時有慢騰騰的馬車和裹成球似的孩童經過。

這人駕馬也駕得極慢，在京城之中慢慢悠悠地看了半個時辰，找到了自己要去的地方時，他的披風已成了沉甸甸的雪色。

府邸主人出了府門就笑罵道：「好你個林知城，我們等著你多長時間了？你怎麼現在才到！」

林知城下了馬，笑著問道：「你們？」

「快進來吧，」林知城的好友搓搓手，跑過來帶著他往府中走去，「是我們，除了我，知道你回京了的人都已經過來了。」

片刻後，眾人坐在炕上，圍著中間的飯桌吃吃喝喝，說笑之聲不斷，看著如今氣質沉穩卻還不失正氣的林知城，都有些眼底濕潤：「聖上不是讓你年後回來述職？你怎麼現在就回來了？」

「我心中著急，」林知城已步入中年，他堅毅的臉上露出了笑，「好不容易見到了曙光，又怎麼能不急？況且我又未有家人牽絆，自然可以隨時起行上路。」

說著，他把早就想問的話給問了出來：「你們這床是怎麼回事？怎麼還透著熱？」

剛剛有所觸動的友人們頓時笑開：「這正是聖上弄出來的東西，叫做火炕，你可知道什麼叫火炕？」

林知城道：「知道，自然知道，我看到你們的文章了。」

他用手摸著暖炕，若有所思了一會，道：「我剛剛在京城之中轉了半個時辰，發現許多條偏僻狹窄的小道，如今也鋪上青石板了。」

「是，」好友輕輕頷首，然後感歎道，「你不知道，京城中變了許多。」

「確實，」林知城道，「我一路走來，已經很少看到有乞兒蜷縮牆角了。」

好友道：「那便等用完飯後，我帶你去京中再看一看吧。」

林知城舉杯道：「好。」

不久，顧元白也知道了林知城回京述職的消息。三日後，他將林知城招到了宮中面聖。

在林知城行禮的時候，顧元白特意打量了下他。林知城人已三十餘，是快要到了四十的年歲。正是龍精虎猛的年齡，他雖然做過海盜，還是海盜魁首，但身上並無匪氣，眉目之間正氣凜然，很正經八白的一個人。

顧元白和他敘舊了一番，這舊自然是從先帝時期開始敘起。顧元白看過林知城以前寫給先帝的書，語氣很直接，不討人喜歡。顧元白原本已經做好了他不會說話的準備，不過沒想到經過這五年的磨煉後，林知城的話語已經緩和了許多，偶爾還會說些讓人捧腹大笑的妙語。

他官話說的不錯，但還會帶上福建的口音。和顧元白聊完天後，林知城自己就道：「聖上，臣這口音有些濃重，還不知您能不能聽得懂。」

「能的，」顧元白笑，「林大人的官話十分不錯。」

顧元白上大學的時候，他的室友就有一個是來自福建的，更巧的是還有另一個來自湖南的哥們，互相影響之下，整個宿舍都快要不會說話了，一群高材生偶爾還能蹦出幾句自創口音的話來。

閒聊之後，林知城就說起了水師一事，顧元白點點頭，敲敲扶手：「朕同林大人同樣是如此想法，水師之重，不輸陸師。奈何對於訓練水師的將領，朕一直找不到合心意的。」

聖上的意思顯而易見，這句話說完，林知城心中就有了些激蕩，他沉聲抱拳：「若聖上不嫌棄，臣願為聖上盡犬馬之力。」

顧元白朗聲道好，他笑著親自走過去扶起了林知城，「朕得林大人，如得一珍寶。林大人，大恒的水師就交給你了！」

「是！」林知城深深俯身。

等說完正事之後，林知城本應該退下了，但他突然記起了一件事，道：「聖上，臣經過驛站時，曾被驛站官員托著要捎一句話帶給聖上。」

顧元白有了些興趣，「是什麼話？」

「似乎是一位將軍所說的話，但這位將軍是誰，驛站的人卻忘了同臣說，」林知城沉吟一聲，道：「他說：請聖上不要相信那批人口中說出來的話，無論是其他姓薛的人，還是常玉言那批人。」

顧元白沉默了一會兒，表情怪異地點了點頭，讓林知城退下了。

他有些想笑，又琢磨起了林知城話中的這個將軍。

必定是薛遠，不會是其他人。

顧元白轉了轉手上的玉扳指，問田福生：「年根了，驛站是不是都歇著了？」

田福生道：「是這樣。」

「田福生，你說薛遠這話是什麼意思，」顧元白閉上眼睛，神情看不出喜怒，「他讓朕別信別人說的話，這話說得有道理。關於邊關戰事，關於大恒政事，朕從來不會偏聽偏信。他口中所說的其他姓薛的人還有常玉言，一個是他府裡的人，一個是他的好友。這些人都不信，他讓朕信他？」

田福生小心翼翼：「那您信嗎？」

顧元白瞥了他一眼，反問：「哪方面？」

這話一出，田福生就知道聖上還是信任薛大人的，最不濟也是有幾個方面信任。他心裡也替薛大人感到冤枉，畢竟能給自己用了玉勢的男人，能為聖上做到這等地步的男人，田福生這也實在沒法懷疑薛大人對聖上的一顆心。

但是玉勢那事不能說，免得髒了聖上的耳。田福生只好道：「聖上，沒準薛大人也是有苦衷。」

有苦衷？顧元白心想，不要相信旁人口中說出的話，無論是姓薛的人還是常玉言。難不成那些人還不是他派過去保護褚衛的了？褚衛這些時日也三番兩次的倒楣，又是被人抓到巷子裡教訓了一頓，又是被西夏七皇子給看上了，被薛遠派人保護也應該。

薛家公子倒是還有一個薛二，但薛二公子和褚衛可是從未有過交集，褚衛和薛遠又是原文中的一對兒，而且那些薛府僕人的表情……他揉了揉額頭，不知道自己想這個幹什麼。

又不打算嫖薛遠了，他和褚衛之間是乾淨的還是不乾淨的關他什麼事。

不對，他什麼時候主動嫖過薛遠了？

被薛遠耍了後的怒火還是一想起來就是沉沉。

如果薛遠真的是被冤枉的，如果他真的什麼都不知道……

他睜開眼，冷聲道：「去將那日的薛府僕人和侍衛們都叫過來。」

如果是顧元白誤會了，是顧元白錯了，那麼顧元白會乾脆俐落地認錯並給薛遠賠償道歉。如果是薛遠做了卻還嘴硬不肯承認，一邊對著顧元白深情款款，一邊去同褚衛暗中糾纏。如果他真的把顧元白當成傻子的一樣去戲耍，那麼薛遠也最好做好被顧元白狠狠還回去的準備。

顧元白會把事情查得清清楚楚，去按照薛遠說的話，一件一件地查清楚。

薛遠，顧元白眸色沉沉，你最好別要我第二次。

第一百零三章

顧元白說要查，那就乾淨俐落地去查。小半個時辰之後，當日所有的人就來到了顧元白面前。

大內的宣政殿，金碧輝煌，威武非常。

兩旁的宮侍垂首站立，空氣之中一片宮廷醇厚幽香。紅柱高聳，闃然陣陣，這樣的恢宏氣勢，要比那日在荒郊野外之中更讓人來得畏懼和緊張。

跪在下面的薛府眾位家僕汗不敢出，顧元白坐在高位上，看向薛家的僕人，淡淡道：「說說吧，那日到底是怎麼回事。」

薛府奴僕躬身行禮，小心翼翼道：「聖上，小的們那日只是跟著褚大人來到了鄉間，絕沒有窺探聖蹤，也絕沒有和那群刺客們同流合污。」

他們說完，就屏息等著聖上的態度。顧元白漫不經心道：「繼續。」

他們只好繼續說道：「小的們未曾想到聖上也在那處，這是小的們的罪過，小的們甘願受罰。」

薛府的奴僕對主子也是一條條忠心不二的狗。

顧元白笑了，「那你們告訴朕，是誰派你們去跟著褚卿的。」

褚衛默不作聲，他也在這處，因為被召來得急，身上還穿著一身青色的常服。

黑髮被冬風吹得稍亂，額頭升起薄汗。他被聖上特許，筆直站在一旁垂首聽著這些薛府奴僕的解釋。

跪地的眾人不敢欺君，「是二公子派我們跟著褚大人的。」

褚衛這時才有些驚訝地挑了挑眉，他微微側著頭，朝著這些家僕看去。

這些家僕各個都很是強壯，肌肉虯結，體格魁梧，看上去都有一番高強武藝在手。是了，要是沒有本事，怎麼會被薛遠派來殺害他呢？就是不知道這裡面有沒有曾經在巷子之中毆打過他的那些人了。

褚衛想到此反而笑了，青衫袖袍在空中劃過一道清流，行禮俯身，微有疑惑道：「二公子？可我從未認識過這位二公子。」

薛府上的家僕心裡一咯噔，道，壞了。

他們面露苦色，絞盡腦汁地去想怎麼接下這話。顧元白卻已經不想再聽他們口中所言的真假不明的話了。

他側過頭，下頷的線條連著修長的脖頸，冷漠道：「派東翎衛的人去將薛府二公子請來。既然這些人不敢和盤托出，那就有必要去驚動一番薛老夫人了。」

「一點一點地查，大大方方地告訴薛老夫人他們家中的奴僕做了什麼事。將他們府中兩位公子的房間，來往之間的書信全部找出來，」顧元白半俯下頭，黑髮柔順地在玉般臉旁滑落，餘光瞥過跪在地上的人，「連他們的房間也都好好查上一遍。」

薛府眾人忙道：「聖上，小的們什麼都能說！」

顧元白笑了笑，道：「朕卻不願意聽了。」

§

顧元白會用東翎衛作為自己的眼睛，作為自己的手，去代他看看事情終究是如何。東翎衛的眾人都是精兵中的精兵，他們的身體素質已是強悍，邏輯思維更為縝密。經過半年的訓練，他們對蛛絲馬跡的敏感和銳利，已經達上了一個新的地步。

東翎衛先禮後兵，客氣地同薛老夫人示意過後，他們便兵分兩路，分別去查聖上想要的東西。東翎衛的腳步很輕，進入一間房後也不會在其中待上許久。不到兩刻鐘的時間，東翎衛的人就如潮水般褪去，乾乾淨淨從薛府離開了。

被他們查看過的房間仍然規規矩矩，不見絲毫混亂。除了少了一個薛府的二公子，幾乎就沒少了其他的東西。

薛二公子正是被東翎衛的人抬到了皇宮，送到了聖上的面前。

他的腿還是斷的，成了一個殘廢。若說京中誰的名聲最為難聽，那麼誰也比不過面前的這位薛二公子。

顧元白端起茶杯抿了一口，眼睛還定在奏摺上不動，繼續批閱著政務：「這就是薛家二公子？朕還記得你。」

被聖上記著的那件事不是好事。薛二公子躺在地上，卻比跪在一旁的人還要緊張，戰戰兢兢地說著話：「聖上，草民薛林，感念聖上還記著草民。」

顧元白撩起眼皮朝他看了一眼，「你倒是同你的兄長不像。」

薛二公子道：「小的比不上兄長。」

顧元白不說話了，在奏摺上寫了一個「可」字，將其放在一旁。開始看起東翎衛放在他面前的證據，其中，最上處的就是一封被撕得四分五裂的信。

東翎衛發揮了強大的偵查本領，將這些碎片從薛府各角落一一找了出來，只是還有一些已經消散在風雨之中，再也找不到了。

東翎衛的領頭秦生沉聲道：「聖上，薛老夫人只說一切都由聖上定奪。」

顧元白神情稍緩：「朕知曉了。」

他坐了一會兒，才伸出手，細長的手指白玉扳指沉沉，將那張碎紙片拿到面前看了起來。

§

一句口信從北疆傳到京城，這裡面有諸多諸多不確定的風險。

薛遠沒法確定這句話能不能真的傳到京城，能不能傳到顧元白的耳朵裡。

而萬一真的傳到京城了，經過驛站的層層傳遞，這話最終又會變成何種樣子？

如果裡頭有糊塗記性差的人，又不把這一回事當做事的人，或許還有同薛遠有仇的人，這句話就會被完全扭曲了。

在北疆什麼都幹不了的這段日子，薛遠什麼想法都想過了，愈想愈是將事態往嚴重的方向想。他的精神狀態看在身邊人的眼裡，暴躁得好像是被踩了尾巴無法入眠的獅子。

最近的契丹部族已經深入草原，也沒有戰事可上書。薛遠陰翳了幾日，覺得只有早日處理好遊牧人，才能早一日回京。

他同薛老將軍請令，帶著人在冰雪掩蓋之下三番五次去查探匹契和吐六于兩部的情況，發現這兩部已經有了聯繫，隱隱有結盟的意向。

駐守在邊關的數萬大恒士兵終究讓這些部族感到不安了，他們原本以為大恒士兵在年前就會退回，沒想到看他們的架勢，這是要留到年後了。

為什麼要留到年後？大恒士兵要在邊關駐守這麼久，有點腦子的都知道來勢不善。

等薛遠將這個消息帶回討論時，京城之中，聖上已經將東翎衛查出來的東西看完了。

包括薛遠寫給薛林的那封拼湊出來的書信。

薛家家僕只以為信中寫的就是要褚衛的命，這會兒都有些臉色灰白。但薛二知道信中的內容，反而比他們好一點，甚至有些幸災樂禍地想，他又什麼都沒做，這信也是薛遠寫的，要降罪那就給薛遠降罪吧。

顧元白看完後，抬起頭，臉上陰晴不定。

「褚卿，這裡沒你的事了，」聖上壓著語氣中的火氣，「辛苦你多跑了一趟，回去吧。」

褚衛心中萬千思緒閃過。

是聖上查明了緣由之後，認為同他沒有關係了嗎？還是查到了薛遠想要殺他的證據，不便和他明說？

然薛遠的人在他跟前都能不要臉面地顛倒黑白，將刺殺說成了保護，現在褚衛一走，他們撒起謊來豈不是更加不管不顧了？

但褚衛還是風度翩翩，悠然出了宣政殿。

何須和這等小人爭這等蠅頭小利，聖上如何看待他們才是最重要的。

殿中只剩下了薛府的人，顧元白靠在椅背上想著事情，宮中靜默得連呼吸都好似清晰可聞。

沉默是個無形的劊子手，壓得人脊背彎曲，心中忐忑難安。

「說吧，你們還有什麼話沒說的，」顧元白沉沉道，「朕讓你們說實話。」

薛二原本想率先將實話給說出來，以免身後的那些家僕們把錯事推到他的身上。未曾料到身後的家僕們比他更直接，說得要更快：「聖上，是大公子從邊關給二公子寄回了一封信，二公子看完之後便派我們去盯了褚大人。」

就是這封被撕碎的信。

信裡缺了幾塊，有的話便不明不白，但薛遠派人盯著褚衛的話語卻絕不算什麼好語氣，顧元白的目光移到薛林的身上。薛林一害怕，張嘴就將書信裡的原話一字一句地給念了出來。

這些話語之中對顧元白的佔有欲和暗藏的心思若隱若現，聽得知情的田福生膽戰心驚。

「閉嘴。」顧元白突然道。

薛二公子乖乖閉了嘴，發現聖上的臉色更為深沉了。

「你們先前還同朕說是被派來保護褚卿的，」顧元白壓抑，「就是這樣來欺君的嗎？」

欺君之罪壓下來，這些人怎麼能受得住，輕則殺頭，重則株連九族。薛家家僕們當即抬手打著自己的臉，「小的們被迷了心，那時正巧有刺客行刺，便心中膽怯不敢說實話。」

這些人被顧元白交給了東翎衛去處置。等人都沒了之後，聖上看著桌子上的東西，揉了揉額頭。

薛遠沒耍他，一次也沒耍。

這些東西每一樣都和顧元白有關，他隱藏在其中的秘密完全和褚衛無關。

但他好大膽，明晃晃地對皇帝的佔有欲望充斥他的腦海，薛二公子聽不出來，其他人聽不出來，但身為當事人的顧元白怎麼會聽不出來其中暗潮湧動的宣誓主權的意味。

薛遠緊緊追著顧元白，他一點兒也不害怕被人看出他的心思，但反而這麼坦蕩之下，這麼驚駭世俗之下，所有人便下意識摒棄了那個想法。

沒被耍的這一件事，讓顧元白的怒火下降了許多，變得心平氣和了起來。但同樣，這樣的一封書信，這樣的一些太過逾越的東西，他終究是把皇帝看做了什麼？

看做了他的人，看做成了他的所有物？

在他面前說他是他的主子，但暗地裡已經對主子生出了強烈的掌控欲望。

一時既為自己怒火攻心之下讓薛遠白白被他誤會而感覺自省和愧疚，一時也因為薛遠對自己的這種心思覺得被冒犯和隱隱較勁。

他難道把我看做囊中之物？

他膽子怎麼這麼大，還能大到什麼地步？

複雜情緒雜糅，最後出來的心情顧元白也說不清楚是如何。

想了沒一會，他就覺得前些日子上火的嗓子又隱隱泛疼。

不管其他，只說薛遠寫給薛林的這封信。他讓薛林記下這些和顧元白親密接觸過的人，然後等他回來，等他回來做什麼？

真打算上門喊打喊殺嗎？

親了，摸了，兩次了。

還有那次心軟。

顧元白捏著眉心，閉目抿直了唇。唇色用力到發白，百味陳雜，一時怒火占了上風，一時因為怒火而誤會別人的愧疚又占了上風。

他正一言不發著，那旁的侍衛長卻忐忑地道：「聖上，其實一個月之前，薛大人也曾給臣寫過一封信。」

顧元白一愣，抬眼看他。

侍衛長表情怪異，似乎也猜不到薛遠到底是什麼意思：「薛大人說他得了一種病，心裡慌慌，得時不時吃一吃花瓣才能止住心慌。但北疆哪裡有花，他便讓臣給他送了些曬乾的花瓣過去。」

顧元白奇道：「這話同你說幹什麼。」

薛府的人就不能送嗎？而且這話怎麼聽起來處處都不對？

侍衛長難以啟齒，面上帶紅：「薛大人說，他生怕自己得的是什麼治不好的大病。便想要聖上的福澤保護，因此，他懇求臣，讓臣將聖上沐浴時用的花瓣撈出，曬乾再寄給他。」

顧元白：「……」他什麼時候用過花瓣了。

心裡頭的那些愧疚頓時灰飛煙滅，跟著那些的怒火都變得不倫不類。

哭笑不得。

顧元白突然清醒了。

何必煩惱呢？

錯就是錯，對就是對。顧元白做錯了，他認錯，薛遠敢這麼想，但顧元白阻止不了人的想法，他只要沒做出切實地威脅別人的舉動，顧元白就不應該在這些事未發生之前拿來使自己煩擾。

相比較之下，反而是顧元白的思維好像已經被古代的大環境給限制住了。

他是要融入當前的大環境，但他也應該時刻保持清醒。顧元白覺得自己身上最可貴的正是後世給他培養出來的思維方式，而這種思維方式告訴他，沒人可以去控制別人的想法。

他自省了一番，把其他的事都暫時壓下，只看自己的錯誤。

顧元白說好了要給薛遠賠償，他是想要花瓣？

顧元白側頭，朝田福生道：「去將京城中所有的名貴花兒找出來，找來風乾。」

他不可能送自己泡過的花瓣，卻能送所有該在這個季節和不該在這個季節開的花兒。

北疆的第一片雪花既然被還了回去，那就賠償他所有京城的名花吧。

第一百零四章

古人所說每日三省吾身不假，顧元白睡前這麼一自省，審視一番自己到目前為止的所作所為，頭腦一時清醒了許多，對於之後要做的事情更為清晰分明了。

不久之後，田福生就將京城之中的名花找了出來，特意前去了好幾座皇家的泉莊，將其中精心侍弄、不該在冬日開的名花也一一採下。

這些花，每一株都價值萬金，遙想先帝在時，宮中曾有一朵西府海棠流落民間，就被一位富豪以萬金買下供奉。當今聖上對宮中管得嚴，沒人敢拿著宮中的花去外頭販賣，因此更是物以稀為貴，只要是什麼花兒冠上皇家的名頭，都能換來白花花的銀子。

當田福生把這些千百株的花給摘下風乾時，心裡頭都疼得要滴血了。

薛遠說是要入口的花，那處理花瓣時的手續可就多了，來來回回也要小半個月的功夫。顧元白將事情吩咐下去後就很少過問，但不知何時起，民間卻升起了聖上愛花的傳聞。

一時之間，京城的花價又迎來了一批高漲。

時間緩緩，終於走到了年根。

北疆，在大年三十的前兩天，大恒士兵們也在遊牧人警惕的盯梢之下，開始準備歡慶新年了。

春節，正是農曆初一，俗稱「過年」，這一日是自古以來一年之中最為熱鬧、喜慶的一日。身為將領士兵，這一年不能回去和家人同歡，雖然遺憾，但他們也得弄得熱熱鬧鬧的，要讓將領們與士兵同樂，要共同迎來新的一年，大肉擺上，好酒灌滿，大吃大喝告別蝗蟲之災，讓那些灰頭土臉的遊牧人好好見識一番他們大恒朝的底氣。

驛站在年前便給邊關送來了足夠的調料和鹽巴。一大早上，薛老將軍就帶著人去宰羊宰牛，再派另一批人去給鴨子拔毛提前煮著鴨湯。

邊關的大恒士兵這一日就忙著處理食材去了。一條條紅花花的肉晾在鋪了一層布的地上，一眼看過去滿地都是骨頭和成堆的鴨毛，輕易讓人想到了豐收，士兵來來往往地忙碌著，偶然往食材上看上一眼，就覺得倍加滿足。

當晚，這些成批的肉就被伙頭兵給處理好，放在外頭凍了一夜存放。第二天的時候，人人又起了一個大早，開始準備包餃子。

包餃子的餡早就被伙房提前幾天給準備好了，伙房的人一點兒也不客氣，有現成的大批士兵可以用，他們就把這重任交了出來。上戰場的都是大老爺們，平日裡揮舞的都是刀槍棍棒，士兵們看著麵皮和餡料，面面相覷，大部分人都感到了手足無措。

薛老將軍與眾位將領也在其中，與眾位士兵一起慢騰騰地包著餃子，眾位大名鼎鼎的將領將包好的餃子一放，各個奇形怪狀，沒有幾個能看得過眼的。

薛老將軍哈哈大笑，指著楊會將軍道：「楊將軍，你這包的是餃子嗎？」

楊會抓耳撓腮，看了看左右，苦著臉，「將軍您瞧，沒幾個包得好看的。」

薛老將軍一瞧，又是一陣好笑，突然注意到這群人中並無薛遠的影子，他眉頭一跳，心中不妙，

「薛遠那小子呢？」

「薛九遙帶著人去剔骨頭了，」有人解釋道，「伙房的伙頭兵缺人，那骨頭又硬，薛九遙力氣大，就帶著人先過去把骨頭給剁了。」

「這是要熬骨頭湯啊，」薛老將軍安心了，咂咂嘴，「從今個兒就開始熬，等兩天過去，那不得香得吞口水了？」

餃子也是，肉餡的素餡的都有，從邊關這些牛羊身上煉出來的油可真的不少，調餡的時候，油和調味料都好似不要錢地灑在了餃子餡之中，筷子夾上一塊餡料，都能看到餡料中掐出的油來。

軍中的鐵鍋都被清洗了出來，到時候油往鍋中一澆，無論是餃子還是牛羊肉入鍋，香味都能飄香十里。

這麼一想就覺得肚子已經開始咕嚕嚕地叫響了，饞得恨不得現在就到大年三十，趕緊去吃一口流油的酒肉。

薛老將軍和同僚們包了一會餃子就搭伴去伙房看了看，好傢伙，一走進伙房就是撲面而來的霧般香氣。一眾人順著香氣跟著去看，鴨湯就煲在大鍋裡燉著，鍋蓋一掀開，那個香味香得，頓時讓眾人下意識的口中泌出唾液，都快要了老命。

眾位將領矜持地擦擦嘴，又往熬著大骨頭湯的地方看了一眼，擔心問道：「你們人夠嗎？」

「軍隊和百姓裡會一手的人都被咱們給找過來幫忙了，人應該夠，就是肯定要忙暈頭了，」伙頭兵滿頭大汗，手下不停，「哎呦將軍們啊，你們要是沒事就多去包一個餃子，湊在這幹什麼啊。」

薛老將軍帶著人訕訕離開，又跑回去包著餃子了。

這兩日士兵們的士氣格外高漲，跟著埋著頭熱火朝天地處理了兩天的食材，精神飽滿地等著春節的來臨。

除了春節，他們還得注意會不會有遊牧人來犯。士兵們心裡嘟囔著，希望這群遊牧人能長點眼，別在這種好日子來犯，要是真的在這個時候來進攻了，那邊關士兵們可真的是滿肚子的火氣也沒地方出。

而這會兒，還真的有遊牧人在不遠處盯著梢。

大恒士兵同日連那交戰的動作太大了，契丹諸部都已得到消息，對於大恒看上去要派兵和他們硬鬥的態度，契丹諸部既有些不敢置信，也存著惱火和些許不安。

他們部族之間的聯繫稀稀散散，冬日作戰對契丹人來說沒有好處，他們只能派人駐守在邊界處，時時盯著大恒士兵是否有進攻的舉措。

這兩日北風呼呼，將大恒士兵那邊兒的香氣一個勁地往北邊吹來，吹得各個部族派過來盯梢的人眼睛都綠了。

太香了，真的太香了。

濃郁的食物香氣，有肉味，有骨頭味，還有米麵之中混著甜的香味。這香味一吸進鼻子裡，口齒都生津，呼嘯的風和滿地的雪，也凍不住這傳來的香味。

站在邊界上往關口那邊看著的遊牧人脖子伸得老長，恨不得伸過去看一看大恒士兵們這到底是在幹什麼。

怎麼這麼香啊，這要到年底了，他們這是在給新年做準備？

他們竟然還弄了肉，香氣之中還有葷油香味，他們還有油。不都受蝗災影響了嗎？他們怎麼就能吃得這麼好！

乾巴巴看著的遊牧人驚訝，「你們聞到這香味了嗎？」

「聞到了，」另一個人吸吸鼻子，「不就是吃肉嗎？有什麼大不了的，我們以前行軍打仗，吃的也都是肉乾，大恒人吃的是豬也不吃的糟糠，都比不過我們！」

「是啊，」遊牧人惆悵，「沒想到邊關的這些大恒士兵會有吃得這麼好的一天。但是現在，他們都在吃肉了，咱們卻在吃著草。」

其他人不說話了，也沒有心情站在這繼續盯著了。一夥人回到營帳裡，可營帳也隔絕不了這個香氣，一聞，還是讓人肚子都受不住的香味。

遊牧人沒有鐵鍋，沒吃過炒菜，他們想像不到能有這麼濃重香味的肉，和他們以前吃的肉乾是不是一樣的？

為什麼以前的肉乾沒有這樣的香味？

或許是有的，只是以往的他們從來沒有注意過，這會好久沒吃過肉乾了，沒嘗到肉味了，才想得滿嘴都是口水，咽著咽著就升起了羨慕。

他們在前線盯著大恒人，但是後方給他們寄來的糧食裝備卻愈來愈敷衍。他們吃到嘴裡的東西都是部族剩下的，馬匹能吃的草糧也愈來愈少，在這個時候，他們聞著大恒那邊傳來的香氣，心裡想著，他們什麼時候才能吃到這些東西？

把大恒給占為己有之後嗎？

§

年三十的晚上，大篝火雄雄燃起，士兵們圍在篝火旁邊，人人臉上都帶著期待欣喜的笑。

等時間一到，軍裡準備的鼓聲就被敲響，轟鳴之聲不絕。在響徹天地的鼓聲中，薛老將軍舉起酒杯，大聲高喝：「感念聖上時刻記掛我們，我們才能在這一日吃上這麼多的好東西。今日不計數量，諸位敞開肚子去吃！舊年已去，新年一來，恭賀諸君明年平安！」

士兵們齊聲應是，聲音響徹百里。

篝火熱烈，火舌吞吐著柴火。士兵們拿到了自己的那一份美食，吃得狼吞虎嚥，大笑著和戰友們擠在一起兒暖和。

鴨子湯裡頭的鴨肉都燉爛了，香料和鹽巴放得很足，隨著熱呼呼的鴨湯一塊兒入嘴，每嚼一下就覺得唇齒留香，沒嚼幾下呢，喉嚨一咽，這就著急地給吞下去了。

這個時候，大家誰還管和誰的矛盾呢，哪裡還有新兵舊兵之分，人人都搭著肩膀靠一塊，在火光之中只感覺無比暢快。

人多，就是熱鬧，就是喜慶，笑壓也壓不下去。

有新兵大口嚼著肉餡的餃子，呼呼燙得吸著冷氣，不忘問以往就駐守在北疆的士兵們：「你們以前過年都是這麼快活的嗎？」

北疆士兵們埋頭扒著肉塊，也跟著燙得話都說不清楚，「哪能啊，這是第一次！」

京城來的士兵牢牢記著：「那是因為以前聖上沒有錢，現在聖上有錢了，等著吧，今後好的東西更多呢。」

北疆士兵點點頭，感歎，「真好吃。」

他咂咂嘴，覺得只說這麼一句不夠，「真的好吃啊。」

底下的士兵在大吃大喝，軍官將領們也沒有落後。眾人敬完了酒，看著伙房送上來的烤肉和餃子、以及鴨湯骨湯，頓時胃口大開，拿著筷子就開始風捲殘雲了起來。

薛遠也在其中，他吃著喝著，很少說話。薛將軍看了他幾眼，琢磨了一番，問道：「你是不是想回京？」

薛遠搖了搖頭，「不能回。」

是不能不是不想，薛將軍瞪著他，「你還和我打馬虎眼？」

「既然薛將軍這麼說，那我也直說好了，」薛遠放下筷子，拿起酒壺喝酒，「我是想回去，但也不想回去。聖上的事情都還沒做呢，我回哪兒去？」

「這麼想才是對的，」薛將軍稍稍滿意，「說吧，你回京是想幹什麼，難不成真的跟你娘信中的話一樣，你心裡是有心上人了？」

第一百零五章

薛遠不動聲色，「薛夫人怎麼說？」

「你娘讓你莫要行那等流氓土匪之事，你強行把人家當做了心上人，人家還不一定理你，」薛將軍懷疑地看著薛遠，酒杯往桌上一放，「你是不是對人家姑娘用強了？」

薛遠聽聞，嗤笑出聲。

顧元白那個身體，怎麼用強？

沒法用的，若是敢用，他也該斷子絕孫了。

這麼一聽，薛夫人只是在胡編亂造，最多也只是心中有所猜測。但他娘真的能夠猜出他心中人是誰嗎？薛遠的神情慵懶了下來，帶著凝綠玉扳指的手指圈著壺口，指腹摩挲杯口，兀自喝著酒水，不理薛將軍的話。

但酒過半程，薛遠突然想起來在年前的時候，薛夫人也曾寄給他一封信。只是那封信同聖上退回給他的東西放在一塊兒，因為太過單薄，薛遠便將其給忽視了。

他記下了這件事，等慶賀結束之後就回了營帳，找了許久才將薛夫人寄給他的那封信給找了出來。

信紙薄薄，本以為沒什麼大事。但打開一看，薛夫人語氣著急，說的正是聖上進過他的房屋之後，他藏在床底下的玉勢就跟著消失不見的事。

薛遠捏著信的手指一緊，他的目光轉到自己手上的翡翠玉扳指上，呼吸一低，眼前豁然開朗。

原來如此。

薛遠總算是明瞭了，顧元白大概正是因為玉勢一事才會如此生氣。可天地良心日月可鑒，薛遠只是用那玉勢來練了練手，他生怕把顧元白捏疼了弄紅了，畢竟小皇帝嫩得很，一碰就紅，薛遠要是想要碰碰顧元白，他怎麼能不練？

小皇帝怎麼不想想，他怎麼捨得用玉件去碰他？

薛遠眉頭皺得死死，後悔自己怎麼沒有及時看到這封書信。要是當時追上驛站使者前看到這封書信，他完全可以換另外一番說辭，去解釋玉勢一事的緣由。

薛遠將信紙收起，在房中來回踱步許久，最後好不容易沉下了心，去想先前託付驛站官員傳到京城的那話，聖上也不會為其所動了，因為他找錯了解釋的方向。

只有等年後驛站重新送信時，才可在信中好好解釋一番他私藏玉勢的緣由了。

§

等年後驛站的官員如約前來北疆收信的時候，已經是正月初五以後。

薛遠早已準備好了書信交給他，這次前來驛站的官員換了一個面孔，應當是受了前任驛站官員的叮囑，見到薛遠後，他態度更為恭敬，堪稱誠惶誠恐：「小的會將將軍的信平安送到京城的。」

薛遠好聲好氣地笑了笑，斯斯文文：「那就拜託大人了。」

這一封書信要經過千萬里之遠的路程，或許即便到了京城，薛遠也得不到迴響。看著驛站官員離開的背影，薛遠筆直站在雪地之中，黑髮隨髮帶飛揚，旗鼓在身邊獵獵作響。

他將目光轉到了更北的地方，如果快一點的話，如果再快一點的話，他是否可以在春風二月回京？

§

邊疆的春節過得熱熱鬧鬧，而京城之中的聖上，在大年三十之前，迎回了派去行宮的太監。

太監奉上了宛太妃寫予聖上的書信，顧元白將書信放在一旁，只認認真真地問道：「宛太妃身體如何？」

若不是顧元白身體不好，更因為去年的大病而對冬日杯弓蛇影，他必定要親自前往避暑行宮，同宛太妃好好過個年。

太監道：「回稟聖上，太妃身子尚算安康。只是著實想念聖上，小的到達行宮時，正瞧見太妃在望著一疊梅花糕出神，太妃身邊姑姑道，那正是聖上年幼時最喜吃的糕點。」

顧元白感慨，笑道：「確實，朕現在也很是喜歡。」

太監便細細將宛太妃的瑣事給一一道來。

顧元白聽得很認真，時不時出聲問上幾句，宛太妃現如今一日吃上幾次飯，一次又能吃多少。他問得不嫌煩，回話的人也不敢絲毫應付，一問一答之間，便過了一個時辰。

顧元白回過神來，讓人退了下去。然後展開手中書信，一字一句讀著上方的內容。

宛太妃也極為掛念顧元白，但她不厭其煩地說了許多遍，讓顧元白切莫冒著寒冬前來看她，她在行宮之中一切都好，吃得好住得好，唯一遺憾的，那便是皇帝不在身邊吧。

只是若皇帝在身邊了，宛太妃也不會過多地和顧元白見面，以免天人相隔那日，顧元白的身體會撐不住如此悲戚。

顧元白看完了信，信中細如流水般的思念仍然縈繞在心頭。他突然讓人送上狐裘，帶上了皮質手套，在眾人陪侍之下，走到了御花園之中。

御花園有一片梅花地，淡紅一點於雪地之間，走得近了，清香也帶著凌冽寒氣襲來。顧元白走到了這處，上手去摘下了一瓣滴著化雪的梅。

紅色梅花碾於手上，顧元白道：「拿些手帕過來，朕採些梅花，做一做梅花糕。」

§

除夕時，宮中本應該辦一個宮宴，但聖上以身體疲乏為由，只讓諸位宗親大臣闔家團圓，勿用來陪他。

聖上宮中並無宮妃，也並無孩童。以往時未曾覺得什麼，年根總會覺得寂寞。顧元白也察覺到了宮中的寂靜，他想了想，讓田福生挑了幾個品性優良又不失活潑的宗親孩子，待年後送到行宮之中，去陪一陪宛太妃。

田福生應是，又多問了一句，「聖上，宮中可要也召來幾個小公子在殿前逗逗趣？」

「不用，」顧元白哭笑不得，「放到朕的身邊，宮中就不安寧了。」

宮中的這個年便這樣平平淡淡地過去了。等年後冬假結束，大恒朝上上下下的官員重新回到了官府之中，朝廷一馬當先要開始準備的事，正是三月分的武舉。

武舉五年一次，這一次正好輪到了文舉的次年。大恒朝的武舉盛況同樣不輸文舉，顧元白下了朝後，去翻了翻宗卷，將以往的武舉狀元的卷子也拿出來看了一遍。

武舉並非只考武學，除了身體素質之外，還需具備軍事思想，學習過兵書懂得排兵佈陣以及如何尋找地方安營紮寨等等的學識。

顧元白將以往的武舉計分方式重新制定了一番，考驗身體能力的方式也換了另外的一種方法。他想著這些折騰武舉生的辦法時，眼角眉梢之間都帶上了輕鬆的笑意。

自己的身體不好，折騰起別人來確實別有一番樂趣。

在皇帝陛下滿足了自己的惡趣味之後，時間，也很快走向了二月。

北疆的奏摺開始一封封如雪花般飛入了京城，從二月初開始，邊關戰士就頻頻與遊牧民族發生了衝突，在一次又一次的衝突當中，這些已經離了心的契丹部族們，分批承受了大恒士兵的攻打之後，終於想要摒棄前嫌，打算共同對抗大恒了。

而在這時，契丹八部還完備存留的部族，只剩下其四了。

遊牧人凝成一股繩後，他們對大恒的威脅力將會大幅提高。將士們對此嚴陣以待，正準備在適當時機提出議和之事時，契丹部族之中卻發生了一件誰也沒想到的事。

契丹病重的大首領死了。

原本打算聯合起來的契丹各部族之間又是暗潮湧動，用不到大恒的人動手，他們已經隱隱有敵對分離之兆。

二月中旬，契丹人在內外不安之下，竟然主動找了大恒人求和。

薛老將軍既覺得驚訝，又覺得此事在情理之中。他同契丹人好好商議了一番求和事宜，將聖上所想的那番將其同化的想法，暗中埋下了一個引線。

等大部分的遊牧人不必戰爭也不必掠奪就能得到糧食、茶葉、調料和綢緞時，當他們想要的東西只需要去商市用大恒的錢幣就可以換來時，他們還願意掀起戰爭嗎？

百姓不會願意。

他們逐漸會安於現狀，最後會成為大恒飼養駿馬的馬場。

從八月到二月，長達六個月的邊關對峙，到此刻終於結束了一個段落。在薛老將軍上書的奏摺之中，他將會留守原地看管商路建起一事，而負責運送軍糧和軍隊的薛遠薛將軍，已經帶著人馬回京了。

日思夜想，飛一般地奔馳回京了。

顧元白將這則奏摺足足看了好幾遍，身體中的血液也好似跟著薛老將軍這簡短的話語而沸騰起來。他的面上泛起薄紅，眼睛有神，朗聲道：「好！」

六個月，終於結束了！

顧元白忍不住站起身，都想要高歌一曲，但他終究只是平復了胸腔之中的激蕩，雙手背在身後，站在殿前看著外頭景色，眼中好像穿過千山萬水，看到了邊疆的萬馬千軍。

開心，很開心，開心得只想要笑了。

天時地利人和都好似站在了顧元白的這邊，契丹人的內亂註定要掀起可以攪動其整個部族的大動靜，這樣的內亂，若是沒有強有力的領頭人橫空出世，甚至有可能會持續幾年以上。

顧元白滿腦子只注意到了這一件事，只想著這一件事。等到夜色稍暗，到了晚膳時分時，他才想起了薛老將軍奏摺之中所言，薛九遙要回來了。

薛九遙啊。

顧元白有些恍惚，剎那之間，他眼前突然閃過薛遠朝他嘴角一勾，虛假笑著的模樣。

修長挺拔，客客氣氣。

聖上想起什麼，回頭同田福生問道：「前些時日，薛九遙是不是送上了一封書信給朕？」

田福生點了點頭，恭敬應道：「是。」

顧元白還未曾看這封信，但一想，八成應當是感謝他送花的恩德，便隨口道：「去拿過來讓朕看看吧。」

第一百零六章

奔襲回京的軍隊在半路經過驛站時，恰好遇上了宮中送往北疆的花。

知道他們送的是聖上派人曬乾的花瓣後，面無表情的薛遠一怔，翻身下馬，步步生風走到送花隊伍跟前。

千百株的花瓣處理起來的時間要比田福生想得久了些，足足到一月底，這些花瓣才被裝在了木盒之中，被驛站緊趕慢趕地往北疆送去。

兩方消息不同，一個往前走，一個往回趕，若是沒有在驛站前碰到，怕是真要就此錯開了！

薛大人的手上還帶著北疆百姓用鴨絨織成的手套，粗笨的手套套在他的手上，卻被他比常人略長的手指給撐出了修長的形狀。

鴨絨從木盒上輕輕撫過，薛遠的目光定在上方不動，「這是聖上送給臣的？」

驛站官員道：「是。這一木盒中的花瓣全是聖上派人採下曬乾的名花，株株都備受推崇、價值萬金。經過二旬日的功夫，才處理成如今模樣。」

薛遠的手指從木盒邊緣摸到了鎖扣，啪嗒一聲，木盒被他掀起。

清幽花香隨著微風浮動，各色花瓣豔麗和柔軟依舊。薛遠脫下了手套，從中拾起一個看了看，笑了，「名花，沾染過聖上的福澤了嗎？」

愈離京城近，薛遠心中土匪流氓的本性愈是壓抑不住，想對顧元白說葷話，還想對他做些不好的事。

壞主意一個接著一個，蠢蠢欲動的想法連綿不絕。

在驛站官員說了沒有之後，薛遠笑了笑，他將手中花瓣送到嘴裡，舌尖含著花瓣吸吮、翻轉，才喉結一動，咽了下去。

滿嘴都是花香。

他擦去指腹上留下的花色，將木盒蓋上，抱起木盒轉身離開，披風獵獵飛起，乾淨俐落地翻身上了馬。

這盛放了千百株名花的木盒並不小，橫擺在馬背上時已經蓋住了薛遠的小腹。驛站官員問道：「薛大人，不若下官再給您運回去？」

「不了。」韁繩一揚，大批軍馬塵沙漫漫，跟著薛遠飛奔而出。他哼笑一聲，說給自己聽，「我得帶著。到了京城，還得想些辦法把這些乾花撒在聖上的池子裡。」

再一一給吃了。

§

十幾日後，料峭輕寒之際，北疆的將士回京了。

消息傳來後，薛府就派了小廝日日前往城門等待，大公子九月離府，距今已過五個月，薛老夫人想念他，薛夫人也想念他，因著府中缺少能當事的男主子而憂心的奴僕們，也欣喜期盼地等著他。

但薛府大公子一回了京，第一件事便徑直前往了宮裡，腳步急急，邊走邊問著引路的宮侍：「聖上這些時日可有生病？」

「聖上前些日子略有些受了寒氣，」宮侍撿了幾句沒有忌諱的話說了，「但是今年各處都有了炕床，聖上休息了幾日便也就好了。」

「炕床？」薛遠念了一遍，「這是個什麼東西？」

「薛大人不知道也是應該，這是聖上今年派人做出來的新東西，也就在京城周邊有了名聲，」宮侍笑著道，「外似實床，中有洞空。跟個暖爐日日在身下烤著似的，熱氣不滅，可把整個屋子也暖得熱氣騰騰，聖上今年很少會覺到冷意了。」

薛遠敷衍扯唇笑道：「是嗎？」

他好似不經意地問：「那聖上可喜歡這個東西？」

「喜歡，聖上體涼，有了炕床後才能睡一個好覺，怎麼能不喜歡？」

薛遠笑著應了一聲好。

宣政殿就在眼前了，薛遠不知不覺之間，步子愈加快了起來。身邊的宮侍都要跟著小跑了起來，跟在後方的將領低聲提醒：「將軍，慢些。」

薛遠深呼吸一口氣，道：「好。」

然而他還是愈來愈快，沉重的靴子打在地上的聲音響亮，顧元白在宣政殿之中，似有所覺，抬頭往殿外看了一眼。

薛遠走近後就看到了他抬起的這一眼。

呼吸一停。

聖上穿著明黃色的常服，殿中溫暖，他就未曾在身上披上大衣，亮麗的色澤襯在他的臉龐上，生機比春日的陽光更為勃勃。

黑髮束起，玉冠溫潤，唇角似有若無的帶著笑意，手指捏著奏摺，眼眸中有神，黑眸悠遠，正在看著風塵僕僕的自己。

薛遠好像被一道天雷給擊中了身體，他渾身發麻，只知道愣在原地，呆呆去看著小皇帝。

身後的將領喘著粗氣跟了上來，他們連忙整了整袍子，推了下薛遠：「將軍，面聖了。」

殿內的小太監正好同聖上通報完了，憋笑著看了薛遠一眼，揚聲道：「請各位將軍進吧。」

薛遠回過神，他帶頭走了進去，和身後的將領一起朝著聖上行了禮。

顧元白勾起唇，很是溫和。他讓人賜了坐，又賞了茶，與諸位將領談論了一番邊疆事宜。

薛遠一字不發，他好像渴極了，端著茶水一杯杯下肚。然後借用飲茶的動作，在袖袍遮掩下偷看著聖上。

他做得實在太過隱秘，沒人發現薛大人的行徑。只是在心中調侃不已：薛大人喝了這麼多的茶水，若是一會人有三急，豈不是得辛苦憋著？

顧元白也跟著抿了一口茶水，突覺一陣炙熱視線，他朝著薛遠抬眸看去。

薛遠正低著頭，熱茶霧氣遮住了他眉眼間的神情，遮住了他的唇角似有若無笑意。

似乎是察覺到了聖上的目光，薛遠才撩起眼皮，朝著聖上露出了一個笑。

顧元白收回了眼。

將領們正在同他說著契丹大首領病死一事，道：「耶律大首領病死的時間太過於巧合，先前病了許久還能強撐數年，如今卻在眾部族準備聯合時猝死，契丹人大亂，大首領的兒子耶律征認為其父一定是為奸人所害。」

「看耶律征的樣子，不是沒有懷疑過我大恒。但他們後續也查出了一些指向其餘部族的蛛絲馬跡，其內部已有分崩離析之兆了。」

聖上點了點頭，再說了幾句話後，笑道：「眾位長途跋涉回京，本該休息一日再來同朕覆命，今日急了些，難免疲憊困頓。如今趁早回府休息，待明日養足精神再來同朕好好說一說北疆的事。」

眾人也不推辭，因為確實疲憊，尤其是薛將軍這般不要命的趕路方式，他們已經許久未曾睡過一個好覺了。

眾人一一告退，顧元白翻過一頁奏摺，隨口說了一句：「薛將軍留下。」

薛遠便留了下來。

宮殿之中很暖，不過片刻，薛遠便出了一身的熱汗。他起身恭敬詢問道：「聖上，臣能否將外袍褪下？」

在覲見之前，他們身上的武器和甲衣已被宮侍取下，顧元白看了看他額角汗意，微微一笑道：「不可。」

薛遠悶笑了兩聲，「是。」

聖上將他留了下來，卻不說是因為什麼事。薛遠便好好地站著，脊背微彎，偶爾抬起一眼，狀似無意從聖上身上劃過。

長如羽扇的眼睫晃動，在眼下遮下一片細密的陰影。

小皇帝的脖頸、臉龐和纖細的手，在龍紋遊動之中被襯得白到通透。

愈看愈是熱烈，覺得不夠，開始焦灼。

這一站就直接站了一個半時辰，等外頭的天色從明變暗，顧元白才合上了奏摺揉了揉手腕，瞧見了薛遠之後，不知是真是假地訝然道：「薛卿怎麼還在這？」

薛遠咧嘴一笑，自個兒主動道：「沒有聖上命令，臣不敢走。」

「那就陪著朕出去走走，」顧元白站了起來，往殿外走去，隨意道，「薛九遙，許久不見，近來可好？」

薛遠有些受寵若驚，他緊跟在聖上身後，「什麼都好，只是倍為思念聖上。」

顧元白笑了笑，「你從北疆回來的時候，那裡還有飛舞的鵝毛大雪嗎？」

「有，怎麼沒有，」薛遠回憶，「臣來的時候正是風雪滿天，雪化成了水，在甲衣上盛滿。烈風跑得再快也快不過它落下的速度，臣有時回頭一看，誰的頭頂都有了一層皚皚白雪，像是一夜之間白了頭髮。」

顧元白聽了一會，點點頭道：「京城也落了雪，但終究比不上北疆的凶猛。」

薛遠道：「臣心喜於此。」

聖上一笑而過。

薛遠被他的笑給迷得神志不清，英明神武頓時煙消雲散，在軍中待了五個月，這會兒葷話都要到了嘴巴邊。

他咂咂嘴，舔去唇上乾掉的皮，佯裝不經意踩到了石頭塊，往前踉蹌一步之中，握住了聖上的手，匆匆摟住了聖上的腰。

轉瞬即逝，顧元白只覺得一道黑影襲來，腰間一緊，下一秒薛遠已經離他兩步之遠，躬身請罪了。

顧元白：「……」

他頓了頓，朝著薛遠溫和一笑。

這笑溫和得薛遠眼皮直跳。

兩人在外頭轉了一圈回來，晚膳已經擺上。

薛遠被留在了宮中用膳，但在他面前擺著的不是精美可口的飯菜，而是一個雙手可捧的精緻木盒。

盒上雕刻高山流水，樹有楊桃五枚。

薛遠打開一看，裡面正放著他藏在床底下的那套玉勢。

聖上不僅將這東西拿走了，還給換了一個盒子。

薛遠一笑，覺得有意思。

顧元白身旁的宮侍奉上銀筷，聖上淨手擦過，接過銀筷，柔柔一笑，道：「薛卿既然喜歡此物，那就抬筷用膳吧。」

薛遠盯著玉勢道：「聖上，哪怕臣有鐵齒銅牙，那也咬不動玉塊。」

「不急，」聖上柔和看著薛遠，「慢慢吃。」

薛遠拿起筷子，試探：「聖上沒看臣的那封信？」

「薛卿文采斐然，」顧元白慢悠悠道，「朕看了你的書信，才知曉此物為何，是幹什麼用的。果然常玉言所說不假，薛卿人不可貌相。」

薛遠眼皮猛跳一下，倏地抬起頭看著顧元白，驚愕：「聖上不正是因為這東西才生了臣的氣嗎？」

顧元白挑眉，「此話怎講？」

薛遠心中升起不妙，他將事情來來回回想了一遍，總覺得哪裡不對，既然聖上先前不知道玉勢一事，那，「臣在北疆收到了聖上退回來的書信。」

「和此事無關，」薛遠話音剛落，顧元白就立刻接上，「朕原本都要忘了這個東西了，結果就被薛卿的一封信給想起來了，這還托了薛卿的福。薛卿，食不言寢不語，用膳吧。」

薛遠神色變來變去，一邊夾著木盒之中的玉勢一邊想，老子這是自己把自己害了？

這東西怎麼吃？

若是小皇帝，那薛遠巴不得。可是這是玉，薛遠也就把它當個在手裡把玩的玩意兒。他有心想和小皇帝說：你來。

可瞧著顧元白黑髮垂落胸口的笑吟吟模樣，又覺得一個玉怕什麼，鐵鍋都能給咬碎了。

他的表情太過精彩，顧元白不知他腦子裡在想什麼，只以為他是受到了侮辱，不願意去「吃了」他自己買的東西。顧元白吃了一口菜，慢條斯理嚼著，手臂撐在桌上，托著臉側看戲般看著他。

殿中的宮侍默不作聲，沒有發出一絲響動，個個低著頭，不往桌旁看上一眼。

就連田福生，也眼觀鼻鼻觀心，當做沒看見薛遠的動作。

一雙光滑的銀筷試圖夾起更為圓潤沉重的玉件，這實在是難為人。薛遠夾了幾次也沒有夾出來，只有兩者相碰時如樂器一般的悅耳響聲。這聲音響了半晌，聖上終於起身，走到了薛遠的身後，張開手臂俯身，從他的耳側旁伸出了手，伴著沉香陣陣，衣袍籠罩薛遠。

十指尖如筍，腕似白蓮藕。

這雙手的骨節分明，雖然修長，但手背上青筋和起伏決然不少，脈絡清楚，如畫技最為高深的一位畫師，傾盡生平所能畫出來的一副絕頂的佳畫。

聖上身上的御用香氣傳來，這樣的香氣混雜著沉香、檀香、龍腦香和麝香的味道，沉澱之後，只得尊貴與浸透人心的帝王威儀。

顧元白的手從木盒之中一一劃過，指尖輕輕敲過每一個玉件，在薛遠耳邊含笑問道：「薛卿，跟朕說，你平日裡最喜歡用哪一個？」

聖上擁薛遠在懷，輕聲中不失說一不二的篤定和強悍。

薛遠突然覺得怪異。

聖上對他的態度好像陡然之間柔和了下來，又好似加上了幾分身為強勢者對另一方的輕佻和旖旎曖昧。

這樣的佻薄，雖然細微，但還是被薛遠敏銳地捕捉，好似他薛遠成了被聖上侵略、被掠奪的那個人一般。

薛遠沉默一會，想不出緣由，就實話實說，指了一個和聖上大小一般的玉勢，平時他最喜歡拿來練手的一個，「聖上手旁這一個。」

顧元白便緩緩將這個細玉拿起，養尊處優的指頭隨意摸了幾下玉塊，白手配白玉，分不清是哪個襯哪個。

薛遠看著，沒有說話，但汗珠沁出。

顧元白笑了幾聲，拿起，不急不緩道：「薛大人，平日裡在府中，你都在做著這種事嗎？」

「別拘謹，」他好脾氣，「拿不起來，那就朕餵你吃。」

第一百零七章

愈發怪異了。

以往都是薛遠是那個想要占聖上便宜的人，聖上是懲戒薛遠的人。結果聖上這句話一說出來，薛遠看著他手裡拿著的玉塊，即使心中再燥熱無比，臉上也有些懵了。顧元白看著薛遠的臉色，終於沒忍住，噗嗤笑出了聲來。

他將玉勢拿起來一瞬又放了下去，笑得太過，卻忘了自己體弱無力，伏在薛遠背上直不起身。

薛遠懵了一會兒才回過神，他俊臉沉著，卻止不住臉熱：「聖上，臣反應如何？」

「相當好，」顧元白聲音笑得發顫，「薛卿，沒有人比你更會配合朕了。」

薛遠不由轉身看著他，把笑得疲軟的皇帝拉到了懷裡，坐在自己的腿上，給他順著氣，原本想說你怎麼耍我，但話到嘴邊，就是悶聲道：「聖上，三月未見，我好想你。」

顧元白握著他的衣服，盡力緩著氣息，疲弱道：「薛將軍人在北疆，還有力氣策馬奔騰回京，說是想朕，實則只是為了滿足自己的私欲。」

他看了薛遠的那封信。

薛遠這麼驕傲的一個人，卻為了顧元白而不斷地去練習伺候他的手法。信中的「臣有用，臣手上功夫好」真是既讓人想笑，又讓人心頭發酸。

這樣的行為態度，不管喜不喜歡，顧元白尊重著他的一顆心。

田福生曾同顧元白說過，說薛大人是做好了承受恩寵的準備。顧元白聽了卻只想笑，薛遠看著他的目光如狼似虎，恨不得將他吞吃入腹，這樣的人，得不到他不會心安。

但也因為田福生的話，給顧元白帶來了幾分新思路的興味，薛遠的感情如火，總是在侵略，但若是顧元白也給調戲回去，他會是什麼表情？

現在知道了，是懵住了的表情。

好玩。

顧元白又笑了一陣，臉撐在薛遠的脖頸處，身子發顫。薛遠聞著他髮間的味道，撫摸著他的後背，「私欲就是想你，夜裡夢見你已是常事。我在北疆聽聞你要娶妃，這消息都能從京城傳到北疆去，你可知道我當時是個什麼心情？」

他出神喃喃：「聖上，我生怕慢了一步，一切就都來不及了。」

顧元白緩過來了勁，起身從薛遠身上離開，薛遠也起身跟上他。

但他一站起來，被聖上坐了一下的地方也跟著亮了相。

明晃晃，顧元白餘光瞥到，一愣。薛遠神色正經：「聖上，臣喝多了茶水，人有三急。」

宮侍想要帶著薛遠前去如廁，但薛遠卻面不改色地拒了，仍然陪在聖上身邊不離。

「宮中人說聖上做了個炕床，」話裡話外都是暗示，「臣當真沒見過這個東西，心中倍為好奇。不知今晚可否宿於宮中，去試一下這取暖之物？」

顧元白坐下，慢慢喝著湯，薛遠見他不說話，便又換了一個話頭。

「臣收到聖上賞給臣的那盒花了，」薛遠的嘴角不由自主揚起，心裡嘴裡都跟著發甜，「臣一路沒捨得多吃，花裡帶甜，香氣彌久不散。」

「那薛卿便慢慢吃，」顧元白睨他一眼，「不吃便會心慌？那就每日多吃一點吧。」

薛遠笑道：「是，臣記下了。」

說話間，被宮人帶出去餵食的兩隻狼已經走了過來，牠們老遠就聞到了薛遠身上的味道，離得近了之後，便用力掙脫了宮人，嚎叫著奔向了薛遠。

薛遠皺眉，抬腳把牠們踹到了一旁，「臣不在的時候，牠們也是這麼對聖上的嗎？」

「倒是沒有這樣熱情，」顧元白放下了湯，朝著狼匹伸出一隻手，「過來。」

那兩隻被薛遠踹得嗚咽的狼頓時忘記了前主子，顛顛跑到聖上面前，撒嬌著舔著聖上的手。它們像是在舔一塊連著肉的嫩骨頭，舌尖從掌心到了指縫，猩紅的舌只需一捲，就能將細白的手指三兩根的捲入口中。

薛遠眉心一緊，不爽。

「下個月就是武舉的日子，」顧元白沒看到他的神情，慢騰騰道，「你要是沒事，那會也跟著去看能不能有幾個好苗子。」

「是，」薛遠緊盯著兩匹狼的舌頭，「聖上這幾日可都是在宮裡？」

顧元白想了想，「過幾日我倒是想要出去看一看，若是記得沒錯，戶部和政事堂是不是要舉辦一場蹴鞠賽了？」

田福生連忙答道：「是如此。前些時日小的還聽參知政事說過，戶部官員可是對政事堂叫囂了許久，參知政事憋了一股氣，一定要好好帶著官員在蹴鞠賽中給踢回去。」

顧元白笑道：「好志氣！」

「兩位大人將蹴鞠賽的日子定在了休沐日，就在兩日之後，」田福生問道，「聖上，您可要去看看？」

「去看，」顧元白點了點頭，「不必大張旗鼓，暗中前去就好。」

田福生應了聲，顧元白瞧了瞧外頭天色，對著薛遠道：「回去吧，薛卿。」

薛遠收回盯著狼的眼，「聖上，那炕床——」

「薛府也有，」顧元白慢條斯理，「你房中也有。」

薛遠不可控制地露出了一副失望的表情。

顧元白心道，你再怎麼失望，君子一言駟馬難追，我已經說過不嫖你了，那就不會去嫖。

他剛這麼想，薛遠又道：「臣想和聖上求個恩典。」

顧元白審視看他，「是什麼？」

薛遠低聲：「兩日後的休沐，臣也想上場，那時還請聖上不要移開眼，好好看看臣的英姿。」他咧嘴笑了笑，腰背微彎，像個輕浮的流氓匪頭，「要是臣贏了，您來臣府中休息一夜，怎麼樣？」

這話低，只讓顧元白一個人聽見了。顧元白不由自主地想，他這是在勾引我？

聖上看了薛遠一會兒，從他的俊顏看到他的脖頸，修長脖子上的喉結突顯，此刻就在顧元白的目光之下，緊促而貪婪地上下滑動了一瞬。

顧元白心裡頭思索良多，各種黃色段子層出不覺，最後意味深長地看了薛遠一眼，問：「你要是輸了呢？」

好手段啊，薛九遙。

這是想把他騙到府裡，等夜深人靜時伺候得顧元白身心舒暢了，然後就此掰彎他？

英明神武的皇帝陛下想了良多，看著薛遠的眼神便愈發的深邃。

薛遠在他的眼神下，又是吞咽了一口口水，才收起狼皮，斯斯文文地道：「臣怎麼會輸呢？」

他舔了舔嘴巴，裂口處滲出了幾縷血味，他就著血味笑得愈加溫和：「聖上準備下榻的衣物便好了。」

§

兩日後，休沐日。

戶部和政事堂的蹴鞠賽快要開始，這兩夥人都是常年在衙門裡伏案工作的人。要是把薛遠扔在裡面，那就像是一匹狼掉進了羊窩裡。

為了自己官員的心理狀態不被打擊，也為了比賽場面膠著好看，顧元白便從東翎衛中挑出一隊人和薛遠同隊，又讓保護在殿前的御前侍衛組成另一隊與其對抗。

這兩隊的人各個都是人高馬大，賽事的地點被定在了之前顧元白觀看國子學與太學蹴鞠的位置。這個位置自從被聖上親臨後，已成為一個固定的蹴鞠賽點，熱愛蹴鞠的老百姓們時不時會從這裡經過，看一看有沒有什麼激烈精彩的比賽。

當東翎衛與御前侍衛這兩隊人馬上了場後，他們的精神氣和高大的身形瞬息便吸引來了許多看熱鬧的百姓。還沒開始踢，熱烈的叫好聲和口哨聲就將氣氛弄得高漲了起來。

顧元白的人早已在涼亭之中佈置好一切，他穿著常服，正眺望著街道上的百姓。

寒冬剛過，春日瑟瑟地探出頭腦，如此時節，冷意雖然依舊，但高亮的太陽卻毫不吝嗇地灑下一日比一日暖和的光，這會正是正午，百姓在街市之中摩肩擦踵而過，步調閒適，時不時停下腳步同商販砍價。更有三三兩兩的人圍於蹴鞠場旁，激動亢奮地揮臂鼓舞賽場上的人加油。

喧鬧，生機勃勃。

顧元白披了件深藍色的大衣，如玉蔥指從深衣之中露出尖頭，抱著一個金色手爐。偶然從前方吹起一陣微風，便將他兩側黑髮吹起散落在肩背之上。

厚重的衣物，幾乎要掩埋住他的半張臉。田福生小聲道：「聖上，這處是風口，移移步吧。」

「等一等，」顧元白道，「朕再看看。」

蹴鞠場上的兩隊人正在熱著身，彼此之間虎視眈眈，火氣足得很。他們愈是如此，吸引來看的百姓愈是多，不少人大笑著道：「俊哥兒好好踢，踢得好了給你相看好閨女！」

引起一片哄然大笑。

東翎衛和御前侍衛中已經有不少人漲紅了臉，只能當做沒聽見，不理百姓們這般大膽的調侃。

顧元白也是一笑，「朕去年來這的時候，還記得沒有這麼多的人。」

「是，」田福生道，「聖上未來這看蹴鞠前，這處雖然空曠，但人跡不是很多。但等聖上來過這處後，漸漸的，官民之中有什麼大的蹴鞠賽都會來這裡舉辦。商販也跟著來了，人也就愈來愈多。」

「這裡面還有張氏的功勞，」顧元白神情緩和，「他們回來了京城，大批的外地商人也跟著趕了回來。今年京城之中記錄在冊的商戶，要比去年多了兩成。」

說起商戶，就不得不想起如今不被重視的海域。

林知城早已在年後便著急趕往了沿海水師赴任，但顧元白卻讓他留下了一篇關於海貿的策論，在翻遍文獻結合當下環境之後，那篇策論，顧元白認為可行。

事情是永遠做不完的，顧元白被百姓的喝彩聲叫得回過神，往下一看，原來是蹴鞠賽已準備開始了。

他移了步子，專心看著這兩隊的蹴鞠賽。

第一百零八章

底下人玩著蹴鞠的時候，穿的是薄衫。薄衫將他們的身形勾勒得分明，侍衛們一個個都是肩寬腿長的好身材，偶爾停駐在一旁看著蹴鞠的女子，看著看著就捂住了嘴，粉面薄紅。

顧元白的目光輕而易舉就被薛遠吸引住了。不是說顧元白對他的感知很敏銳，而是薛遠實在是顯眼。

他跑得很快，跑起來時薄衫便緊緊貼在身前，雙腿緊繃，如獵豹般藏著駭人的爆發力道。跳起，後翻身，花樣讓人眼花繚亂，兩隊之中誰也沒有他的風頭更讓人矚目，顧元白看了他一會，上半場就這麼結束了。

薛遠的臉龐被汗水浸濕，透著潮濕的性感，他好像察覺到了顧元白的目光，於是抬頭朝著這邊看來。

顧元白若無其事地移開眼，心底想著，不能嫖。

他是不可能和薛遠上床的，這床一上，估計命就要沒了。

無論是死在宮妃床上，還是死在薛遠床上，名聲都不怎麼好聽。

思緒飄了一瞬，下一瞬再移回來時，場中的人已經不見了。顧元白下意識看了一圈，「人呢？」

田福生摸不到頭腦：「聖上，誰？」

亭子下方傳來一道喊聲：「聖上——」

顧元白往前一步，雙手搭在亭子欄杆旁，低頭往下一看，正見到薛遠胸口起伏不定，呼吸微微粗重，正拿著一個油紙包，抬頭帶笑看著他。

顧元白不由道：「你手中拿的是什麼？」

「牛家的驢肉火燒，」薛遠道，「這家的驢肉火燒可是出了名的好吃。肉滷得入味，配料更是相得益彰，吃起來讓人胃口大開，香得不行，聖上要不要嘗一口？」

顧元白被他說得發饞，讓人將驢肉火燒接了過來，待身邊人檢查過之後才交到他的手中。

顧元白解開油紙包，低頭咬了一口，滿足的香肉混著蔥薑的酥脆在唇齒間響起，裡頭的肉是用舌尖便能嘗出來的香，巴掌大小的餅更是柔而不膩，麵香分明。

好吃得顧元白咬了一口又跟著咬了一口。

他在涼亭上吃著驢肉火燒，薛遠在下頭抬頭看他，逐漸唇角帶笑，眼裡都是笑意。

薛遠從沒想過有一天，他竟然會為了一個人因為他多吃了兩口飯而感覺欣慰和欣喜。

這個驢肉火燒吃到一半，薛遠便被東翎衛給叫走了。顧元白看著他的背影，又咬了一口肉餅，沒看到身後田福生看著他的表情，感動得都要流出淚了。

薛遠為了能讓聖上能在他家中下榻，當真是用盡了功夫。即便是同為隊友的東翎衛也很難跟得上他的節奏，等到下半場結束後，果然是薛遠贏了。

侍衛長張緒悶頭走到薛遠面前，眼中滿是複雜：「薛大人，在下上次見到你竟然將聖上——」抱在懷裡。

薛遠坦蕩，主動道：「張大人是想同我說前兩日宮中的事？」

侍衛長點了點頭，再忠誠可靠的人此時也忍不住朝薛遠投向懷疑的目光。

薛遠將聖上抱在懷中的舉動太過自然了，搭在身上的手，撫摸著聖上的動作，張緒直覺不簡單。

薛遠微微一笑，往涼亭處看了一眼，「張大人莫要多想，那是我看著聖上笑得無力，擔憂聖上，才情不自禁著了急。」

倒也說得通，張緒皺著眉頭，還是覺得哪裡不對勁，「可薛大人……」

話還沒說完，薛遠便拍了拍他的肩膀，打斷道：「張大人，我還有事處理，下次再敘。」說完，急不可耐地朝著涼亭奔去。

顧元白已經上了馬車，外頭就傳來了薛遠的通報之聲，「聖上，臣可一同前往薛府嗎？」

「……」顧元白揉了揉額頭，「上來。」

薛遠上了馬車，一身汗臭味的靠近了聖上，湊得近了，一聞，滿足笑了，「聖上身上都是驢肉火燒的味道。」

顧元白嗅了嗅，「朕只聞到了你身上的汗臭味。」

薛遠想到了他嬌貴的鼻子，立刻往後退了退，但再退也退不到哪裡去，他無奈歎了一聲氣，正想要打開車門跳出馬車，顧元白卻開始咳嗽了起來。

薛遠被他的咳嗽嚇了一跳，雙手都有些無措，他慌亂得找不到頭，顧元白扶著胸口咳嗽得眼角發紅了，他才勉強鎮定，將顧元白緊緊抱在了懷裡，順著他的背。

「怎麼突然咳嗽了，病了、吹到風了？」薛遠急得自己都不知道自己在說什麼，「冷嗎？哪裡不舒服？」

顧元白一句話也說不出來，攥著薛遠的手死死抓著，他有心想要控制自己，但是控制不住。咳得肺部呼吸不上來，頭腦缺氧發暈，身體才因為到了極致而緩緩慢了下來。

鼻尖的空氣混合著汗味，顧元白無神地抓著手裡的指尖，直到緩過來了，才轉轉眼睛，往旁邊一看。

薛遠握緊了他的手，啞聲：「聖上？」

顧元白不想要自己露出這麼狼狽的一面，他側過頭，把臉埋在髮絲和衣衫之中，不想說話。吹一吹冷風，就有可能會咳得如此厲害，而若是咳嗽結束，就是手指也抬不起來的程度。喉間有血腥味淡淡，因為太過嬌嫩，所以承受不住連續不斷的咳嗽，所以咳出了血味。

不用看御醫顧元白也知道的，他知道自己這具身體的情況，知道自己是有多麼地虛弱。他甚至知道了自己的大概命數。

不甘心。

手指想要攥緊，想要裝出一副若無其事鎮定無比的模樣，可是心中疲憊，便不想要再裝下去了，想要短暫地放鬆片刻。

薛遠抱著他，俯下身，在顧元白耳邊道：「顧元白。」

顧元白沉沉應了一聲。

他的面容被黑髮遮掩，看不出是喜是悲，但應該是悲的，心有壯志和野心，怎麼會為了身體的虛弱而感到開心？

薛遠輕輕撥去顧元白臉上的髮絲，顧元白閉起了眼睛，卻覺得薛遠的手好像在發抖。他不由重新睜開眼一看，原來沒有感覺錯，薛遠的手當真在發著抖。

「怕什麼？」他啞聲，語氣悠悠，「我這幾年還死不了。」

薛遠倏地握緊了他的手，從牙縫中蹦出字眼：「幾年?!」

顧元白眼睛動了動，笑了：「難不成薛大人還想要我長命百歲？」

只是他這笑實在勉強，唇角勾起都好似萬分困難，薛遠冷著臉，太陽穴鼓起，脖子上的青筋迸出。

等馬車到了薛府門前時，顧元白已經好了，他整了整衣袍，又順了順髮冠，淡淡道：「朕去年在床上整整躺了好幾個月，吃的飯從未有片刻是不帶藥味的。你或許會認為我如今已是孱弱，但在我看來，卻已經好了良多。最起碼像是剛剛那樣的咳嗽，入冬以來，也不過四隻手數得過來。」

鼻尖一癢，或者喉嚨一癢，就會咳嗽起來。顧元白的體質好像是只要一開始咳嗽，那就停不下來。

說完後，顧元白朝著馬車門揚了揚下巴，道：「下去扶著朕。」

薛遠沉著臉跳下馬車，伸手將顧元白也扶了下來。但等聖上下來之後，他也未曾鬆手，只是低聲又堅定地道：「我會找來神醫。」

顧元白笑了笑，「朕也在找。」

放棄生命，原地等待。

顧元白嘴上說得再好聽，但私底下卻從來沒有放棄過。

他斜瞥了薛遠一眼，勾唇，這瞬間表露年輕人的衝勁和挑釁，「薛大人，看誰能先找到吧。」

這種篤定能活下去的語氣，讓薛遠緊繃的大腦一瞬間放鬆了下來，他鬆開了顧元白的手，風輕雲淡地「嗯」了一聲。

顧元白會長命百歲的。

神仙都同意不來搶他了。

§

薛府中能主事的男主子只有薛遠一個。

兩位老少夫人派人來詢問是否要過來請安，被顧元白拒了。而薛二公子，早在知道聖上親臨時，已經縮成了一個鵪鶉，躲在屋裡一句話也不敢說。

顧元白多半猜到了薛遠會贏的結果，他之所以會答應薛遠大著膽子求的恩典，只是想要知道薛遠想要做些什麼。

今日休沐，皇帝也休息一天，政務沒帶一本，只帶上了幾本常看的書。

薛遠帶著顧元白來到了庭院之中走了走，顧元白偶然之下，在薛遠的院子中看到了上次前來時還未有的秋千。

石桌旁都是被掃下的木屑，顧元白看了幾眼，「這秋千是你做的？」

「嗯，」薛遠直言，「聖上坐在秋千上，臣坐在石桌上，臣想給聖上雕個小人。」

顧元白稀奇，當真走到了秋千上坐了下來，「你上次送予朕的那把木刀難道也是你親手做的？」

「自然，」薛遠唇角勾起，大馬金刀坐下，讓奴僕送上了匕首和木頭，在顧元白的面前狀似無意地耍了一手花刀，道，「臣其他不敢說，但玩刀這一塊，還沒遇見能比得上臣的人。」

顧元白若有所悟：「倒是沒聽說過。」

薛遠咧嘴一笑，心道你聽說過那就奇怪了。

薛遠怎麼可能會木工活。還不是被褚衛曾給聖上畫的一副工筆給氣的，君子六藝學不來，唯獨耍刀是一絕，褚衛既然能給聖上畫畫，那他就能給聖上刻像。

誰比誰差？

第一百零九章

其餘人等看聖上和薛大人如此有興致，也懂事地站在院子角落裡，以免礙了兩位的眼。

顧元白剛剛坐上秋千，對著他雕刻著手中木頭的薛遠就抬起了頭，看了他一眼後，突然站起身大步離開，轉眼消失在了臥房之中。

這是要做什麼？顧元白朝臥房看去，還未想出緣由，薛遠又走了出來，他的手中拿了一個枕頭和厚重的披風，走近道：「聖上，起來一下。」

顧元白，「為何？」

「坐的地方涼，」薛遠皺眉，「雖是木製，但也最好墊個東西。」

顧元白無奈：「朕身上穿的衣服不少。」

「衣服不少也不行，」薛遠站得筆直，語氣柔了下來，「你覺得不涼，屁股覺得涼。」

顧元白不想和他談論「屁股不屁股」的事，站起身，讓他給墊上軟墊。只是薛遠拿在手裡的軟墊也不是軟墊，顧元白沒忍住，問道：「這不是你臥房的枕頭嗎？」

「沾沾聖上的香氣，」薛遠嘴角勾起一邊，氤氳意味深長，「聖上竟知道這是臣臥房的枕頭。」

他的笑意深邃，餘光在顧元白身上打轉，顧元白心道，來了，勾引第一步。

聖上脾性底下的那些惡劣念頭跟著動了動，想起了薛九遙上次懵住了的表情，於是長眉一挑，慢條斯理道：「朕不坐你的枕頭。」

「聖上，坐一坐，」薛遠低聲哄著，「臣晚上枕著它睡個好覺。」

枕著他坐過的枕頭睡覺……顧元白一言難盡，抬頭朝著田福生看一眼，田福生機靈跑來，將早已準備好的軟墊放在秋千上，跟薛遠客氣道：「薛大人，小的們早已準備好應用品，無需薛大人費心。」

薛遠只好收了枕頭，在顧元白坐下之後，又將披風蓋在了他的身前，細細在脖頸處掖好。前有披風，後有大氅，手爐在手上，外有暖盆送著暖意，寒風只能吹動臉龐。顧元白呼出一口氣，舒適道：「朕曬會太陽，你刻你的，等風起的時候就進房中。」

薛遠把顧元白臉側的髮絲勾到耳後，笑道：「是。」

木頭是一塊長木，薛遠拿著刀開始雕刻了起來，偶爾抬頭看一眼聖上，再低頭動一動匕首。

顧元白在秋千上曬著陽光似睡非睡，等醒過來的時候，他已經不知被誰抱進了屋子，躺在床上蓋上了被子。

他轉頭一看，薛遠正坐在屋內的桌子旁，在專心致志地擦拭著一把彎刀。

那柄彎刀的樣子雍容華貴，不是凡品。顧元白掀開被子，正要下床，低頭一看，啞聲問道：「朕的鞋襪呢？」

薛遠聽到聲音回頭，就看到他赤腳快要落到地上一幕，臉色一變，猛得站起，桌上的彎刀被撞得叮噹作響。

顧元白見他氣勢洶洶的模樣，在薛遠的雙手伸出前便將雙腳收了回來，冷冰冰地鑽到了炕床之中，「田福生呢？」

薛遠摸了個空，頓了一下後才道：「在外頭。」

「把他叫進來，」顧元白皺眉，四下一看，卻在薛遠坐下的桌旁見到了自己的白色布襪，「朕的鞋襪怎麼到那去了？」

薛遠表情不變，「臣也不知道。」

田福生聽命進了屋，給聖上伺候著穿上鞋襪，待穿戴好了之後，又讓人上前，將聖上散亂的黑髮給重新束起，變得英姿颯爽起來。

顧元白收拾好自己後，往院子裡走了一圈醒醒神，他問田福生：「朕怎麼就睡著了？」

田福生小聲道：「聖上，小的也不知道。只看到您在秋千上還沒坐多長時間，薛大人就放下了木頭和匕首，上前把您抱進屋裡了。」

「那朕的鞋襪，」顧元白，「是他脫的？」

田福生頭埋得更低，「小的們未曾動過聖上的鞋襪。」

侍衛長跟在顧元白的身後，欲言又止。

顧元白揉了揉額頭，帶著人往回走。一回去便見到宮侍都站在薛遠院中候著，臥房的門緊閉。顧元白往臥房眺了一眼，問：「你們怎麼都站在這裡？」

宮侍小心翼翼：「回稟聖上，薛大人讓小的們在外等待，他有些私事要做。」

顧元白眼皮一跳，私事？

他想到了自己落在石桌旁團成一團的布襪，抬手讓人莫要通報，餘光看了一眼身後的人，淡淡道：「田福生跟著，其他人在此等候。」

顧元白悄無聲息走到窗戶跟前，將窗戶推開了一條縫，他往裡面看去，一眼就見到薛遠單膝伏在床上，從上到下地在嗅著顧元白躺過的地方。

被子鬆垮地堆積在床側，他單手撐在床側，脊背緊繃，看不出神情如何，但卻很是沉迷的樣子。

——連窗戶被推開的聲音都沒有聽見。

顧元白突覺有些發熱，他側頭吹了吹冷風。過了一會，才回身屈指敲了敲窗口，響亮的木叩聲三下傳來，床上正嗅著顧元白余溫的薛遠一頓，隨即慢悠悠地下了床，朝著窗口這邊看來。

聖上容顏微怒，長眉前壓，含著梅花初綻的如雪冷意，五指彎曲，正是聖上叩響了這三下催命的聲音。

薛遠撩撩袍子，行雲流水地整理好了自己，然後大步走到窗前，彎身行禮，「聖上怎麼在這處？」

顧元白聲音也冷，「你在做什麼。」

薛遠沉吟一會：「臣前兩日睡時並沒有在臥房中休息，太熱，睡不慣。今日見聖上睡得如此沉，才心中有了些好奇，想要看一看這炕床到底是如何做出來的。」

「想看看炕床是怎麼做出來的，就是去拿鼻子聞？」顧元白嘲諷。

薛遠還當真點了點頭，煞有其事：「臣還真的沒有聞到被褥被燒焦的味道。」

顧元白看了他一會，扯起唇角，「薛卿還有功夫去琢磨炕床，你給朕刻的木雕應當也好了吧？」

薛遠面不改色：「那木雕沒有這麼快就能好，聖上等臣兩日。等好了，臣親自送到宮中。」

身上的熱氣降了下來，顧元白餘光瞥過那個床，乾淨整潔的床上已經橫了一道又一道山巒疊嶂般的褶子，這些褶子或深或淺，上面已經沒有了人，卻又好像還留著人一般。

聖上盯著床的目光直直，薛遠回頭，也順著看去，喉結滾動。

「炕床好聞嗎？」聖上突然輕聲問道。

薛遠不只是喉嚨癢了，他鼻子也發癢，心口背上好似爬滿了萬隻螞蟻啃噬，良久，他才道：「香極了。」

話出口，才發覺嗓子已經沙啞到了含著沙粒的地步。

他的聲音低得嚇人，神情更猶如猙獰得要破了繩的凶獸，駭得田福生想要拉著聖上就跑。可聖上卻鎮定極了，迎上薛遠如夜中猛獸一般發著綠光的眼神，微微一笑，「薛卿，朕也覺得香極了。」

顧元白說完，又是風輕雲淡一笑。

薛遠愣愣地看著他，半晌回不過來神。

田福生驚愕道：「薛大人，你、你——你鼻子出血了！」

§

一陣混亂。

薛遠被押著去由大夫把脈，離家五個月，薛老夫人和薛夫人如今正是掛念他的時候，即便看上去只是因為火氣太盛而出了鼻血，兩位長輩卻不見大夫不放心。

顧元白坐在石桌旁，姿態悠然地品著茶。只是品著品著，餘光見到薛遠仰著頭堵著鼻子的樣子時，唇角便流露出了笑意，止也止不住地沉沉笑了起來。

有趣，好玩。

一旁的大夫瞧見這麼多氣勢不凡的人在這，卻還是沒有忍住對著大公子絮絮叨叨：「如今明明還沒立春，天還冷著呢，怎麼大公子你就肝火如此旺盛，虛火如此急躁呢？」

聖上從宮中帶出來的御醫也在一旁扶著鬍子笑呵呵地湊著熱鬧，「薛大人的面相就能瞧出體內火氣多麼大了，如今外有寒氣入內，冷熱相抗之下，這夜裡睡覺豈不是難受？」

兩個問話問下來，薛遠眼皮都不耷拉一下。心道，是睡覺難受，所以想要抱一個手冷腳也冷的人在懷裡放著。

薛遠火氣大是常事，他在軍中要時時操練，倒是能把火氣消下去，但顧元白就在身邊時，卻是怎麼也消不下去的。

大夫給開了清熱解毒的中藥，等人走了，顧元白才站起身，勾了勾唇，「田福生，朕前些日子讓鐵匠打出來的鍋好了沒有？」

田福生忙道了一聲好了，便讓人去將鐵鍋給拿了上來。薛遠上前一看，鐵鍋如同一個太極圖，分為了內外兩半，「聖上，這是？」

顧元白勾起一個和善的笑：「晚膳便看它了。只可惜這個新花樣，薛卿卻是沒法吃了。」

前兩日，顧元白就想吃頓火鍋來出出汗了，但今日休沐才算是真正的有時間。他抬頭看了看天色，太陽還高懸在空，料湯現在做，到天色昏暗下來時，應當正是醇香口味。

薛遠雙眼微瞇，「聖上，臣為何沒法吃？」

「朕怕你吃了，又能流出來一碗血，」顧元白瞥了他一眼，從衣袍中伸出手，屈指彈了一下鐵鍋，鐵鍋輕顫，發出一聲從高到底的清脆響聲，「這東西上火。」

聖上笑吟吟，「所以薛大人還是看看就罷了，別吃了。」

身後御膳房的人上前來取過鐵鍋。他們早在半個月前就聽聞聖上想要吃一種名為「火鍋」的東西，御膳房的主事曾親自去問過聖上，詢問這「火鍋」是什麼一番味道，在琢磨了半個月之後，他們總算是做出了些成效，聖上這才迫不及待，休沐便帶上了東西。

薛遠無所謂一笑，不以為意。但等夜晚天色稍暗，無煙碳火燒著鐵鍋，而鐵鍋中的湯水沸騰散發著奇異香味時，他卻忍不住肚中轟鳴，口中唾液一出，誰還管上不上火的事，直接上前一坐，腰背挺直，風雨不動。

鍋中的濃湯分為兩個部分，一是醇厚如羊奶般的濃湯，一是紅豔如染了花汁般的濃湯。薛遠聞了聞，好像從香味中聞出了辣味，還有一種奇妙的，酸中帶甜，甜中帶酸，卻極其讓人胃口大開的味道。

他不由問：「聖上，這紅色的是什麼？」

羊奶般的濃湯處，他倒是能聞出來是羊肉湯的味道。

顧元白正讓人將肉削成如紙片一般薄的程度，眼皮抬也不抬一眼，好似沒有聽到薛遠的話。

薛遠微微挑眉，看著拿著刀對著肉的廚子一臉為難的表情，他笑了一聲，起身接過肉，小刀在手裡換了一圈，將火光倒映在鮮肉之上，「聖上，如紙片一般薄，也應當只有臣能辦到了。」

顧元白這才抬眸看他。

聖上的側臉在火光之中明明暗暗，映照出暖黃的光來，薛遠哄著：「臣給您削肉，您多看臣兩眼就夠。」

第一百一十章

火鍋想要好吃，就得在湯底和料碗上下功夫。

顧元白讓人上了最簡單的香料，這時還沒有辣椒，便拿著八角、蔥段、薑絲與花椒過鐵鍋一炒，便以醋料為底，就混上了些微香辣味道和酸醋味，再撒上一些青嫩的小蔥段，青色點深水，這便成了。

顧元白吃不得刺激胃的，火鍋中的辣也只是提味，料子是番茄料，因此蘸料之中的辣味也極其少，甚至沒有。薛遠面前的蘸料味道要重一些，正好這時沒有風，火鍋便放在院子之中，用起來別有一番風味。

薛遠吃了幾口，頭上的汗就跟著冒了出來，一桌子的菜都要被他包了，酣暢淋漓道：「暢快！」

這個蘸料做得著實好，口口開胃，吃飽後也停不下來。顧元白的自製力還好，八分飽就放下了筷。等他筷子一放下，對面大汗淋漓的薛遠就抬頭看了他一眼：「不吃了？」

「飽了。」顧元白喝了一口熱水。

薛遠伸手，將他的蘸料拿走，又將桌上的肉一股腦地扔進了鍋裡，他當真是只喜歡肉不喜歡素，顧元白故意，「薛卿怎麼不吃菜？」

薛遠歎了口氣，於是筷子一轉，夾了一個菜葉出來。

他對番茄鍋的口味適應良好，與清湯一比，更喜歡染了番茄味道的肉菜。兩個人吃了這一會兒的功夫，沸騰的熱鍋香味便溢滿了整個院子，候在這兒的人時不時暗中吞咽幾口口水，被勾得饞蟲都跑了出來。顧元白瞧著眾人的神色，側頭交代田福生：「等一會朕休息了，你帶著他們也好好吃上一頓，料子就用先前剩下的，不用近身伺候了。」

田福生帶著人欣喜謝恩：「謝聖上賞賜。」

「聖上的這鐵鍋有些意思，」薛遠脫掉外衣，「吃起來更有意思，估計過不了多久，就會和那個炕床一樣，成為百官宗親們追捧的好物了。」

顧元白頷首，又點了點鍋中的濃湯，「但這湯料就是獨此一份了。」

「臣也是沾了聖上的福，」薛遠嘴上不停，說話也不停，「說起鐵鍋，聖上，與遊牧人邊關互市時絕不可交易鐵器。」

這自然不能忘記。大恒商人不准販賣給遊牧人任何鐵製物，即便是菜刀，也只允許遊牧人以舊菜刀前來更換新菜刀。

這些細節早已在薛老將軍前行時顧元白便一一囑咐過他，此時心中不慌不急：「是該如此。」

薛遠看了他一眼，笑了：「看樣子是臣白說一句了。」

顧元白笑而不語。

飯後，薛遠陪著顧元白轉了一圈消消食。突見湖旁的欄杆角落裡長出了一朵瑟瑟發抖的迎春花，薛遠眼神一動，上前彎腰去採。

顧元白的眼角不經意間在薛遠袍腳上滑過，衣袍上的紋飾隨著彎腰的動作從上至下滑出一道流光。聖上收回眼，隨意道：「薛卿，路邊的野花都不放過？」

薛遠聽不懂他的打趣，伸手將嫩黃的迎春遞了過來，「聖上，這顏色臣覺得不錯，在冬末之中是獨一份的好光景，聖上可喜歡？」

「朕看你挺喜歡。既然覺得不錯，那薛卿就做幾身鵝黃的衣裳換著穿，」顧元白不理他這撩人的手段，「日日換著穿，即便上戰場，這顏色也抓人。」

薛遠眼皮一跳，不動聲色地將迎春花扔到湖裡，「臣又突然覺得不好看了。」

消食回來後，顧元白回房躺著看書。他看的是一本話文，薛遠在一旁雕著木頭，時不時抬頭看顧元白一眼，又低下頭去忙碌。顧元白翻過一頁書，隨口問道：「薛九遙，你房裡的那些書你可看過沒有？」

薛九遙坦坦蕩蕩，「一個字也沒看過。」

顧元白心道果然，他並不驚訝，在燈光下又看了兩行字，才慢條斯理道：「那麼多書放在那擺著卻不看，確實夠唬人，常玉言同我說時都驚歎你這一屋子的書，認為你是個有才的人。」

薛遠好像聽到了什麼笑話，「他認為我本本熟讀？」

「即便不熟讀，也是略通幾分的，」顧元白，「朕當真以為你是內秀其中，腹有詩華。」

「也不差什麼，」薛遠吹吹木屑，理所當然道，「臣花了銀子擺在這兒的書，自然就是臣的東西。都是臣的東西了，裡頭的東西也就是臣的了。」

聖上不置可否，沒說什麼，但過了一會兒，才輕聲道：「粗人。」

薛遠笑了，心道這就叫粗了？

顧元白翻完了一本書，已經有了睏意。薛遠瞧他模樣，察言觀色地起身告辭。田福生在他走後就上前伺候聖上，他已經洗去了一身的火鍋味道，為了免得衝撞聖上，也並沒有吃些會在口中留味的沖鼻東西，老太監得心應手，兩個小太監則在一旁忙著將被褥整理妥當。

顧元白由著人忙碌，從書中抬起頭的時候，就見到了侍衛長欲言又止的神色。

他挑挑眉，「張緒，過來，跟朕說說話。」

一個太監正站在床頭給聖上梳著頭髮，特意打磨過的圓潤木頭每次從頭皮上梳過時，都會舒服得大腦也跟著釋放了疲憊。侍衛長走到床邊後，聖上已經閉上了眼，只留一頭青絲在小太監的手中如綢緞一般穿梭。

侍衛長又說不出來話了，聖上懶散道：「心中有話便直說。」

「聖上，」終於，侍衛長道，「薛大人他……」沒出息地憋出來一句話，「他當真沒有讀過一本書嗎？」

顧元白哂笑，「他說沒讀，那就是沒讀。否則以薛九遙的為人，在朕問他的時候，他已經主動跟朕顯擺了。」

侍衛長是個好人。

他本來只是有幾分直覺上的疑惑，話到嘴邊卻又說不出來。如果一切都只是他誤會了呢？如果薛大人當真對聖上是一顆忠心，他這麼一說豈不是將薛大人推入了火坑？

即便是褚大人，他尚且因為沒有證據而無法同聖上明說，此時怎麼能因為一個小小的疑心而如此對待薛大人？

侍衛長自責不已，「臣沒什麼其他想說的話了，聖上，臣心中已經沒有疑惑了。」

顧元白道：「那便退下吧。」

屋中燭光一一熄滅，眾人退到外頭守夜。

§

顧元白潛意識提醒了自己防備著薛遠的勾引，因此在房中稍有動靜的時候，他的神智便清醒了過來，維持著綿長的呼吸，去感受著身邊的舉動。

不久，就有人靠近了床邊。

顧元白凝神屏息，片刻後，耳根子一熱，有人在耳邊低聲呵著熱氣，「聖上？」

是薛遠。

這麼晚了，他這麼偷偷摸摸，絕對不會幹什麼光明正大的事。

顧元白一動也不動，薛遠又在耳邊喊了他一會，這聲音愈來愈低，也愈來愈近，最後甚至唇瓣碰到了耳珠，而後嗖的一下，耳珠就漫上來了一股渾身如過電般的麻意。

顧元白五指不由蜷縮一下，又怕打草驚蛇，強自按捺不動。

薛遠好似看出了顧元白未睡，又好像沒有看出來，他低聲笑了幾下，笑聲顫得耳朵都漫上了熱意。顧元白心道，他笑什麼？

難不成是在笑我？

只是心底的不悅還沒湧出，薛遠便輕輕地咬著耳垂，因為皮膚嬌嫩，所以不敢用力，他最後不捨地用力吮了幾下，鬆開時，耳珠已經充血腫脹，如同快要破血而出似的。

「聖上，」薛遠四平八穩地笑著，然後調笑問道，「覺得如何？」

顧元白竭力保持著呼吸，黑暗下，綿長氣息一起一伏，他肯定薛遠並沒有知曉他醒了。只是一個耳垂，只是一個耳垂的程度，顧元白為何會連腿都繃緊了？

又是期待又是惱怒，皇帝陛下幾乎要懷疑自己了。

但薛遠的話一問出，顧元白就在心中不由自主答道：舒服，舒服極了。

繼續啊？

薛遠好像聽到了顧元白的心裡話，他又親了一口顧元白的耳珠，聲音低得如蝴蝶揮動雙翅，「坐在秋千上的時候，晚膳的時候，聖上總是一次次地撩撥我。」

顧元白冷笑，心道，色心不改膽大包天的薛遠，你說的是什麼時候？

他想了想，猛然想起，哦，是了。晚膳時候，他用膳出了些細汗，又嫌長髮麻煩，便將鬢角髮絲勾到耳後，才從鍋中夾出了一片牛肉。

那個時候，薛遠好似就被嗆著了，難不成就是因為他勾了一下頭髮就被嗆著了？出息。

顧元白都想要放聲嘲笑，但笑聲還沒出，他就忍了下去。因為想起了薛遠長途奔襲回京的那次溫泉，想起了薛遠的細吻落在臉上、脖頸的滋味，他身體放鬆，覺得如果佯裝不知的被伺候一回，享受一回，倒也不錯。

這算嫖嗎？

不算。

但即使是算，他顧元白嫖就嫖了，深更半夜，薛遠一個人偷偷摸摸做賊心虛，誰能知道？

顧元白半分心虛也無。

剛剛這麼想，薛遠便俯身，在顧元白的耳後吸出了一個印子。他的力道不重不輕，卻很是讓人神經緊繃，泛著撓不著的癢意。而他的手——薛遠的一雙手就規規矩矩地放在床旁，除了那一張不斷親吻著顧元白耳朵的唇，他好像就是個教養入了骨子裡的正人君子，即便是來到人家的床旁，也絲毫不碰上一碰。

顧元白以為他只敢在耳旁晃悠了，便不再壓抑，骨節分明的五指攥著床單，把渾身的酥麻和癢意都傾瀉在了床褥之上。

耳旁的喘息聲逐漸加重，薛遠的手突然伸出握住了顧元白的手，從他的五指之中強勢插入。顧元白還以為他看出了什麼，驟然一驚，眼皮都猛得跳了一下。

誰曾想薛遠只是喘息逐漸加急，不知過了多久，他突地攥緊顧元白手指悶哼了一聲。片刻，薛遠的呼吸逐漸平靜，強硬的手指鬆去，被褥被掖好在身前，顧元白心道，中場休息？

只聽窗戶又是一聲細微響動，房裡的動靜徹底安靜了下來，薛遠走了。

顧元白的手指還殘留著被更為粗大的手指強硬插入的酸澀感，他臉上的表情變來變去，倏地睜開眼，看著窗口咬牙切齒：「薛九遙——」

你他媽，你他媽學的那一手功夫呢？

深更半夜，爬窗進來，然後你給老子裝純情？

第一百一十一章

第二日一早，宮侍給顧元白束髮時，就「咦」了一聲，驚道：「聖上，您耳後有個紅印！」

顧元白沉著臉，對他說的話沒有半分反應。田福生湊近一看，倒吸一口冷氣。不得了，聖上的耳朵後面正有一個拇指大小的印子，印子紅得發紫，在白皙皮膚上頭更是嚇人，「昨日睡前還沒有，難道是蟲子咬的？」

但這個時節哪裡會有蟲子，他們又將聖上伺候得這般好，不可能啊。

耳後的位置隱蔽，若不是因著要給聖上束髮，宮侍也不會看到。顧元白看著銅鏡中的自己，臉色並不好看，他冷笑一聲，「拿個鏡子放在後頭，朕看看。」

奴才們找了一塊透亮的鏡子回來，放在後頭讓聖上通過前頭的銅鏡看看耳後的痕跡。銅鏡被磨亮得明亮而清晰，能清清楚楚地看到一塊拇指大小的紅印，顧元白摸上這塊紅印，又是好幾聲的冷笑。

人在北疆的時候，聽聞顧元白要納妃便策馬奔騰回來親他摸他想要安心。府中的狼脖子上掛著的都是一條條寫著污言穢語的話，多多少少，大大小小，結果半夜翻個窗戶，就舔了下耳垂？

都是成年人了，顧元白心道，薛九遙，你竟然還會裝純。

「聖上，您的耳朵也紅了，」眼睛尖的小太監都要嚇哭了，「都能看出血絲的模樣。」

顧元白一愣，「朕沒覺得疼。」

最後，顧元白沒讓田福生去叫御醫，只讓他給自己抹了些藥膏。等到長髮披在身後時，就什麼都看不到了。

薛府早已備好了早膳，顧元白走出臥房時，順著廊道拐了幾個彎，就聽到有淩厲的破空之聲在前方響起，他走上前一看，正看到薛遠在空地之上揮舞著那柄御賜的彎刀。

彎刀細長，弧度精巧，如同一把彎起來的唐刀，被薛遠握在手中時，風聲陣陣，舞得虎虎生風。

顧元白站在拐角之處，一旁還有拿著薛遠衣物和刀鞘的小廝，他們見到聖上後正要慌忙行禮，顧元白抬手阻了，仍然看著薛遠不動，眼中神色喜怒不明，「你們大公子每日都這麼早地來這裡練武？」

「是每日都要練上一番，但大公子今早寅時便起了，一直練到現在，」小廝小心翼翼，「以前沒有那麼早過。」

實際上，薛遠一夜沒睡。

但沒人能看出薛遠的一夜沒睡。顧元白現在看到他，心底的不爽快就升了起來，他正要離開，那旁的薛遠卻聽到了他的腳步聲，轉頭一看，硬生生收了手中刺出去的大刀，大步走來抱拳行禮：「聖上。」

他頓了一下，若無其事道：「聖上昨晚睡得可好？」

顧元白反問：「薛卿昨晚睡得可好？」

薛遠眼神閃了閃，「好。」

顧元白無聲勾唇冷笑，不想再見到他的這張臉，於是抬起步子，帶著眾人從他身側而過。

薛遠將小廝手中的刀鞘接過，收起彎刀後，才快步跟上了聖上，「聖上還未曾用早膳，臣已經吩咐下去，讓廚子準備了山藥熬的粥，聖上可先用一小碗暖暖胃。」

聖上好似沒有聽見，田福生趁機抓住了薛遠，抱怨道：「薛大人，您府中可有什麼不乾淨的東西？」

薛遠渾身一僵，隨即放鬆，「田總管，這話怎麼說？」

田福生壓低聲音，「薛大人，您別怪老奴說話不中聽。今個兒聖上起來，小的們在聖上耳後發現了一個印子，紅得有些深，瞧著駭人。不只如此，聖上的右邊耳朵都滲著幾縷血絲，外面瞧著無礙，裡頭卻看著都要流血了，但聖上卻沒覺得疼，這都是什麼怪事？」

血絲？薛遠眉頭一皺，都能夾死蚊子。

那樣的力度也受不住嗎？

田福生也在想：「聖上睡了一覺，怎麼就成了這樣？」

一時之間人人埋首苦思，顧不得說話。

§

顧元白在薛府用完了早膳之後便回了宮。他前腳剛走，後腳常玉言便入了薛府，見到薛遠正坐在主位之上用著膳。

常玉言挑眉一笑，「來得好不如來得巧，來人，給本少爺也送上碗筷來。」

小廝將他引著坐下，「常公子，我們大公子的這副碗筷沒有用過，您用著就可。」

常玉言訝然，指了指薛遠手中的杯筷，「既然這是你們大公子的，那你們大公子用的是誰的？」

小廝不發一言，低著頭退了下去。

常玉言還要再問，但薛遠倏地從懷中抽出了一把匕首，寒光閃閃，逼人鋒芒映在常玉言的臉上，拿著匕首的人沒覺得什麼，語氣平常地問道：「你要吃什麼？」

常玉言硬是把話憋了回去，「什麼都可以。」

薛遠拿起一個果子穿過匕首，手一揚，匕首便飛過了長桌，「叮——」的一聲插入了常玉言面前的木桌上。

「你騙了我，常玉言，」薛遠道，「避暑行宮，你與聖上下棋那日，聖上明明與你談起了我。」

常玉言緊張，脫口而出道：「你不要亂聽旁人的胡言——」

「是不是胡言我不知道，」薛遠笑了，很是溫和的樣子，「但你不願我與聖上多多接觸，這倒是真的。」

常玉言說不出話來，薛遠低頭吃完了最後一口山藥粥，起身走過長桌，拔起匕首。只聽「嗡」的一聲長吟，匕首上的果子已經被薛遠取了下來，放到了常玉言的手裡。

果中流出來的黏膩而酸得牙疼的澀味，也跟著慢慢散開，汁水狼狽沾染了常玉言一手。

「這把匕首你應當有些眼生，」薛遠將匕首在兩隻手中翻轉，「它不是我小時候玩的那把。玉言，你還記不記得，少時你被你家中奴僕欺辱，我將那個奴僕壓到你的面前，正好也是在飯桌上。」

「你求我的事，我就得做到。飯桌上你的父母長輩皆在，我將那奴僕的手五指張開壓住，匕首插在他的指縫之間，問你這一刀是斷了他的整隻手，還是斷了他的一根手指頭。」

常玉言將果子捏緊，袖口被浸濕，他笑了：「九遙，我們的脾性從小就不合，總是針鋒相對，水火不容。但你我也是少年好友，同樣是一丘之貉，誰也不比誰強。」

薛遠也跟著笑了，「你說得饒人處且饒人，你不會做砍人手指頭的事，那奴僕激動得哭了，對你感恩戴德。第二日，你將人帶到湖邊，讓那奴僕去選，要麼投湖而死，要麼自己去砍掉自己的一隻手和一根舌頭。」

常玉言：「少時的事了，現在不必提。」

「常玉言，你心臟大得很，」薛遠低聲道，「但瞧瞧，你心臟再怎麼大，見到我拿出匕首還是怕，從小便怕到現在。」

常玉言嘴角的笑意慢慢收斂，抿直，翩翩如玉的公子哥這會兒也變成了面無表情。

「與聖上談到了我，卻不敢告訴我，」薛遠悶聲笑了幾下，拍了拍常玉言的肩膀，「玉言，你這次倒是稚拙了些。」

常玉言動動嘴：「我總不會害你。」

薛遠：「小手段也不會少。」

「但不錯，你可以繼續，」他慢條斯理地繼續說，常玉言聞言一愣，抬頭看他，薛遠黑眸沉沉，居高臨下地扯唇，「有個文化人嫉妒爺，爺開心。」

§

顧元白回宮之後，又被田福生抹了一回藥。

田福生還未到老眼昏花的地步，他愈是上藥愈是覺得古怪，遲疑片刻，躊躇道：「聖上，你耳後的印子好像是被吸出來的一樣。」

顧元白不鹹不淡，「嗯。」

田福生心中了然，也不再多問，專心給聖上上著藥。

藥膏味遮掩了殿中的香料味，待到藥膏味散去之後，顧元白才聞出了些不對，「這香怎麼同以往的香味不同了？」

燃香的宮侍上前回道：「聖上，這是西夏供奉上來的香料，據說是他們的國香，太醫院的御醫說此香有清神靜氣的作用，奴婢便給點上了。」

顧元白頷首，「味道還算好，西夏這回是真的拿出大手筆了。」

「賠禮先一步送到了京城，後頭的贖款還跟著西夏的人在來的路上，」田福生小聲道，「聖上，聽沿路的人道，西夏這次拿來的東西當真不少。他們已走了兩三個月了，帶頭的還是西夏二皇子。」

顧元白靠在椅背之上，閉上眼睛有規律地敲著桌子，「西夏二皇子？」

「西夏二皇子名為李昂奕，」田福生，「此人與西夏七皇子李昂順不同，他出身低微，不受西夏皇帝的喜愛，從小便是無依無靠，但卻命硬，活著長大了。因著脾性溫和還有些怯懦，西夏皇室上上下下都未曾重視他，只是有需要二皇子的地方，他們才會想起這位皇子。」

「就比如這次，這個吃力不討好的事就交給了西夏二皇子，」顧元白懂了，他笑道，「朕不在乎這件事，朕在奇怪另外一件事。」

顧元白皺緊了眉，喃喃道：「西夏怎麼會這麼乾脆俐落地就給了賠款……」

連個還價都沒有講。

這簡直要比薛遠半夜摸進顧元白的房中，卻什麼都沒做還要來得讓人費解。

第一百一十二章

顧元白索要西夏的賠款數量，是實實在在的獅子大開口。

西夏與大恒的交易是仗著馬源，但邊關的商路一建起來，他們的優勢對大恒朝來說就消失得無影無蹤，底氣都沒了，難道正是因為如此才會這麼乾脆？

但西夏並不知道邊關互市一事，顧元白愈想愈覺得古怪，就西夏那點小地方，拿不出來這些東西才是正常。

五天之後，前來贖人的西夏使者入京，這一隊人馬謙恭有禮，後方的賠款長得延綿到京郊之處，數頭高大駿馬和牛羊成群，京城的百姓們看個熱鬧，人群圍在兩側，伸手數著這些牛羊。

顧元白就在人群之中低調地看著這條長隊，聽著左右老百姓的驚呼和竊竊私語。

一眼望不到頭，駿馬牛羊粗粗一看就知道數量絕對是千萬計數，顧元白皺著眉，連同他生辰的那些賀禮和七皇子在大恒揮霍的銀子，西夏哪來的這麼多東西？

不對勁。

孔奕林指著領頭人道：「爺，那位就是西夏的二皇子。」

顧元白點頭：「我看到了。」

西夏二皇子的面容看不甚清，衣著卻是普普通通。他在馬背上微微駝著背，一副被大恒百姓們看得怯弱到不敢抬頭的模樣。

他與西夏七皇子李昂順，如此一看，當真是兩個極端。

「皇子軟弱，那這些跟來的大臣們可就厲害了，」孔奕林微微凝眉，「爺，咱們可要做什麼準備？」

「該做的都已經做了，看看他們要做什麼吧，」顧元白皺眉，從百姓之中退了出去，「上前瞧瞧，看看他們除了我要的東西之外，還帶來了什麼。」

等顧元白帶著人看完了西夏帶來了多少東西之後，他與孔奕林對視一眼，彼此的神情上卻沒有半分欣喜之色。

回宮的馬車上，孔奕林低聲道：「我與諸位大人們原想讓西夏將賠款數目分為三批，三年之內分次還清。沒想到他們如今一口氣就拿了出來，除此之外，還多加了許多的賠禮。」

顧元白沉默地頷首。

說不清是好還是不好，拿到賠款自然是好事，但顧元白原本想的是用這些賠款來讓西夏受些內傷，結果事出反常，有些超出他的意料。

一路行至皇宮，在皇宮門前，駕車的奴僕突然停下，外頭傳來田福生疑惑的聲音，「咦，褚大人，你跪在這裡是做什麼？」

顧元白眼皮抬起，打開車窗。

褚衛跪在皇城之外，寒風中已是髮絲微亂，鼻尖微紅，他抬頭看著馬車，眼中一亮，如看見救命稻草一般著急地道：「請聖上救臣四叔一命！」

褚衛的四叔便是褚議，那個小小年齡便叫著褚衛侄兒的小童。原是這個小童受了風寒，風寒愈演愈烈，最後已有昏沉吐血之狀，褚府請了諸多大夫，卻還不見病好。褚衛心中一橫，想到了太醫院的御醫，便跪在了皇宮門前，想要求見皇上。

§

皇宮出來的馬車又多了一輛，調轉了頭，往褚府而去。

褚府周邊也是朝中大臣的府邸所在，皇宮中的馬車一到，這些府邸就得到了消息。府中的老爺換了身衣服，扶著官帽急匆匆地前去拜見聖上。

「無需多禮，都回去吧，」顧元白下了馬車，轉身道，「田福生，先帶著御醫進府給議哥兒看病，人命關天。」

褚衛的眼瞬息紅了，他掩飾地垂頭，「臣多謝聖上。」

顧元白瞧著他這模樣，不由歎了口氣。

褚府的人想要來面聖，也一同被聖上婉拒了。聖上身子骨弱，怕染了病氣，並沒有親自去看那小童，只是讓人傳了話：「專心照顧好議哥兒。」

褚夫人聞言，道了聲「是」，也跟著泣不成聲。

褚衛沒有離開，堅持要陪在聖上身旁。聖上便帶著人在庭院之中走走轉轉，等著御醫稟報消息。

孔奕林瞧見褚衛出神的模樣，低聲安慰道：「褚兄莫要擔憂，太醫院中的御醫醫術出神入化，必定會藥到病除，化險為夷。」

褚衛收起眉目間的憂愁，勉強點了點頭。

顧元白正好瞧見褚衛這副神情。聖上無奈一笑，對著孔奕林道：「親人危在當前，做起來哪有說的那麼簡單。」

褚衛被聖上這一看，倒是回過了幾分神，他再次行禮道：「臣謝聖上救臣四叔一命。」

顧元白扶起他，握著褚衛的雙手拍了拍，笑著道：「褚卿，你是家中的獨子，這時更要擔起責任，切莫要慌。宮中的御醫向來還算可以，且寬心一二。」

褚衛的手蜷縮一下。

他的唇上因為這些日子的焦急已經起了些細碎的乾皮，如明朗星辰的如玉面容染上了憔悴的神色，但仍無損他的俊美，只消融了些許將人推之於外的尖冰。

「聖上，臣……」褚衛嘴唇翕張，良久，才艱難地道，「臣……」

他不知哪來的勇氣，突地將手抽出，而後在下一刻，又反手握住了聖上的手。

「臣這幾日寢食難安，找了許多備受推崇的大夫，卻總是沒什麼用，」褚衛心中激蕩，強忍著低聲道，「臣不知為何，早就想起聖上，總覺得聖上能救四叔一命。可家父不願勞累聖上，臣也不想拿這等小事來讓聖上費心。」

褚衛眼眸低著，看著兩人交握在一起的手。

這好似是君與臣，又好似是某種見不得人的心思探出了苗頭。

他深吸一口氣，繼續道：「可臣後來實在著急，便自行去找了聖上，還望聖上原諒臣慌亂下的無禮舉止。」

顧元白自然地抽出了手，笑迷迷道：「褚卿，安心罷。」

傍午時，御醫從褚議的房中走了出來，褚府之中的長輩跟在身後，神色輕鬆而疲倦，褚衛一看便知，這是小四叔有救了。

既然沒事，顧元白便從褚府中離開了。侍衛長扶著聖上上了馬車，孔奕林正要跟上，突然轉頭一笑，對著褚衛道：「褚兄，慎言，慎行，慎思。」

褚衛眉頭一跳，同孔奕林對視一眼，突然之間便冷靜了下來，「法無禁止即可為。」

孔奕林訝然，好像重新認識了褚衛似的，他將褚衛從頭到尾看了一遍，隨即笑著上了馬車。

兩輛馬車悠悠離開，褚衛站在原地半晌，才跟著了父母的腳步，轉身回了府中。

§

這一件小事很快就被顧元白忘在腦後，但褚府的左鄰右舍倒是沒忘，非但沒忘，還自覺地將聖上仁德的舉動講給了同僚去聽，感歎聖上愛民如子，恨不得用畢生才華將聖上誇上天去。

顧元白這一日用了晚膳之後，照常帶著兩隻狼去散一散步。但這兩隻狼今日卻有些莫名其妙的興奮，拽著顧元白的衣衫就將他往城牆邊帶去，城牆邊的守衛們看到狼就讓開了路，顧元白無奈道：「你們又是想要做什麼？」

兩隻狼自然是回答不了他的話的，但城牆外頭的口哨聲卻代替牠們回答了顧元白的話。

顧元白眉頭一壓，「薛遠。」

牆外的口哨聲停了，薛遠咳了咳嗓子，正兒八經道：「聖上。」

顧元白雖好幾日未曾見到他，但一聽到他的聲音還是心煩，當下連話都懶得回，轉身就要走人。

兩隻狼嗚咽地拽住了顧元白的衣衫。

城牆外頭的薛遠也聽到了兩隻狼的撒嬌聲，他又咳了一聲，瞧了瞧周圍沒人，壓低聲音道：「聖上，過幾日就是上元節了。」

上元節正是元宵節，那日夜不宵禁，花燈絢麗，長街擁擠，百姓們熱熱鬧鬧的看花燈走夜市。這一日也是大恒的年輕男女們相會的日子，是古代的情人節。

薛遠道：「我第一次見你的時候，正是在元宵宮宴那日。」

他頓了頓，然後聲音鎮定，又好似有些發緊地道：「聖上，今年不辦宮宴，您不如跟臣出去走一走？」

顧元白心道，來了，又來了，薛九遙，你現在這副緊張模樣是裝給誰看？

他揉了揉額角，伸腳輕踹了兩隻狼一腳，惡狠狠道：「放不放開？」

兩隻狼垂著尾巴下垂著耳朵，卻怎麼也不鬆嘴。

顧元白拽不過牠們的力道，身後的侍衛遲疑片刻，道：「聖上，要不臣等將這兩匹狼帶走？」

「帶走吧。」顧元白點頭之後，這兩隻狼就被縛住了利齒帶離身邊，他還沒有走，但外頭的薛遠急了，又叫了一聲：「聖上！」

顧元白懶散回道：「怎麼？」

薛遠：「您怎麼才願意同臣在上元節那日出來？」

顧元白無聲冷笑，「薛九遙，朕問你，你在朕這裡算個什麼東西。」

「聖上的東西，」薛九遙立刻接道，「聖上說什麼就是什麼，聖上不讓臣做什麼臣就不做什麼。聖上，您若是上元節不想要出去，那臣是否可以請旨入宮陪侍在側？」

薛遠自從位列將軍之位後，他就不是從前那個殿前都虞侯了，和褚衛一般，無召不得入宮。

守衛城牆的禁軍從未見過有這般厚顏無恥之人，臉上不敢有絲毫表情，眼睛卻不由睜大了一瞬。

這位名滿京城的將軍，怎麼是、怎麼是這樣的一個人！

第一百一十三章

顧元白道：「滾進來。」

彈指間的功夫，高大的城牆上就跳下來了一個人，守城的禁軍下意識朝他舉起了手中長槍，又連忙朝顧元白看去。

顧元白揉揉眉心，跟禁軍道：「把他壓到城門處，讓他從宮門進宮。」

等薛遠重新見到聖上時，已經是在宣政殿中。

聖上剛剛用完飯，一會便要去沐浴，此時瞧見薛遠來了，眼皮鬆鬆撩起一下，又重新垂落在奏摺之上。

薛遠瞧著顧元白就笑了，規規矩矩地行完了禮，「聖上，上元節那日，臣能不能先給定下來？」

他話音未落，迎頭便接住了砸來的一本書，薛遠抬頭看去，聖上面色不改，又重新拿起了一本奏摺。

薛遠無奈笑了，「聖上，您怎麼才願意給臣一個機會？」

顧元白道：「先說說你今天為什麼要來見朕。」

薛遠聞言，將書合起來遞給了田福生，老老實實地道：「臣聽聞了聖上前幾日去了褚府的事。」

顧元白「嗯」了一聲，讓他繼續說。

「臣知道之後就去了褚府一觀，」薛遠道，「發現褚衛大人手上的十指還完好無損。看樣子聖上對褚大人的這一雙手喜歡極了，也是，這一雙能給聖上畫畫的手，誰不喜歡？」

顧元白突然問道：「你給朕雕刻的木像呢？」

薛遠頓時卡了殼，咳了幾聲，道：「上元節那日給聖上。」

「兩日又兩日，薛九遙，你若是不會雕像那便直言，倒也不必如此拖延，」顧元白無聲勾唇，終於抬頭看了他一眼，「你心中遺憾那兩隻狼為何沒咬掉褚卿的手指？」

薛遠客氣道：「哪裡哪裡。」

顧元白樂了，悶聲笑了起來，只是笑了片刻就覺得手腳無力胸口發悶，他停了笑，不由自主皺起了眉。

薛遠已經快步衝到了他的面前，雙手不敢碰他，小心翼翼道：「聖上？」

顧元白握緊了他的手臂，慢慢坐直了身，「我近日不知為何，總覺得有些手腳無力。往常笑得多了也無什麼事，現在卻不行了。」

薛遠心中升起一股恐慌，他回過神，強自冷靜：「御醫怎麼說？」

「疲乏。」

顧元白道。

薛遠將他耳邊的髮絲理好，顧元白閉了閉眼，覺得好了些，「朕每日覺得手腳無力時，都是在御花園散步回來之後，回到殿中不過片刻又恢復了力氣，甚至精神奕奕。御醫說的想必是對的，只是身子不走不行，一直坐在殿中，豈不是也要廢了？」

「說得是。」薛遠低聲附和，但眉間還是緊皺。

田福生的事都被薛遠搶著做了，老太監只好看看外頭神色，道：「聖上，該沐浴了。」

薛遠壓下擔憂，脫口而出道：「聖上，臣給您濯髮。」

殿中一時靜得不發一聲，顧元白突然笑了，「那就由你來吧。」

§

泉殿中。

顧元白仰著頭，一頭黑髮泡在泉水之中，隨著波紋而蕩。薛遠握著他這一頭如綢緞般順滑的黑髮，喜愛不已，「聖上的每一根頭髮絲在臣這裡都價值萬金。」

顧元白聞言，順了一根頭髮下來，將這根髮絲纏在了薛遠的手腕之上，「萬金拿來吧。」

薛遠心道，小沒良心的。

他從懷中拿出了一枚翠綠玉扳指，戴在了顧元白的拇指上，「聖上，這東西就是用萬金買來的。」

沒忍住多說一句，「您可別再弄丟了。」

這個「丟」字讓顧元白有些心虛，抬手看了一下，玉扳指還是從前的那般模樣，綠意凝得深沉，這玉扳指即便不值萬金，如今也不同尋常了起來，因為它從皇宮滾去了北疆，又從北疆滾回了皇帝的手上。

既被鳥雀帶著飛起來過，又見識到了行宮湖底的模樣，見識了北疆淹沒長城的大雪，萬金，萬金也買不到這些見識。

顧元白是個社會好青年，不白白佔人便宜，於是又撿起一根脫落的髮絲，纏在了薛遠的另一隻手腕上，「兩根，賞你的。」

薛遠乖乖讓他繫上，「聖上，上元節您就不想出去看看？」

顧元白閉著眼睛，躺在榻上不動，「說說外頭有什麼。」

薛遠張張嘴，卻也不知道說什麼。他自幼離開家，常年征戰之後該忘的都忘得差不多了，去年宮宴結束，直接就回了府，哪裡知道鬧市上能有什麼。

但他擔心這麼一說，顧元白就不跟他出去了，於是含糊道：「很多東西，數不清。」

顧元白道：「什麼？」

薛遠更加含糊，「什麼都有。」

「朕沒聽見，」顧元白蹙眉，勾勾手指，「到朕耳邊說。」

薛遠伏低身體，正要說話，熱氣卻噴灑到了顧元白的耳邊。他不由地看了眼聖上的耳朵，聖上平躺在美人榻上，只穿著一身單衣，從耳側到脖頸，俱是一眼就能看得清清楚楚。

單衣遮掩在脖頸之下，修長的脖子泛著白瑩瑩的光，衣口有個微微的起伏，好似只要輕輕撥弄，就能再順著看下去一般。

薛遠想說的話全都忘了。

熱氣混著濕氣，就如同那夜薛遠品嘗顧元白的耳珠一般，顧元白不動聲色繃直了腿，打算讓薛遠也嘗嘗他那夜不上不下的罪。

「薛卿，」似笑非笑，「說話。」

「臣……」薛遠張張嘴，身子低得更近，每說一個字都好像能碰到聖上的耳朵，多說一個字就能吃到嘴裡一般，聲音沙啞，「上元節的時候，街市上有許許多多的吃食，聖上上次吃的驢肉火燒也會有，我們可從路頭走到路尾，想吃什麼臣就給您買什麼。」

顧元白被熱氣呵得難受，動了動耳朵，想要側過頭。

薛遠掌住了他的頭，讓他不要動，悶聲笑：「聖上，您還洗著頭呢。」

顧元白又轉過來了頭，他的耳珠子在薛遠眼裡動來動去，好像故意一般吸引了薛將軍的全部心神，薛將軍沒忍住，想要借著說話的機會「無意」品嘗一口，但剛要湊近，顧元白就道：「說完了？」

薛遠硬是噎在原地，閉了嘴，又琢磨起了說辭：「還有玩的，許許多多，臣給聖上刻了木雕，上元節應當還有做糖人的手藝人。」

顧元白閉上了眼，掩住了嘴角似有若無的笑意，「糖人，做得好嗎？」

薛遠又離得近了，唇瓣已經碰到了白玉一般的珠子，顧元白扭過頭，懶洋洋道：「濯髮。」

薛遠：「……」

他深吸一口氣，離開，去給聖上洗著已經泡透了的黑髮。

聖上的臉上笑意一閃而過，又很快隱了下去。

§

上元節來臨之前，西夏送來的東西先一步入了庫。

「五千匹良馬，一萬頭牛、羊，五百萬兩白銀，三百萬石糧食，」戶部尚書道，「一分不少。」

顧元白聞言，沉吟一會，讓人去請西夏使者前來面聖。

兩刻鐘之後，西夏二皇子李昂奕連同西夏使臣覲見，顧元白這時才看到二皇子的面容，他同七皇子有三分相像，但眉眼之間好像無時無刻不帶有憂慮，偶爾和顧元白對上視線時，眼神閃躲神情畏縮，不見有分毫皇子派頭。

殿中大臣們也因此只看了他一眼，就將目光投到了西夏二皇子身後的大臣身上，雙方你來我往，在此途中，顧元白不發一言，西夏二皇子也埋著頭不發一言。等到交鋒結束，西夏二皇子才在臣子的催促中膽怯開口道：「大恒的皇帝，您現在能否放了我的七皇弟？」

顧元白看著他，緩聲：「來人，將人請上來。」

軟禁在鳴聲驛中的西夏人早已被壓在了殿外，侍衛們客客氣氣地將李昂順一行人請到了殿中。一見到七皇弟，西夏的二皇子就連忙迎上去，急急忙忙追問道：「七弟，你這些時日過得怎麼樣？」

李昂順甩開他的手，臉色陰陰沉沉，「你們怎麼來得這麼晚。」

兩隊人見面之後，二皇子便要帶著人請辭，顧元白突然笑了，和氣道：「過幾日便是我大恒的元宵佳節，幾位無需著急回去，待過了元宵佳節之後，再讓朕宴請各位一番，各位也好看看我大恒的風情。」

二皇子正要說話，但李昂順已經先一步答應了下來，他只好欲言又止，無奈地閉了嘴。

一行人告辭離開，顧元白看著他們的背影，端起茶盞喝了一口溫茶。在西夏人即將踏出宮殿時，顧元白突然高喝一聲：「李昂奕！」

李昂奕連忙扭頭看向聖上，但他的身體仍然面向了前方，「是。」

顧元白又抿了一口茶，「朕很喜歡你們的國香。」

李昂奕放鬆下來，連說不敢，才小心翼翼地離開了。

等人不見了，顧元白垂眸，用杯蓋掃去浮起的茶葉。

李昂奕有狼顧之相。

狼顧者，謂回頭顧而身不轉，性狠，常懷殺人害物之心。

西夏二皇子不簡單。

第一百一十四章

在西夏人未離開大恒之前，他們的一舉一動將會受到監察處和東翎衛的密切關注。

顧元白也詢問過了將贖款書送到西夏的使臣們，問他們西夏皇帝收到贖款書時是什麼樣的表現。

使臣們措辭良久，道：「西夏皇帝命人讀完書後，怒髮衝冠，勃然大怒。他命侍衛要壓下我等，幸而被眾位臣子攔下。我等憂心惶惶，但不過幾日，西夏皇帝再次將我等召入宮時，雖神色仍然不善，卻已準備籌備賠款了。」

但若是問他們西夏從哪裡準備的這些東西，他們也答不上來。因為人家自己國庫裡的東西，只有人家自己才最為清楚。

顧元白肯定西夏有問題，所以暗中的盯梢和查看並不可少，在這個方面，就不必顧忌人道主義了，若是到了必要的程度，顧元白甚至做好了不講道義直接扣留所有西夏人的準備。

當然，如果不是到了非做不可的地步，顧元白並不想在外交上破損大恒的信用和名聲。

二月二十五，上元佳節。

這一日張燈結綵，夜不宵禁，薛九遙一大早就想要請旨入宮，顧元白沒有允。直到傍午，落日的餘暉讓大地還殘留著熱意，聖上才換了一身鴉青色常服，披上昨日才送上來的銀毛大氅，將髮絲理好在大氅之外，這才邁著悠然的步伐，閒適走出了皇宮。

一出宮門，就見到了背著手、挺拔站在不遠處的薛九遙。

薛九遙一身絳紫衣袍，身姿修長筆直。他一見到顧元白，眼睛都好像亮了起來，目光直直，移不開眼。

顧元白走近了，瞥了他一眼，好笑，「回神。你怎麼這副神情，難道是看見什麼仙人了？」

薛遠克制著想要收回目光，但最終還是放棄，喃喃：「是看見聖上了。」

顧元白頓了一下，雞皮疙瘩起了一身。

元宵時熱鬧，馬車都進不去鬧市，只能停留在街市前後的兩旁。顧元白為了省事也並沒有乘坐馬車，徒步走著，累了就走得慢些。

薛遠還記得他說過的話，「聖上如今走起來還覺得手腳無力嗎？」

顧元白道：「現在還好。」

薛遠還要再問，顧元白就提醒道：「微服私訪，別說錯了嘴。」

薛遠改嘴，「元白。」

顧元白：「……」

你可真是會打蛇隨棍上。

走了沒多久，一行人就見到了燈火通明的花燈街。街市中通透花燈高掛，大大小小各式各樣，人潮如海，笑鬧聲驟然如水入油鍋般襲來，顧元白帶著人走了進去，沒有多久，就淹沒在了百姓之中。

花燈街旁就有一道潺潺水流，水流之中正有晃晃蕩蕩的蓮花燈在飄蕩。街市中的年輕男女們相距河邊，中間隔著老遠的距離，時不時羞赧地說上幾句話。

顧元白正在看著一個老牛模樣的花燈，手卻突然被人握住，五指之間插入了另外一個人的手，顧元白低頭看著手，順著抬頭，看到了薛遠若無其事的神色。

「鬆開。」顧元白道。

薛遠硬著頭皮，「不鬆。」

顧元白雙眼一瞇，薛遠餘光瞥到他的神情，頭皮發麻地多補了一句：「這裡人多，我怕你走丟。」

就牽了那麼一會兒的功夫，薛遠的手心已經出了汗，汗意黏膩，掌心貼著掌心，脈搏都能碰到一塊兒。

顧元白樂了，「我走丟？」

薛遠道：「說差了，是我會走丟，您得看好我。」

之後，不管顧元白說什麼他都不肯鬆手，手掌如同鐵烙的一般。步子還愈來愈快，後頭跟著的人被擠在層層人群之外，大聲喊著顧元白：「老爺等等小的們！」

薛遠當沒聽見，握著顧元白東鑽西竄，很快就將一群人甩在十步之外。

直到看見一個賣糖人的攤子，薛遠才猛地停了下來。

顧元白差點撞到他的身上，黑著臉道：「薛九遙！」

薛遠指了指糖人：「想吃嗎？」

顧元白一眼看去，被吃得勾起了興趣，上前問道：「老人家，你會做什麼樣的糖人？」

白髮蒼蒼的老人家頗為自得道：「這位公子，老漢會得可多了，你要讓我說，我就算掰完手指也數不清。」

顧元白笑了，指了指薛遠，「他能做出來嗎？」

老人家睜大眼睛上上下下把薛遠打量了一下，肯定地點了點頭：「能！」

「那就做一個他，」顧元白掏出幾個銅板，故意道，「來個豬耳朵。」

薛遠一怔，忍俊不禁。

老人家接了錢，勾著焦黃香甜的糖絲在竹籤上上下飛轉，不過片刻，竹籤上就出來了一個高頭大馬長著個豬耳朵的男人。

顧元白接過糖人，朝著薛遠陰森森一笑，然後哢嚓一下，一口咬掉了整個糖人的腦袋，「不錯。」

薛遠頓覺脖子一涼。

兩個人離開了糖人攤子，薛遠聽著他一口一口地咬碎著糖人的咯嘣聲音，身子也陣陣發寒，「聖上，別吃了，甜著牙。」

顧元白道：「你叫我什麼？」

薛遠一噎，改口道：「元——」

顧元白笑迷迷地看著他。

薛遠咽了下去，低頭在他耳邊道：「元爺，白爺，聽小的的話，求求你了，別再吃了。」

顧元白也不想吃了，他看了一眼糖人：「還剩一半。」

薛遠二話沒說，立刻接過送到了自己的嘴裡，吃完後將竹籤一扔，終於又空出了手來。不忘換了另一隻手去牽顧元白，「這隻手怎麼這麼冷？」

顧元白掙了掙手，沒掙開，索性將薛遠當成了暖手的手爐，「是你的手太熱。」

薛遠傻笑兩聲，「我多給你焐焐。」

吃完了糖人，一路又是炸鵪肉、蔥茶、鐵子泡湯，各式各樣的小吃香味勾人，顧元白這才是真實意義上的第一次逛了古代人的夜市，胃口大開，又去吃了春餅、李婆子肉餅和灌湯包，吃灌湯包的時候小心翼翼，皮薄肉汁多，輕輕提起，一吸一吃，鮮美得顧元白整整吃了兩個。

他每樣只吃了一兩口嘗嘗味道，不敢多吃，生怕吃飽了就沒法繼續吃下去。還好薛遠的胃口奇大無比，一路走過來，他解決了八成的吃食，還是一副不動聲色，不見飽意的模樣。

在吃了一個小得如嬰兒手掌大小的四色饅頭之後，顧元白甘拜下風地認輸，「最後再來一個糍粑糕，我吃不下其他東西了。」

薛遠的臉上不由露出幾分遺憾神色，聖上這一飽，他就吃不到聖上嚐過的東西了。

兩人去買糍粑糕，站在攤子前往街尾一看，顧元白不禁咂舌，這一路走來也有半個小時的功夫，但看上去他們在這一條街上還未走過三分之一。

薛遠接過兩個糍粑糕，這一個糍粑糕也就一指的大小，如年糕一般柔軟，糍粑中間還夾著一顆紅彤彤的大棗，帶著股清淡的甜味，不膩，倒是解了之前吃的那些東西的膩味兒。

顧元白慢慢地吃著，終於從小吃上騰出了眼睛，看了看路邊的玩物。

但他的餘光一瞥，卻在前方不遠處見到了褚議。那小童被人背在身上，面色紅潤，乖巧又興奮地笑著，一口小米牙還有一個缺口，他正四處亂瞅著，突然眼睛一頓，驚訝地張大了嘴巴，同顧元白對上了眼睛。

「侄兒，」褚議不由拉拉身邊人的衣袖，「侄兒！」

褚衛回頭看他，眼中柔和：「怎麼？」

褚議小聲地不可置信道：「我看到了聖上啦！就在我們身後！」

褚衛心中一跳，下意識回頭看去。

可萬人來來往往，花燈掛了滿天，重巒疊嶂之間，他沒有看到聖上的影子。

§

黑暗的小巷，糍粑糕的香味在周身彌漫。

外頭的街道喧鬧無比，時不時還能聽到宮裡的人對薛遠破口大罵的聲響，可幾步遠的巷子裡，安靜、沉暗，只有呼吸聲和水流潺潺。

顧元白只覺得轉眼之間他就被薛遠拽進了巷子裡，薛遠在他身前，噓了一聲：「聖上別去找褚大人。」

顧元白的聲音裡透著火氣，「朕什麼時候要去找他了?!」

「消消氣，」薛遠低頭，情不自禁靠近了顧元白的脖子，低聲哄著，「吃飽了就生氣，對身子不好。」

顧元白偏了偏脖子，黑暗之中只覺得脖頸一燙，有一隻手摸上了顧元白的右耳，顧元白知道他在摸那個紅色印子。

心裡的火氣又升了起來，顧元白踹他一腳，冷笑道：「早消了。」

薛遠挨了這一下，頓了頓，「聖上知道是臣做的？」

顧元白眼皮一跳，「現在知道了。」

薛遠不疑有他，也沒有時間多想。他的滿腦袋都是顧元白，從今日見到顧元白的第一眼起就再也移不開半分心神。

「消了印子了，現在補上好不好？」他呼吸逐漸粗重，熱氣打在顧元白的脖頸上，帶起一片麻人的癢意，「這裡沒人，安安靜靜。」

顧元白揚起脖頸，也好似被他壓抑住的欲望和喘息勾住了一般，呼吸跟著炙熱了起來。

天上的繁星連成一片，分不清哪個比哪個要更亮上一些。這樣的星空在現代已經很少見，顧元白曾經在前往北極的途中看到過這樣的一次夜空，他躺在甲板上，隨著海浪的翻滾起伏，看著那一顆顆好像大得能砸到他身上的星星。

手可摘星辰，看過這樣星空的人，一輩子也忘不了這個畫面。

「……」顧元白的眼睛驟然睜大。

耳垂被吮了一下，有人在顧元白耳旁沙啞懇求，「聖上，臣想親您。」

甲板上很涼，穿著防風衣也擋不住寒氣。顧元白還記得那一夜的感受，身下的海浪讓身體好像跟著飛了起來，失重地上上下下起起落落，星星一時近一時遠，濕氣濃重，像童話裡的夢。

炙熱的唇在脖頸耳側落下一個又一個的吻，混著糍粑清甜的香味鑽入了鼻子，顧元白喉嚨動了動，吐出一個又短又狠的字眼：「滾！」

薛遠在黑暗之中找到了他的唇，「顧斂，元白，白爺。」

他明明攥著顧元白的兩隻手腕，明明把人困在牆與自己的胸膛之間，卻可憐巴巴地道：「白爺。」

白爺看了一眼天上亮閃閃的繁星，勾起一抹冷笑，「幹了就完事了，你怎麼這麼多廢話。」

第一百一十五章

薛遠幹了，他親上了。

如海浪波濤洶湧，神魂都要出竅，糍粑香味在舌尖上更是甜，甜得顧元白的舌頭都好像要被薛遠吃掉一般。

失重的感覺再次襲來，帶著頭皮發麻的酥意，起起伏伏，手腳無力。

顧元白閉上了眼，他胸口發悶，喘不過氣來，用舌頭推著薛遠的舌尖出去，可薛遠還以為他是在回應，更加凶猛得撲了上來。

這傢伙怎麼連舌頭都這麼有力，他是吃什麼長大的？

顧元白鼻息間炙熱，稠黏的氣息帶著甜膩膩的味道，他用僅剩的力氣踢了薛遠一眼，薛遠才依依不捨地退開，難耐啞聲，「怎麼了？」

「爺夠了，」顧元白大口呼吸一口含著冷意的空氣，緩慢地眨著眼睛，「不親了，太甜。我現在有些胸口發悶，手腳沒力了。」

薛遠暗藏得意：「我親的？」

顧元白緩了幾口氣，才接著道：「心口發慌，不對勁。」

薛遠瞬間清醒過來，他使勁掐了自己一把，隨後抱起顧元白就從巷子深處飛奔離開，轉眼到了飄滿蓮花燈的河邊。薛遠順著河流飛一般的走出了鬧市，直直撞上了候在這兒臉拉得老長的田福生。

田福生瞧見薛遠就是冷笑連連，「薛大人，你——」

薛遠沉著臉撞開他，「讓開！」

宮侍們這才看清薛大人懷裡還抱著一個人，頓時人仰馬翻，著急跟著薛遠跑了起來。

顧元白抓緊著胸口，大口大口地呼吸。他盡力去感受自己現在的狀態，心裡慌亂，心跳加快，若說是因為與薛遠接吻而變成這樣，他不信。

這樣的心慌明明是外在而引起的變化，顧元白腦子裡都不由有些空白，他咬著牙撐住。不知道過了多久，他好像是撐過去了那個臨界點，呼吸驟然一鬆，從心口漫上來一股反胃欲望。

他從薛遠懷裡掙脫，踉蹌扶著門框俯身乾嘔。薛遠連忙上前扶住他的肩膀，在他乾嘔完後立刻拿著衣袖擦淨唇角和額旁汗意，心疼地順著背，「聖上。」

田福生眼皮跳了好幾下，連忙上前一步擋住旁人的視線，高聲道：「薛大人，大夫來了，快讓大夫給聖上把把脈！」

因為薛府離得近，所以薛遠直接將顧元白給抱回了薛府。聖上被扶著坐下，大夫上手把脈，稍後，皺眉疑惑道：「只覺得聖上心口跳得快了些，脈搏紊亂了些，並沒有看出什麼。」

顧元白神色一暗。

良久，他揮退了旁人，只留下身邊的宮侍和硬賴著不走的薛遠，「田福生，朕近日走動得多了就會手腳無力，今日更是心口發慌。你日日跟在朕的跟前，朕問你，你會不會也如此？」

田福生沒想過這事，此時細細回想起來，搖了搖頭，「聖上，小的倒是沒有這樣過。但說來也是奇怪，小的往常跟在聖上跟前的時候還容易犯睏，近些日子卻不是如此，反而覺得有了些精神，晌午的時候更是精神氣兒十足，都能去跑上一圈。」

顧元白沉默了一瞬，又一個個問了平日裡陪侍在身邊的人。

這些人要麼是沒有感覺，要麼就是覺得精神好了一些，沒有一個有如顧元白這樣的表現。但他們每一個人，無論男女，身子骨都要比顧元白的健康，比田福生的年輕。

顧元白原本覺得自己是遭人暗算了，問完一圈下來之後，又加了一個懷疑的選項，那便是他的身體開始衰敗，壽命要走到頭了。

他的臉色並不好看，看著他的薛遠更是捏著椅背，手指發白，死死咬著牙。

死亡對薛遠來說不是一個很可怕的東西。

但現在是了。

沉默的氣氛蔓延。

突然，顧元白又攥緊了胸口處的衣衫，他臉上的表情痛苦，感受著重新升起的心慌和焦灼，這種感覺好像變成了真實的火焰，在體內毫不留情地燒著顧元白的五臟六腑。

額上的汗珠大顆大顆的滾落，顧元白心道，媽的。

艸他媽的。

老子的命，老子保護了這麼久的一條命，誰都別想這麼輕易從他手中拿走。

§

還好這樣的情況只來回反覆了兩次，顧元白挺過這找不到點的心慌意亂之後，他已經累得沒有精力再回宮，「薛遠，朕要安歇。」

薛遠在他面前單膝跪下，寬闊後背正對著皇帝，「臣帶您去安置。」

背著顧元白回臥房的路上，披著月色，星辰仍然繁盛，卻沒了之前的那些輕鬆心情。

顧元白看他一直沉默不語，突然懶懶地道：「薛九遙，你的舌頭挺甜。」

薛九遙手臂一抖，差點把聖上從背後滑下去，穩住腳步，悶聲：「嗯。」

顧元白撩起眼皮看了一眼他的後腦勺，頭疼，「你怎麼不該說話的時候廢話這麼多，該說話的時候又不說話了。」

薛遠的心口一抽一抽地疼，抱著聖上的手還在抖著，「聖上，我心裡疼得難受。」

「……怎麼就變成你心疼了，」顧元白輕聲道，「我還沒叫疼呢。」

他這句話說完，便察覺到了薛遠的手一緊，就著月色低頭一看，薛遠脖頸上的青筋已經爆了出來，顧元白甚至能聽到他牙齒碰撞的聲音。

顧元白不說話了。

他甚至理不清他和薛遠如今的關係，君不君臣不臣，既不是伴侶，又並非玩玩而已的床伴。剪不斷理還亂。

等到顧元白被薛遠放在了床上，顧元白伸手勾著薛遠的下巴，道：「朕誇你嘴甜，你就沒點反應？」

薛遠歎了口氣，想要撥去他的手，「聖上，臣現在嘴裡都是苦的。」

顧元白收回手，閉上眼躺在了床上。

他這副樣子，雖是剛剛難受過，但眉目之間還是充斥著活人的生氣，薛遠站著看了他半晌，抹了把臉，給顧元白脫去了鞋襪和外衣，搬來了一盆熱水，沾濕巾帕給他擦著手腳。

薛遠本來以為顧元白已經入睡了，但在他給顧元白擦著手指時，顧元白突然道：「薛九遙，朕身子不好。」

薛遠頓了一下，繼續擦著手，啞聲，「我知道。」

顧元白的聲音好像突然變得悠長了起來，又好像夾雜了許多的寒風，同薛遠隔著一條長得看不見頭的街市，走了再久，也好像只走了三分之一，「我不想死，但有些事卻不是我說不想就可以。理智點來說，薛九遙，你最好對我點到即止。」

啪嗒。

巾帕掉在了地上。

薛遠彎腰撿起巾帕扔在了水盆裡，他沉默了半晌，才道：「什麼叫做點到即止？」

顧元白閉著眼，好像沒聽見。

薛遠心底的酸澀腫脹已經逼紅了眼，他死死看著顧元白，但顧元白卻不看他。

「你當真是厲害，顧斂，你一句話就能逼紅老子的眼，」他從牙縫裡一字一句，忍著，五指捏得作響，「點到即止這四個字，我從來就不會寫。」

顧元白終於睜開了眼看他，薛遠騰地起身，神情乍然猙獰了起來，「你活著，我寸步不離看著你。等你要死的時候，我先給自己胸口來一刀，堵也要堵了你的黃泉路。」

他轉身就走，門窗哐噹作響。

顧元白怔愣，可下一瞬門框又響了起來，薛遠走進來往顧元白手裡塞了一個木雕，又風一般地快步離開。

房內終於沒有聲響了。

顧元白抬起手，手中的木雕光滑溫潤，眉目間有幾分顧元白的影子，唇角帶笑，衣袍飄飄。

手一翻，木雕背後刻著兩行字。

「景平十年，臣為君所手刻。

此臣奉上生辰禮，望喜。」

第一百一十六章

第二日一早，離開薛府時，顧元白本以為薛遠不會出現在他面前。

但門一打開，顧元白還是與鬍子拉碴的薛遠對上了視線，薛遠扯起凍僵了的笑，肩膀上浸透一層水露，「聖上，臣要進宮。」

「……」顧元白，「進宮做什麼？」

薛遠：「護著你。」

顧元白不由轉了轉手上的玉扳指，目光在他臉上打轉，又從他的胡茬和眼底青黑上移開，「要俸祿嗎？」

「聖上管吃管住就行。」薛遠道。

顧元白頷首，乾脆俐落：「跟著。」

出宮的隊伍裡又多出了一個，薛遠將長靴裹緊，腰間刀劍整好，重新入了貼身侍衛的隊伍裡。他看著顧元白的背影，眉目壓低，握緊了刀柄。

回宮之後，顧元白就將東翎衛叫來，但還未吩咐下去讓他們全面搜查寢宮與宣政殿的命令，監察處就有人前來拜見聖上。

這一批人是從沿海歸來，他們被顧元白派遣去探查海鹽和池鹽一事，在西夏青鹽暗中盛行的時候，顧元白一直在尋找開源的辦法。

除此之外，他們還有一個特殊的任務，那就是去沿海周邊尋找未曾見過的作物，看看是否有其他洲的種子隨著海浪拍到了大恒邊界，或者是被海鷗銜來，然後在沿海處生根發芽的東西。若是真的能在沿海發現土豆或者玉米的種子，那當真是大喜一件了。

這批人已到沿海有兩年時間，這還是第一次回來。顧元白命東翎衛在一旁等待，讓監察處的官員上前。

監察處的官員行完禮後，未曾廢話，先稟明了沿海曬鹽一事，又將地圖交予顧元白，顧元白看著地圖上的紅點，「這些便是新找出來的岩鹽和池鹽？」

「是，」監察處官員道，「臣等在兩浙一地山凹處發現鹽湖，經過不知多少年的烈日暴曬，其中湖水早已乾涸，只剩亮如雪片的鹽粒。這一處的鹽湖有許多，臣等試了一番，正是可以吃的食鹽。」

「天然曬好的食鹽，」顧元白眼睛一亮，「多嗎？」

「大大小小連綿一片山頭，」監察處官員謹慎道，「那處已託守備軍包圍起來，細查之下發現山中動物都喜在午時前去舔一座山壁，臣等前去一看，用匕首未曾刮動幾下，就顯出了污濁顏色的鹽粒，再刮幾下，裡頭便是雪白的鹽。那些山頭隱隱約有白雪覆蓋，臣那時才明白，覆蓋山頭的不是白雪，而是石鹽。但臣等人手不夠，只先行回來稟報聖上，還未查探數量多少。」

顧元白呼吸重了起來，「那這些有鹽湖的山頭？」

「是，」監察處官員也不禁露出了笑，「這些山頭，臣等大膽揣測，都是一個個大的鹽礦。」

這個驚喜來得太過突然，顧元白猝不及防後便是喜上眉梢。監察處的人見到聖上這般模樣，也心中欣喜滿足，又拿出了一個木盒來，「聖上，我等從沿海一處回來時，發現臨海的富貴人家都喜歡點上一種香料，這等香料香味宜人，還有提神醒腦之效，臣等特意帶來以獻給聖上。」

顧元白欣然應允，讓田福生接過，滅了殿中薰香，通風透氣之後，點燃監察處官員帶來的香料，擺於書桌之上品鑒。

氤氳煙霧從香爐之中嫋嫋升起，清淡而雅致的香味慢慢彌漫，顧元白臉上的笑意卻是一頓，最後緩緩收斂，凝成面無表情的模樣。

隨著他的表情冷下，殿中氣氛也好像驟然被凍住了一般。偌大的宮殿，竟只有這縹緲霧氣在隨風而動。

顧元白慢慢地靠後，倚在椅背之上，他喜怒不定地道：「這是沿海來的香？」

監察處官員面色一肅，「臣不敢胡言，這香正是從沿海進入我大恒的香。」

顧元白的呼吸急了一些，他的手已經捏住了座椅扶手，指尖發白，滔天怒火隱隱，「朕知道了。你們一路辛苦，先行下去吧。」

監察處的官員面帶憂色，極為聽話地退了下去。

等人一走，顧元白看向東翎衛，眼神如同淬了冰，「把西夏七皇子請來！就說朕請他過來陪朕共賞御花園。」

東翎衛立即領命而去，顧元白面色陰沉，黑得滴墨，他倏地伸出手將香爐狠狠砸向殿中，咣當一聲，殿中宮侍跪倒在地，發出沉悶一聲響動。

「沿海的香，沿海的香料！」顧元白額角青筋浮現，「竟然成了西夏的國香！」

西夏在內陸，是以後寧夏、陝西一帶的位置，與大海隔著大恒遙遙相望，這樣的內陸國家，怎麼會有一個從沿海進來的香料成為國香！

香爐在地上滾了幾圈，被薛遠踩在腳底下，薛遠眉眼陰翳，上前去扶住了氣得渾身發抖的聖上。

顧元白被他扶著重新坐了下來，他目光沉沉，看著打翻一地的煙灰，腦海之中電火石光，突然閃過了一個詞。

成癮物。

§

風從殿門吹進，髮絲衣袍朝前方飛舞。傍午的陽光撒在宮門處，拉長至案牘前，顧元白卻覺得四肢發寒。

他抓著薛遠的手，手指在薛遠的手背上掐出一道道指印。

成癮物，什麼叫做成癮物？

最有名的應當就是鴉片。中華人又恨又懼的有名成癮物，就是用罌粟的果實製作而成的鴉片。

還有五石散。

五石散在魏晉時期流行，現在很少有人用了。但鴉片卻是從唐朝就有外朝上貢，一直被認為是入藥的良藥，對了，鴉片在如今不叫做鴉片，叫做罌粟。

寒氣直竄入腦海，五臟六腑都好似蒙上了一層黑氣，顧元白感覺手腳冰冷，他沒有力氣去握住薛遠的手了，在快要脫落時，反手被薛遠握住。

薛遠壓抑著道：「聖上。」

顧元白茫然抬頭看他，然後道：「薛九遙，我似乎中毒了。」

成癮物少許服用，甚至可以是入藥的良藥，顧元白相信在他層層把控下的太醫院，若是真的有人暗中讓他吸食了成癮物，那很有可能只是細微的用量，這樣的用量看在御醫的眼中也許只是對顧元白的身體有益而已。

但心慌，呼吸困難，離開宮殿一久便是手腳無力，乾嘔反胃，這明明已經有癮了。

薛遠手中驟然一緊，他死死咬著牙，頜角鼓動，好似要暴起，「香？」

顧元白看著他這一副隨時要去找人拚命的樣子，反而冷靜了下來，「也並不一定。」

若說他成了癮，那昨日的反應也實在是太容易挺過去了。即便顧元白沒有吸過毒，但也知道真正有癮的人戒斷時會是什麼樣的反應。

即便真的是西夏國香出了問題，但太醫院沒有檢查出來其中的危害，只能說其中的用量微小到危害不了正常人的健康，只有「提神醒腦」之效。

他的這副敏感衰敗的身體，很有可能對這種成癮物反應過度。

顧元白想到這裡，倒是心中一鬆，「先等西夏七皇子來。」頭一次感謝自己的身體不好，「西夏國香一事，朕不信他們敢這麼明目張膽地陷害朕。」

薛遠呼吸一滯，「你不先請御醫?!」

顧元白一愣，看了他一眼，「等一等。」

薛遠不多話了，深深看了他一眼，彈了彈刀劍，站在一旁陪著他等。

顧元白想到昨晚薛遠說的要給他堵著黃泉路的話，神色微變，「田福生，叫來御醫在偏殿等候。」別了吧。

兩個人擠一條黃泉路，挺擠的。

§

東翎衛去請了西夏七皇子，卻把西夏的二皇子也一同帶來了。

西夏的二皇子神情憂慮，笑意也唯唯諾諾，「外臣擅自跟來，還請您原諒外臣。」

「多禮了，」顧元白笑吟吟地看著這兩位西夏的皇子，「來人，賜座。」

兩位西夏皇子坐下，顧元白與他們緩緩聊了幾句西夏風俗，冷不丁問道：「七皇子，你聞聞朕殿中的味道可否熟悉？」

李昂順雙目微瞇，細細聞了殿中味道，笑了，「必然熟悉，這正是我西夏的國香。我西夏上到父皇，下到百官富豪，都喜歡極了這個香。」

顧元白重複道：「上到皇帝，下到百官富豪……」

他心底一沉。

「正是如此，」李昂順道，「父皇宮殿之中的薰香味道要比聖上這裡更要濃郁，他實在愛這個香，即便是入眠後也要宮人時時續上香料，若是夜中香料斷了，我父皇甚至會心慌意亂地從夢中驚醒。」

顧元白閉上了眼，「朕也覺得這味道不錯。」

已然是慢性毒藥了。

李昂順眼中自得之色浮現，「此香用起來可讓人乍然清醒，我西夏名臣都對它讚譽不已。」

顧元白已經沒了聊下去的興致，藉口身體不適，便讓宮侍帶著兩位皇子前去御花園一逛。

二皇子乖乖起身，李昂順卻面露失望，正在這時，他突然覺到了一陣不善目光，迎頭看去，就見大恒皇帝身後站著一個英俊非凡的侍衛，正盯著李昂順的手指看。

李昂順眉頭一皺，怒氣還未升起，便轉眼看到牆角隱蔽處也站著兩匹站起來如人般高大的黑皮大狼，這兩匹狼眼睛幽幽，也在盯著李昂順的手指看。

李昂順寒意升起，轉身跟著宮侍離開宮殿。

片刻，偏殿御醫上前，為聖上把脈，聖上閉著眼睛，仍然在為李昂順口中的「萬民吸食國香」的說法而膽寒。

西夏的皇帝已經成癮很深，西夏人還未曾發現這香的壞處嗎？是什麼人同西夏交易了如此多的成癮物，又讓西夏將這些成癮物送到了顧元白這裡。

西夏拿出來的如此多的賠款，是否也是因為此。

「查，」顧元白聲音啞啞，壓著萬千重擔，「去查這些香從哪裡運往西夏，再去查沿海的香是從哪裡進入的大恒。」

這種的成癮物，幾乎是權力的最高象徵，是統治別人控制別人的利器。

絕對不能忍，絕對要查清楚是誰在覬覦大恒，是誰胃口大得想連西夏也一口吞吃入腹。

第一百一十七章

御醫給聖上把脈的時候，薛遠就站在一旁，直直盯著他們看。

顧元白因為吸了十幾日的西夏國香，心中不虞，臉色浮浮沉沉地難看。薛遠只以為他是身子不適，站在一旁如同一個冷面閻王，下頷冷峻，颼颼飆著冷氣。

御醫把完了脈，在兩位爺的眼神中肯定道：「臣可用性命擔保，聖上的身子骨沒浸入這些香料之中的藥物。」

顧元白道：「這叫毒。」

御醫擦過額頭上的汗，「是，那就是毒。」

御醫理解不了「成癮」一詞，不知道什麼叫做「副作用」，他只知道裡頭並無殺人的毒，只有讓人提起精神氣的藥物。現實就是如此，魏晉時期，五石散在上層社會之中流傳，即便是死了人，也沒人願意斷。

他們不曉得危害的一面，不相信其中的可怕。

顧元白讓整個太醫院的御醫一個個來看過他的身體，從他們的言語當中得出一個結論：他還沒有到成癮的程度。

正是因為體弱，才會在短短十幾天之內便有這麼大的反應，若是長年累月的無法察覺，怕是早已不知不覺就中了招。

顧元白一想到這，就是寒意和怒火並起。直到入睡前，他躺在床上，氣得雙手仍然止不住顫抖。

薛遠給他倒了杯溫茶，看了眼綢緞被褥之上輕微顫動的白玉手，眼皮猛地跳了幾下，握住，「怕什麼？」

顧元白從牙縫中擠出話：「朕這是被氣的。」

他恨不得生吞其肉的模樣，眼底是波濤洶湧的狠意，「圖謀大得很，手段噁心得很。自己是有多大的胃口，一口氣不怕撐破了肚皮？」

薛遠瞧了瞧周圍，寢宮之內的宮人陸續退下。他開始解著衣袍，窸窸窣窣之聲擾亂了顧元白的思緒，顧元白一抬頭，便見他已將外袍脫下，正要脫去中衣。

「你幹什麼。」

薛遠手下不停，將厚衣服脫得只剩下單衣，「臣今兒個陪您睡。」

他又出去讓田福生給他送上一盆熱水來，坐在龍床邊上脫去靴子泡腳，顧元白踹了他背部一腳，頭疼，「薛九遙，你怎麼這麼不要臉？」

薛九遙挨了這一腳，巋然不動，端著洗腳盆出去，又手臉濕漉漉地走了回來，「聖上，臣洗乾淨了，能否再上一次龍床？」

嘴中問著話，但他已經爬上了床。

「薛九遙，刀劍也穿不過你的臉皮，」顧元白，「朕管你吃管你住，不是讓你來龍床上住。」

薛遠裝聾作啞，扯起衣擺擦去臉上的水珠，結實的腹部便進了顧元白的眼中。顧元白多看了兩眼，這樣的好身材，是在一次次打磨錘煉之中鍛造而成，每一處都見識過無數次的刀光劍雨，像是蓄力的狼頭，只看著就知道其中蘊藏的強悍力量，硬梆梆的好幾塊。

在他動作間，腰線處的一道刀疤隱隱約約地浮現，顧元白不由探身，輕輕碰上了這條刀疤。

薛遠整個人一頓，從衣擺中抬起臉，沉沉看著他。

從被中探出身的小皇帝黑髮披散，面容上的怒意和狠意不知何時消散了，一手撐在床上，半伏起身，被褥起伏連綿，綢緞衣服將他遮掩得嚴嚴實實，但這樣的神情這樣的氛圍，好像是……探出被子的小媳婦一樣。

「別摸。」聲音沙啞。

幸好小皇帝是自己人，是大恒的皇帝，若是敵人，戰前在薛遠跟前這麼一躺，薛遠幾乎能失去所有警惕，一個小孩都可以拿刀趁機將薛遠捅死在床上。

顧元白順著這道疤痕往腰後看去，剩下的卻淹沒在背後衣衫之中，「轉過去，讓朕瞧瞧。」

薛遠嘴上說著「醜」，身子卻老老實實地轉過去，衣服一撩，寬闊的背部就露在了顧元白眼前。

這一道刀疤從前方腰側橫到背後出頭，可見其凶狠。顧元白打量了下傷口的大小和色澤，也能想像到在那時被百姓們砍下的這一刀，能給當時尚且年輕的薛遠帶來什麼樣的打擊。

他的目光移到薛遠的背上。

背部無其他傷口了，薛遠護得很好，留給顧元白大片可以抓撓的地方。

顧元白想起他說的這句話，不由抬手，在薛遠背上劃出一道白色的痕跡。

薛遠渾身一抖，忍無可忍，他猛地發力，轉身就把顧元白撲到在了床上。

床硬生生地發出了軟綿綿的悶響。

顧元白倒在厚厚的被褥之上，腦袋下方枕著薛遠的手，腦中嗡了一聲，「發瘋？」

薛遠翻過身，把顧元白抱在他身上躺著，被子一揚，牢牢實實蓋住了他們二人，「晚上了，聖上，您要是不想睡覺，臣就給您按按腿。」

顧元白要從他身上下去，腰卻被薛遠錮住，他懶得動了，舒服地把薛遠當肉墊枕著，「按按。」

殿外，田福生守著門。他時不時聽到內殿中傳來的幾道床架的沉悶響動，臉色驟變，把其他人趕到了更遠的地方。

心中憂心忡忡，心道皇上啊，可別把薛大人給折騰狠了啊。

外頭的老奴想什麼，屋裡的人自然不知道。薛遠的手順著腰下去，給顧元白按著大腿上的肉，力道拿捏得正好，顧元白喟歎一聲，快要瞇上了眼睛。

「白爺，」薛遠問，「成癮又是何物？能使人喪命？」

顧元白：「比讓人喪命還要可怕。」

薛遠皺眉，洗耳恭聽。

顧元白給他細細地講了一番成癮物的危害。他語氣稀鬆，如尋常小事一般，但聽得薛遠神情愈發沉重，夾雜幾分陰森。

若是顧元白沒有發現，那豈不是顧元白也要成為幕後之人手中的一個傀儡？

想一想就覺得怒火滔天，恨不得將幕後之人拽出來拔骨抽筋。

他的表情明顯，顧元白笑了一聲，眼中一深，「我也想知道背後是誰，網鋪得如此大，真不怕半路斷成了兩半。」

「若是真如聖上所說，成癮的危害如此嚴重，恨不得讓人癲狂、聽其命令由其把控，」薛遠說著，語氣危險起來，「西夏豈不是已經名存實亡？」

顧元白閉上眼，想起歷史上的慘狀，又重複了一遍道：「上到皇帝，下到百官富豪……確實已經名存實亡了。」

背後的人或者是國家，到底籌畫了多少年才能到達如此地步。

膽戰心寒。

兩個人沉默一會，片刻，薛遠把顧元白抱著放在了枕頭上，顧元白不悅道：「朕還壓著你了？」

薛遠沒說話，只是鑽進了被子裡，從脖子到腳，好好給聖上按了一遍。

被褥褶皺不平，聖上舒服得五指蜷縮，捏了一個時辰的被子，悶哼了好幾聲。

§

第二日，顧元白便讓太醫院去查西夏國香所製成的用料。並以絕對地強勢，派遣了一隊人馬前往沿海追查香料源頭，文武官員同行，一刀兩斷地去禁止香料繼續傳播，見一個毀一個，不能留下任何殘餘。

寧願腥風血雨，也絕對不能容忍這種東西在大恒內部流傳。

禁，必須禁！查，狠狠地查！

哪怕打草驚蛇也不怕，在周邊國家之中，大恒一直是霸主的地位。顧元白敢這麼做，就是有底氣，最好能驚動幕後黑手，讓其自亂手腳。

御醫和大臣們因為皇帝的威勢，雖沒制止，但心中還是覺得聖上小題大作，實在沒必要如此興師動眾，大動干戈。

他們總覺得此事並不嚴重，此香御醫也說了，提神醒腦罷了，西夏敢將其當成國香，難道西夏人上上下下，會蠢得給自己吸食毒藥嗎？

大臣們也曾暗中多次勸誡過顧元白，查香料源頭就夠了，又何必花如此大的功夫去禁香呢？但一向聽勸的皇上這次卻異常強硬。這樣的態度一擺出來，很多人嘴上不說，心中卻升起了憂慮。

皇帝執政兩年，將大恒治理得井井有條，難道因此而開始自大，聽不進去勸說了嗎？

顧元白不只派了人去禁毒，在京城之中，他更是用了些小手段，讓西夏使者之中的一半人感染上了風寒，延長他們在大恒滯留的時間。

西夏人倒是想走，但如今一個風寒就能要一個人的命，為了小命著想，還是乖乖待在京城治病。

聖上對此關切十足，特意派遣了宮中御醫前去驛站醫治西夏人。

「讓他們兩個月內無法離開大恒，最好一天到晚待在驛站之中，哪裡也不能去，」顧元白命令御醫們，「若是他們身子骨好，好得快，那便想方設法去加重病情。」

御醫們滿腦門的汗珠，將聖上的每個字都刻在了腦子裡，「是，是，臣等知曉了。」

一條條命令吩咐下去，監察處的人調轉槍口，衝入西夏秘密探查。邊界的守備軍也要打足精神，顧元白就不信他這突然一下，幕後之人能反應得過來。

薛遠幸災樂禍地問：「若是西夏人的風寒在兩個月內好了，聖上還會怎麼辦？」

「他們最好能好得慢些，」顧元白哼笑一聲，瞥了他一眼，「如果他們不想斷了腿的話。」

西夏人倖免於難，成功患上了風寒，並在太醫院的診治之下，風寒逐漸嚴重，半個月過去之後，他們已躺在了床上，連床都沒法下去。

前來診治他們的御醫齊齊在心中鬆了一口氣，日日盯著西夏人，誰若是有好的跡象，那就趕忙上前，想辦法再讓人連手都抬不起來。

晃晃悠悠，在西夏人治癒風寒的時候，大恒五年一次的武舉，終於轟轟烈烈地開始了。

隨著武舉一同頒發的，還有聖上將五年一武舉的規定變為三年一武舉的聖旨，除此之外，武舉的考核將會分得更細，陸師應考些什麼，水師又該考些什麼，一一隨著朝廷的張貼展現在百姓面前。

顧元白原本對水師建設一事不急，在他的印象當中，現在根本沒人會注意海上資源。英國如今還很小，處於混亂黑暗的中世紀，美洲土著還處於原始社會之中，如今的世界，以中華為首位。

但他太過相信潛意識的歷史，以至於忘了，自從大恒出現，這裡的歷史就變了。

這裡不是他所處的世界，這是一個嶄新的、什麼可能性都會出現的世界。

只要這香是從外進入大恒的，那就必然會有海上開戰的那一天。

顧元白準備得晚了，但他卻提前發現了敵人的陰謀，以大恒的底氣，即便不贏，也不見得會輸。研究船隻一事，大恒的工部可從未停過。

顧元白耐心十足，他一邊盯著武舉，看是否能挑出些好苗子，一邊等著畏首畏尾縮在西夏背後的敵人是否會方寸大亂。

來吧，爺等著你。

第一百一十八章

武舉之後，果然出了幾個好苗子，這些人被顧元白扔到了陸師和水師之中，由各位將軍帶在身邊操練。

今年的武狀元是個叫蘇甯的年輕人，他的父兄再往上數三代都是農民，一家農戶能養出來這麼一個天之驕子，是一件非常不容易的事。顧元白派人前去打聽才知，原來這蘇甯是兵部郎中的愛徒加賢婿，怪不得此次的武舉，兵部郎中稱病未來，原來是在避嫌。

武舉之後又半個月，前去沿海禁毒的人往京中送來了一個癮君子。

那日，顧元白帶著太醫院的所有御醫和心腹大臣，一同去看了這個癮君子毒發的過程。

一直覺得聖上小題大作的人，在親眼看到癮君子毒發時的癲狂反應之後，他們脊背發寒，這股寒意從四肢到達五臟六腑，猶如身在寒冬。

沒有理智，猙獰得猶如一個野獸，這已經不是一個人了，是一個還留著氣的鬼。

直到最後癮君子口吐白沫地暈倒在地，眾人才覺得心中重擔一抬，重新喘上了氣。

「心悸，面色蒼白或是蠟黃，」顧元白淡淡道，「乾嘔，反胃。朕前些日子便是這樣，手腳無力，心率過快。」

大臣們齊齊看向聖上，驚愕非常。

太醫院的御醫一一跪下，其中幾個白髮蒼蒼的老太醫已是哽咽：「聖上，臣等有罪。」

「難為你們看不出來，」顧元白看向了已經暈倒在地的癮君子，眼中神色沉沉，「朕才吸食了十幾日，每一日的劑量微乎其微，只是反應過度了些，不怪你們。」

顧元白揮退了御醫，帶著大臣們回到了宣政殿，見過了癮君子這般模樣的大臣們這時才知曉聖上為何前些日子那般強勢，甚至不聽勸地一道道下發命令，可恨他們當時不僅什麼都不做，還差點扯了皇帝陛下的後腿。

心腹大臣們三三兩兩的沉默，啞口無言。顧元白瞧出了他們心中所想，屈指叩了叩桌角，「朕叫你們來，不是讓你們站在這給朕當個木頭，一個個打起精神來，好好給朕出幾個有用的主意。」

大臣們振作精神，陪著聖上將前後緣由一一理了起來。

這一談，便直接談到了晚膳，顧元白留著他們用完飯之後，便放了大臣回去。稍後，孔奕林前來覲見，稟明了監察處在西夏所查的內容之後，複雜萬分道：「此香一查，便是盤根錯節，一個人便能牽扯出數個高官勢豪，粗粗一看，竟沒有一個人能不與此事有所牽連。」

「因為與此事無關的人要麼已經死了，要麼已經被關進西夏皇帝的大牢之中了，」顧元白遞給他一紙信封，「聰明的人都曉得閉了嘴，心中憂患的人已懂得光說不做也是無用。拿著，瞧瞧。」

孔奕林接過一看，閉上了眼，深深吸了口氣。

顧元白向後靠去，倚在椅背之上，細思原文之中孔奕林造反的時間。

照著西夏皇帝這吸食國香的程度，只要香一斷，他便活不了多久。即便他不死，他也沒有拿出兵馬陪著孔奕林朝大恒大舉發兵的氣勢。

那便應當是下一個繼位者了。

西夏的下一任繼位者應當很有野心，也很看重人才，他懂得孔奕林和其手中棉花的價值，因此給了孔奕林在大恒得不到的東西——權力和地位。

這麼一看，他至少有一顆不會計較人才出身的開明胸襟，也或許，這個繼位者極為缺少人才為其效力，所以才渴求人才到不計較這個人是否擁有大恒的血脈。

他還懂得審時度勢，能屈能伸。在原文之中，大恒同西夏的戰爭是薛遠的揚威之戰，在知曉打不過大恒之後，西夏的認輸態度可謂是乾脆俐落極了。

西夏的下一位繼任者是個人物，這樣的人物當真沒有意識到國香之害、當真會由著國香大肆蔓延嗎？

顧元白呼出一口濁氣，突然問道：「你可知曉西夏二皇子？」

「西夏二皇子，」孔奕林一怔，隨即回憶道，「臣也是在西夏二皇子前來京城之後才知曉他，對其陌生得很，並無什麼瞭解。聽聞其名聲不顯，能力平平，只餘命硬一個可說道的地方了。」

顧元白笑了笑，心道，命硬還不夠嗎？

他沒有再說此事，轉而調侃道：「孔卿，朕聽聞察院禦史米大人想將他府中小女兒嫁予你為妻，此事是真是假？」

孔奕林臉上一熱，「聖上，米大人並無此意。」

「哦？」顧元白勾了勾唇角，「朕倒是聽說這一兩個月來，一旦休沐，孔卿便殷殷朝著寺廟中跑去，可巧，每次都能遇上前來上香的米大人家小女兒。」

孔奕林直接俯身，行禮告退了。

但在他快要踏出宮門時，餘光不經意間向後一瞥，便見到薛遠薛大人俯身在聖上耳旁低語的畫面。孔奕林不動聲色地收回了眼，同田福生笑了笑後，快步走宮中離開。

薛遠在聖上耳邊說：「聖上，下一個休沐日，您不如同臣也去寺廟上個香？」

這一個月以來，薛遠竟然從未對顧元白有過半分逾越之舉。顧元白有時夜中驚醒，披頭散髮地讓他接水來時，偶然溫水從唇角滑下，當顧元白以為薛遠會俯身吸去時，薛遠卻動也不動，連個手指都不敢抬起碰他一下。

那日敢給他按了一個時辰身子、不斷暗中揩油的人好像突然搖身一變，克制得幾乎成了另外一個人。顧元白從泉池中出來時，髮絲上的水珠滴落了一地，連綿成斷斷續續的珠子，從脖頸滑落至袍腳游龍，但薛遠寧願閉著眼、低著頭，也不往聖上身上看上一眼。

沒勁。

這幾日，顧元白見到他便是心煩，心道，勾引之後的第二招，難不成就是欲擒故縱嗎？

薛九遙的這些個兵法，難不成打算一樣樣地用在他身上嗎？

他不想搭話，冷著臉繼續處理著奏摺。薛遠不動，低聲勸道：「聖上，您也該休息休息了，當心身子受不住。」

他的聲音不知為何，也跟著啞了一個月。

「滾吧，」顧元白壓著眉，道，「朕清心寡欲，日日都在休息。」

薛遠眼裡有了笑意，「聖上，這怎麼能算是休息？這會兒已入了春，正是不冷不熱的好時節。聖上也不必帶著田福生，只帶著臣就好，臣會照顧好您。」

田福生一聽，急了，恨不得衝上去和薛遠拚命，「薛大人，您這話小的就不愛聽了。聖上出宮可不能不帶小的，不帶才是大大的不便。」

顧元白翻過一頁奏摺，「朕的御花園就不能逛了？」

「那不一樣，」田福生也一同勸道，「聖上，您也確實該出去走走了。」

顧元白原本就有心想要放鬆放鬆緊繃許久的神經，他本來便打算在下一個休沐日時出去踏青休憩一番。

此時抬眸，卻是看向了侍衛長，「你也覺得朕該出去看一番春景了嗎？」

侍衛長受寵若驚，行禮後認真道：「臣與薛大人與田總管所思無二，也是如此想的。」

顧元白餘光瞥過薛遠，後者臉上的笑意果然一變，正陰森森地看著張緒笑得滲人，他嗤笑一聲，才笑吟吟地道：「那便去吧。」

§

休沐日，淨塵寺。

顧元白一身常服，前方有小沙彌領著路，一一前去拜訪各廟的佛祖。

先帝喜佛，也不拘泥於膝下，跪拜神佛跪拜得誠心實意。顧元白是個唯物主義者，但經歷了穿越一事之後，不管信與不信，見到了神佛，心中也會想一想這世上是否有鬼神存在的念頭。

他站在佛廟中央，雙手背在身後，一身青衣修長如竹，正避也不避地同廟中的金佛直直對視。

金佛被擦拭得一塵不染，雙目炯炯有神，它好似也在看著顧元白一般，厚耳下方的唇角微挑，善意綿沉。

顧元白看了一會兒，心中一動，薛遠卻突然沉著臉攥住了顧元白的手腕：「別看了。」

顧元白的心緒被打斷，低頭看著他握著自己的手，冷笑幾聲，倏地甩開。

不是欲擒故縱嗎？那就別他媽的碰朕了。

這手一甩開，顧元白立刻神清氣爽了起來。他唇角帶笑，心情愉悅地同沙彌看過了寺廟之中的景色，他並沒有拜佛，但也沒攔著自己身邊的人前去拜佛。宮侍和侍衛之中得了允，便點了香，每經過一座擺著佛像的寺廟時，便進去正兒八經地拜上了一拜。

等到該看的都看過之後，一行人便在寺廟之中用了素齋。

寺廟之中的檀香味道最是催人入眠。飯後，顧元白有些犯睏，他在廂房之中睡了一個午覺。醒來之後，便聽見耳邊電閃雷鳴，大雨磅礡之聲清晰入耳，他撐起身往外一瞧，明明才過晌午，但天色卻是昏沉，冷意和風氣隱隱，果然是下雨了。

「來人。」

宮侍進了門，伺候著聖上起身。顧元白看了一圈，蹙眉道：「怎麼少了幾個人？」

他話音未落，雨中便往這處跑來了幾個渾身濕透的人，正是少了的薛遠和幾個侍衛。他們一路奔至廊道之下，濕漉漉的雨水打濕了一地乾燥的地面，細水灑落，濺得到處都是。

第一百一十九章

大雨沿著屋簷往廊道中飛濺，宮侍們齊齊後退一步，免得被這幾個人身上的水滴打在了身上。

顧元白擦過手，披上大衣看了他們一眼，「去哪兒了？」

幾個侍衛忙道：「回聖上，臣等在雨落之前見到有人從庭院外三顧而過，心中存疑，便上前去一探究竟。」

沉重的雨勢猶如穿繩的珠兒，暮雨陰陰，四處都好似蒙上了霧氣，在昏暗的天色下只剩衣裳色澤鮮亮如舊。

顧元白踏出房門，迎面便感覺到了三三兩兩的水氣，他往旁邊一拐，躲開門口迎風處，「是什麼人？」

「是其他寺廟中前來淨塵寺研習佛法的僧人，」一個侍衛道，「臣等追上去一問，那個僧人便說是認錯了人。」

顧元白轉頭跟著宮侍說：「先給他們拿幾個乾淨的巾帕來。」

宮侍已經拿來了，遞過給幾個人。侍衛們接過，擦過頭髮和身上的水跡，「聖上，我們查了那個僧人的度牒，確實是從河北一處有名寺廟而來的僧人，怪不得口音裡有幾分河北的口音。在淨塵寺的主持那確認完他的身份後，臣等回來途中，就落下大雨了。」

大雨來得突然，一下便將他們淋透。顧元白隨意點了點頭，見巾帕濕了，他們身上的水跡還未擦乾，便道：「你們先回房中換身衣服去。」

這幾人只穿了身上的這一身衣服，若是想要不染上風寒，唯一的方法就是將身上的衣服脫下，躺在臥房裡的床上裹著被子等衣服晾乾。

幾個人陸續離去，只餘薛遠濕漉漉地站在原地，衣襟沉得還在滴著水，「聖上，寺廟裡沒有炕床，您午時睡得怎麼樣？」

在風中亂舞的銀毛大衣遮擋住了聖上的容顏，顧元白抬眸看他，眼眸黑潤，膚如白玉，一瞬如同水墨畫中的人動了起來一般，只是說話的聲音不冷不熱，「不怎麼樣。」

薛遠咧嘴一笑，顧元白以為他又要說給自己暖床的胡話時，薛遠卻行禮，退回房裡去換衣服了。

顧元白倏地冷下了臉。

他面無表情地看著薛遠的背影，唇角勾起無聲冷笑，轉身回了臥房。

深夜。

窗外的雨水聲響更加凶猛，在風雨交加之中，外頭有人低語幾句，木門咯吱一聲，又輕輕關上。

有人靠近了顧元白，還未俯身，聖上已經狠聲道：「滾！」

這人身形一頓，聽話地僵住不動。他的聲音經過今日雨水的浸泡，含著濕意的沙啞，「聖上，臣昨日問了御醫，您身子如今已經好得差不多了。」

顧元白翻身將被子一揚，不理。

白瑩瑩的被子在臥床上好似反著淡色的光，一角壓在聖上的臉側，暗光襯得聖上耳珠也有了圓潤的色澤。側臉的一小處露出，隱隱約約，半遮半露。

薛遠好好地看了一會兒，今日才敢真正地抬頭看了他，直到淺層的癮兒被滿足了，他才有了做其他事的心情。

薛遠抬起膝蓋一壓，壓住了聖上的一處被角，顧元白沒拽過來被子，聲音愈冷，「薛九遙，朕讓你滾走。」

「聖上聽臣解釋一句，」薛遠道，「臣那日好不容易又上了一次龍床，盡心盡力地讓聖上舒服之後，第二日田總管就帶著御醫來找了臣，御醫說了，聖上身體虛弱，香料一斷後，會有一段時間的無力疲軟。」

薛遠低聲，「臣就不敢碰了。」頓了一下，聲音更啞，「連看都不敢看。」

偏偏聖上跟朵花兒似的，成天在薛遠面前轉悠來轉悠去。帶著香味，帶著水珠，神情愈狠，愈是讓人看著難耐。

顧元白閉著眼睛不說話，薛遠脊背僵著，但他腰力好，還算遊刃有餘，「聖上別氣，臣今晚……」

「你身上怎麼會有如此濃重的檀香味，」顧元白鼻子一皺，「你去拜佛了？」

薛遠的表情驟然變得古怪，脫口而出道：「狗鼻子？」

顧元白怒極反笑，外頭正好有一道雷光從天邊劃過，顧元白伸出指尖，指著窗外那道雷光，「朕是狗鼻子，那你就是個懦夫。薛九遙，萬里無雲的天氣放風箏不是什麼英雄，你若是想要求雷，這會正是好機會。」

「臣說錯話了，聖上的鼻子是玉做的鼻子，怎麼瞧怎麼好。」薛遠笑了，沉吟一會道：「下雨天臣放不起來風箏。但若是聖上能答應臣一個請求，臣倒是可以在雨中站上一會兒，讓聖上瞧瞧臣到底是不是懦夫。」

顧元白懶洋洋道：「朕可沒有興趣陪你去玩這些玩意兒。」

「聖上，院子正中央有一顆桂花樹，桂花樹上頭有一株新長出的嫩芽，芽葉青嫩，枝條柔軟，」薛遠來了勁，「臣去給聖上折過來，聖上不若跟臣打個賭？要是能折……」

顧元白不由跟著問道：「要是能折？」

薛遠的手握成了拳，忍耐了一個月的私心一旦洩露，五指都在咯咯作響，「要是能折，聖上，您的足借臣一用，半個時辰就夠。」

腳？腳能做什麼。

雖然薛九遙這要求有些奇怪，看上去也並不困難。但顧元白知道他必定不懷好意，因此也不想搭理他，雙眼一閉，就要指使他將床焐暖之後趕緊滾蛋離開。

薛遠一說出這句話，自個兒已經興奮了起來，伏低身子在聖上耳邊不斷誘哄著：「聖上，要是折不下來，臣就聽您的話，您要臣幹什麼臣就幹什麼。」

顧元白反問道：「我現在讓你做什麼，難道你就不做了？」

薛遠一噎，老老實實道：「做。」

顧元白翻了個白眼，繼續睡著自己的覺。但薛遠實在是煩，一直在耳邊說個不停，顧元白忍無可忍，「那你就去折罷！」

薛遠倏地翻身下床，轉身就往外飛奔而去。窗外又是一瞬電閃雷鳴，顧元白「蹭」地坐起身，臉上表情驟變，「薛九遙！」

屋內屋外點起了燈，宮人步調匆匆，但顧元白還沒讓人喊來不要命的薛遠，外頭就有侍衛壓了一個人走近，這人身披蓑衣，看不清面容和身形，在雨幕之中裹著濃厚濕氣，侍衛低聲道：「聖上，這人半夜前來，在外頭求見聖上。」

聖上常服加身，並沒有表露身份。此人卻一言揭露，侍衛們不敢耽擱，即刻帶著人來到了聖上面前。

顧元白透過這個人的肩側，朝磅礴大雨之中陰沉瞥了一眼，「進來。」

身披蓑衣的人走進了廂房，嗓子是特意壓低的嘶啞：「聖上最好還是揮退外人為好。」

顧元白冷厲道：「你說。」

蓑衣人頓了頓，伸手將身上的蓑衣摘下。「轟隆」一聲，白光劃破長空，照亮了蓑衣人的臉。

普普通通，面帶蠟黃，有幾分風寒之症，正是西夏二皇子李昂奕。

李昂奕直直看著大恒的皇帝，果不其然，大恒皇帝的面色驟然一變，站起身就朝著李昂奕走來。李昂奕正要微微一笑，大恒皇帝卻徑直越過了他，打開門就是朝外吼道：「薛九遙，你直接死在樹上吧！」

一句話吼完，冷氣就順著嗓子衝了進來，顧元白捂著胸口咳嗽了幾聲，把門關上，悶聲咳著坐了回去。

李昂奕道：「您瞧著一點兒也不驚訝。」

顧元白喝了口溫茶緩了緩，餘光風輕雲淡地從他身上掃過，「西夏二皇子，久等你了。」

李昂奕眉頭一挑，歎了口氣俯身行禮，「那想必我此次為何前來，您也已經知道了。」

顧元白笑了，「你也能代表西夏？」

李昂奕苦笑一聲，「那就看您願不願意讓我代表西夏了。」

顧元白慢條斯理地讓人泡了一杯新茶，問：「香料是從哪裡來的？」

李昂奕道：「大恒人。」

顧元白猛地側頭看向他，目光噬人。

李昂奕頓了一下，看著他一字一頓道：「扶桑來的大恒人。」

§

大門一開，外頭的寒氣裹著風雨吹了進來。蓑衣人往外走出了一步，也咳嗽了兩聲，壓低的聲音難聽而虛弱：「在下身子再好，這一個月來也快要熬壞了。還望您能饒了我，讓這風寒有幾分見好的氣色。」

顧元白的語氣喜怒不定：「不急，再過一個月，你不好也得好了。」

蓑衣人不再多言，低著頭在風雨之中匆匆離開。

大門開著，宮侍上前關上。顧元白的臉色也猛地一沉，猶如狂風暴雨將至，凝著最後風起雲湧前的平靜。

他想了許多，沒人知道他在想些什麼。等到最後，顧元白已將面上的神情收斂了起來，面色平靜地垂眸，靜靜品著茶碗中的溫茶。

扶桑此刻處於封建社會，本應該落後極了。

「田福生，」聖上淡淡道，「朕的萬壽節上，扶桑送來了多少東西？」

田福生精神一振，抖擻道：「小的記得清清楚楚。聖上的萬壽節時，就數西夏和扶桑送來的賀禮最為厚重，裡頭最貴重的東西，便是……」

他一口氣連說了好一會兒，賀禮之中的每一樣都貴重珍稀非常。顧元白閉了閉眼，突然便歎了口氣。

可恨破綻早已出現在前頭，他卻在這時才發覺不對。

但扶桑哪來的這麼多的香料，哪來的這麼多的原材料？

他們的土地能種植這樣的成癮物，能大批量地生產出如此多的香料嗎？就算是有這麼多的香料，扶桑潛伏在西夏販賣香料的人、進行交易的人又是誰？是誰幫助扶桑讓香料在西夏如此大範圍的傳流？又是誰野心如此之大，想借機侵入大恒？

腦海中的談話一遍遍閃過。

西夏二皇子面色誠懇道：「在我知曉香料的害處之後，西夏已沉迷在扶桑的這種香料之中，我一人之力無法扭轉整個大勢，只好暗中潛伏，再尋求時機。聖上應當也知曉我的這種處境和心情，若是沒有能力，那便只能當做看不見。」

好一個忍辱負重、愛國愛民的二皇子。

顧元白道：「田福生，你相信西夏二皇子說的話嗎？」

田福生謹慎地搖了搖頭：「西夏二皇子潛伏多年，平日裡佯裝得太過無害。這樣的人說什麼，小的都覺得不能全信。」

「你都不信，他還指望著朕信？」顧元白嗤笑一聲，「說話七分真三分假，這裡缺一塊，那裡少一塊，這就是誰也發現不了的假話了。」

他站起身，走到窗戶處，側頭往院中一看，就看到一道高大的黑影往廂房這處跑來。長腿邁得飛快，壓著怎麼也壓不住的亢奮勁兒。

顧元白腦中一閃，突然想到西夏給大恒賠禮時乾脆俐落的態度。

難不成這些東西，都是扶桑掏錢給的？

第一百二十章

扶桑真是有錢啊。

顧元白感歎完後，門聲便被敲響，薛遠叩門叩得急促，語氣卻是緩而又緩：「聖上，臣來了。」

這話說得奇怪。

他來就來了，叩門就叩門吧，何必多此一言？

顧元白看了窗外還在下的雨水一眼，語氣陰沉，「進來。」

薛遠拖了一身的水跡走了進來，衣袍今日裡才濕過，現在又開始滴起了水。顧元白轉頭看他，看到他手心的嫩枝後，似笑非笑道：「薛九遙，你當真是不怕死，當真不是個懦夫。」

薛遠爬上樹折嫩枝的時候，似有若無地聽到了聖上的吼聲，只是那聲音太過遙遠，被雨水聲打得四分五裂，他不敢心中期待，怕之後又會失望，此刻終於眼睛一亮，灼灼盯著顧元白看：「聖上是擔憂我？」

顧元白：「朕只是從未見過這般要財不要命的人。」

「聖上想差了，」薛遠笑了，「臣要的也不是財。」

他脫下濕透了的外衫，屋中的人一一退了下去，田福生走在最後，輕手輕腳地關上了門。

待人都走沒了，薛遠才走到窗戶邊，把窗戶關得嚴實，然後牽著顧元白的手，讓他坐在床邊。

顧元白起夜起得急，見李昂奕的時候也未曾束起髮絲，長髮披散在身前身後，有幾縷從薛遠的頭頂劃過，交織在了一起。

薛遠一言不發，單膝跪下，將聖上的腳抬在自己的膝上，脫掉乾淨得不染一粒灰塵的龍靴。

他下手實在是快，雖看著沉穩而冷靜，但舉止之間分明已經急不可耐，不願浪費一毫一厘的時間。

怎麼都……不對勁。

顧元白抿了抿唇，「朕睏了。」

「您睡，」薛遠的聲音又厚又沉，道，「我來。」

顧元白不知道他要做些什麼，乾脆躺在了床上。雙眼一閉，迷迷糊糊之間，腳心處好似碰到了什麼滾燙的東西，硬得像是一塊石頭。

薛遠的悶哼聲似有若無地傳來，汗珠滴落在玉做的腳上。顧元白睡著後，想要翻個身，但腳還是被握著抵著個東西，他煩了，腳趾蜷縮，踩了一踩。

結果那惱人的石頭塊更燙了，甚至燙得顧元白腳心哆嗦了一瞬，想要抽回來。

「滾……」睏到極點，說出的話自己都不清不楚，「難受。」

「舒服的，」石頭慢條斯理地再將腳拽了過去，聲音低得嚇人，「你可以。」

夢裡的藤蔓纏住了腳，一個勁的拿著東西撓著腳心，恍恍惚惚，就這樣被撓了一整夜的時間。

第二日顧元白醒來，便感覺腳底不對，有些微的疼。他坐起身一看，這一雙生平未走過多少路的嬌嫩的腳，腳心已經被磨得紅了，紅意沉沉，宛若出血。沒破，但碰著被褥就是一哆嗦的疼，針紮般的不適。

顧元白茫然，怎麼也想不到為什麼會變成這個樣子。他試探著穿上鞋襪，過程之中，一旦擦過白襪便是連吸了幾口冷氣，「薛九遙呢？」

他到底做了什麼！

「薛大人瞧著很是神采奕奕的樣子，一大早天還未亮，薛大人便已出去練著刀劍了，」田福生道，「小的這就將薛大人叫來。」

薛遠走進門後，看著顧元白便眼底一燒，燎原一般炙熱。

他喉結一動，大步走上前，不管其他人是否還在，已然單膝跪在了床邊，雙手撐在聖上兩側的床沿旁，仰頭道：「怎麼了？」

語氣柔得很。

顧元白原本質問的話被他的好聲好氣阻在了喉間，他頓了頓，才道：「昨晚的一個時辰，你在朕睡著後做了什麼？」

做了讓臣快樂的事，「做了一些臣早就想做了的事。」

顧元白面上不動聲色，心中正在猜想著他早就想做的事是什麼，「說一說。」

薛遠想了想，跪著的膝蓋微微直起，手臂一個緊繃用力，就撐起了身子，在聖上的耳邊道：「您白，臣卻是有些醜，色兒有些深。您現在要臣說，臣臉皮薄，覺得自愧不如，也不好意思將事說出來。」

他又補了一句，替自己解釋，「這也是沒辦法的事，人與人總是不一樣，臣自然無法跟聖上比。臣只期望著以後別嚇到聖上，若是聖上嫌棄，那就滅了燈。」

顧元白一頭霧水，皺眉，「什麼？」

「沒什麼，」薛遠收斂神情，「臣伺候著聖上起身。」

顧元白想踹他：「朕的腳疼！你直說，你到底做了什麼！」

「臣已經說完了，」薛遠心疼地執起他的腳，「臣已替您擦過兩回藥了，臣再看看。田總管，你那可有更好用的藥膏？」

上完藥後，薛遠抱著顧元白去用了膳，又抱著顧元白下了山去乘馬車。心甘情願地做牛做馬，彌補自己的粗魯。

侍衛長跟在他身後跑來跑去，滿頭大汗道：「薛大人，讓我來吧。」

但他一說完這句話，薛大人的步子便會邁得更快，到了最後，手中沒抱人的侍衛長已經跟不上了他的步子。

「薛大人！」扯嗓子的呼喊愈來愈遠，「慢點——」

顧元白抬頭朝著身後看了一眼，疾步間的風都已將他的髮帶吹起，不由咂舌：「薛遠，你還是人嗎？」

怎麼抱著他的模樣這麼輕鬆？這已經下了半個山頭了吧。

薛遠面色不改，連氣息都沒有急過片刻，他眺了一眼遠處的路，「前方有些陡，聖上，您到臣的背上來。」

他將聖上小心翼翼地先放在了一處乾淨的岩石上，又彎下了背，「上來。」

顧元白趴了上去，薛遠反手抱住了他，一步步地往山下走去。

步伐穩當，好似要背著顧元白走一輩子一般。

顧元白枕在他的身後，看著周圍陌生的山林，日光撒在身上，不冷不熱，正是曬得人骨頭都泛懶的程度。

他閉上了眼，心裡頭也在想著薛遠，這人腦子是不是壞的，天天都在想著什麼旁門左道，想著想著，嘴巴竟然沒有經過允許，就擅自叫了出來：「薛遠。」

薛遠側過頭，「嗯？」

顧元白啞然，「我叫你了嗎？」

「叫了，」薛遠轉回了頭，把顧元白往上顛了顛，「心裡在想著我？」

顧元白沉吟一下，點了點頭。但薛遠未曾見到他點頭的這一下，他沒有聽到顧元白說話，便以為他是不想搭理自己，薛遠笑了笑，「聖上比臣好多了，臣在北疆的時候，每日早上都得天不亮爬起來去洗褲子。」

顧元白：「怎麼說？」

「臣夢裡念叨的都是你，」薛遠輕描淡寫地帶過，「年輕氣盛，就得早起洗褲子。」

顧元白恍然，他本應該生氣，但只覺得失笑，在薛遠背上埋著頭悶悶地笑了起來，「薛九遙，丟不丟人？」

「丟人，」薛遠正兒八經地點了點頭，「聖上不知道，臣每日在營帳前頭曬著褲子的時候，營帳前來來往往的人都在背地裡笑話臣。」

「笑你打仗都是色心不改？」

「笑臣心中竟也有可想的人，」薛遠，「沒人相信北疆那個只知道打打殺殺的薛九遙也會有連洗半個月褲子的一天。」

顧元白撩起眼皮瞧瞧他的後腦勺，眼皮又耷拉了下去，不說話了。

「也有其餘的將領問臣，問我心中是不是有了人，」薛遠的聲音悠悠，好似是從北疆傳來一般，些微的失了真，「您說臣會怎麼說？」

顧元白張張嘴，「實話實說。」

薛遠笑了幾聲，喉間震震，「臣也認為該如此。」

「聖上，不若臣說一句，您也說一句，」薛遠突發奇想，微微側過臉，鼻樑高挺，「臣心中確實有人，您心中可有沒有人？」

顧元白手指動了動，「沒有。」

薛遠：「臣就知道。」

他抬頭擋住頭頂垂下的樹枝，山腳就在眼前，後方的眾人聲響也跟著變得近了起來，這條路快走到盡頭了。

「連朕心中有沒有人你都知道，」顧元白的語氣懶懶，「那你說說，朕心中最煩的人是誰？」

「我。」薛遠樂了。

顧元白勾起唇角，哼笑一聲：「薛將軍，不錯。人貴在有自知之明。」

「那臣也想讓聖上猜一猜，」薛遠語氣平平淡淡，「聖上，您猜猜臣心中的人是誰？」

春風從綠葉婆娑間竄過，轉轉悠悠，打著圈地吹起了顧元白的衣袍，吹向了薛遠。

日頭漸好，萬里無雲，今日真是一個絕佳的好天氣。

良久，顧元白道：「我。」

「你的心上人是我，」顧元白的手指又動了一下，「你喜歡我。」

「不錯，聖上，人貴在有自知之明，」薛遠低笑，「但說錯了一點兒，臣是好喜歡你。」

明月昭昭，大江迢迢，那麼多的心悅你。

§

馬車入京後，

田福生提醒了顧元白，該去和親王府看一看了。

看得自然是和親王有沒有將和親王妃照顧得好。除了少數幾個人，宗親大臣們可不知道和親王是先帝在兄弟府中抱養的養子，顧元白樂得他們不知道，如今和親王妃的這一胎，不管是男是女，都是下一輩的長子長女，都能安了人的心，顧元白很是歡喜，覺得和親王應當比他還要歡喜。

但進了和親王府之後，府中卻比顧元白想像之中的要冷清許多。

有人神情不對，想要提前進去通報主子。顧元白面無表情地揚起了手，身後的侍衛快步上前，將想要去通報的人鉗制住。

王妃懷了孕，自然顧不上照顧府中，顧元白看著路邊花草中乾枯的冬花，轉了轉玉扳指，但也不應該是如此這般荒涼。

「和親王在何處。」沉聲一問。

戰戰兢兢的下人小聲道：「在書房之中。」

顧元白每走一步，腳底都會敏感地感覺到疼痛。他壓下這些疼，不急不緩地走到了書房前，看守在此處的護衛臉色驟然一變，正要進門前去通報和親王，就已被張緒侍衛長帶人將其壓下，無法動彈半分。

顧元白看著這書房木門，右眼皮猛地跳了一下，他揉揉眉心，推門走了進去。

書房裡一覽無餘，沒有和親王的影子，顧元白看了一圈，才看到還有一個內室，他抬步，率先朝著內室走去。

內室之中有床鋪被褥，床鋪之上果然睡著一個人。顧元白上前一看，正是面色消瘦良多，因此顯得陰沉非常的和親王。

顧元白皺眉，正要叫人，餘光不經意往周邊一瞥，卻猛然頓住。

只見床尾不遠處的一面牆上，上頭掛著一個同他身高無二的一副長幅畫卷，畫卷之中的人明眸善目，淡色的唇角含著幾分病氣繚繞的笑意，髮絲濕透，衣衫從肩膀滑落一角，露出一側圓潤白皙的肩頭來。

肩頭半遮半掩，體面的笑也變得有了幾分綺麗滋味。

畫中的人正是顧元白。

顧元白的回憶一下子飛梭，想起了他穿越到大恒之後第一次見到和親王的場景。

盛夏，被奪了兵權的和親王怒火衝衝地衝進了宮裡，衝到了正在泡水消暑的顧元白面前。顧元白聽到了響動，他穿上衣衫起身，還未整理好衣物，和親王已經到了面前，束髮高揚，俊氣的臉上怒火高漲，「顧斂——！」

那年顧元白朝他微微一笑，客客氣氣道了一聲：「兄長。」

顧元白倏地握緊了手，他的呼吸愈發急促，太陽穴一鼓一鼓，額上青筋起伏，正是當年和親王的怒髮衝冠之態。

薛遠跟在身後，他瞳孔緊縮，猛地關上了內室的門，哐噹一聲，眾人被關在內室之外。

和親王被這聲音驚醒，驟然翻坐起身，陰翳瘦削的臉上還未升起怒火，就見到了站在畫前的顧元白。

他陡然一驚，全身血液如被冰凍，徹底僵在了床上。

第一百二十一章

顧元白突然動了。

他快步走到薛遠面前，倏地拔出了薛遠腰間的佩刀。

大刀寒光反在和親王的臉上，顧元白怒火滔天，腦子發脹，五臟六腑都好似移了位的噁心，他咬牙切齒，「朕殺了你！」

薛遠膽戰心驚地攔住他，握著他揮舞著刀子的手腕，生怕他傷到了自己，「聖上，不能殺。」

顧元白聽不進去。

即便他知道他與和親王非親兄弟，但那也是有血脈的關係，無論是以前的顧斂還是現在的顧元白，都將和親王當做親兄弟在看，那是當了二十二年的親兄弟！

聖上雙眼發紅，他的呼吸粗重，胸腔喘不過來氣，仍然死死盯著和親王：「顧召——！朕要殺了你，朕一定要殺了你！」

顧元白大腦悶悶地疼，陣痛，針紮一般毫不留情，手氣到顫抖，長刀也在發抖。

他怎麼能，他怎麼敢！

和親王的手也在抖。

他看著顧元白的眼神，那裡面的殺意像把刀一樣的刺入和親王的心。滿心的污泥被紮得滴血，和親王夢中最害怕的一幕，終於出現在了眼前。

他只能僵住，說不出一個字，愣愣地看著顧元白，由著惶恐遍佈四肢。

顧元白知道了。

知道他這個兄長對他存的骯髒心思了。

薛遠順著顧元白的背，緩緩將人摟在了懷裡，柔聲低哄，「聖上，你的身子剛好，不能生著氣。若是難受就咬臣一口，好不好？」

顧元白的身子顫抖，薛遠趁著他不注意，連忙將他手中的大刀奪下。

餘光瞥過和親王時，嘴角譏笑，眼底劃過冷意。

和親王看著他們二人的親密，只覺得一股腥味從喉嚨裡冒出。他攥著胸口前的衣服，難受得心口痛，還是看著他們不動。

他從來沒想過拉顧元白下水，顧元白不該喜歡男人的啊。他藏得那麼深，壓抑得這麼厲害，就是想讓顧元白乾乾淨淨的活著，薛遠怎麼敢？

顧元白埋在薛遠脖頸中，良久，才止不住被氣到極點的顫抖。他攥緊手，啞聲：「把他帶出去。」

和親王被薛遠直接扔了出去。

以往的天之驕子狼狽地伏趴在地上，英姿碎成了兩半。和親王雙手顫著，費力地在青石板上抬起身體。

王府中的人想要上前攙扶，薛遠刀劍出鞘，道：「你們的王爺喜歡趴在地上，不喜歡被人扶。」

這一句話，都要經過許久的時間才能被和親王僵化的大腦所聽見，和親王盯著薛遠的鞋尖，在所有奴僕的面前，咬著牙，發抖地站了起來。

顧元白從薛遠身後走出了書房。

聖上凝著霜，眼中含著冰，他的目光在周圍人身上轉了一圈，道：「拿酒來。」

片刻後，侍衛們就抱來了幾罎子的酒。顧元白讓他們抱著酒水圍著書房灑了一圈，而後朝田福生伸出手，「火摺子。」

田福生將火摺子引起火，恭敬遞給了顧元白。

顧元白抬手，袖袍劃過，就那麼輕輕一扔，火摺子上的火瞬間點燃了酒水，火勢蔓延，轉眼包圍了整個書房。

泛著紅光的火焰映在顧元白臉上，將他的神情顯出明明暗暗的冷漠。和親王臉色驟然一變，想也沒想就要衝入書房中，但轉瞬就被數個侍衛壓倒在地。和親王表情猙獰，哀求道：「顧斂，不能燒！」

他奮力掙扎著，手背上的青筋凸起，幾個侍衛們竟差點按不住他，「和親王，不能過去。」

顧元白終於低頭看向了他，牙縫緊緊，「顧召，你還想留著嗎？」

他一旦氣憤，便是上氣不接下氣的無力。顧元白深呼吸一口氣，移開眼，直到書房的火勢吞噬了整個內室，直到王府中的所有人都被火勢驚動。他才轉過身，就要離去。

月牙白的袍腳上，金色暗紋游龍，每動一下便是戾氣與威勢凶猛。和親王伸手，還未拽住這蜿蜒游走的金龍，薛遠就將顧元白輕輕一拽，躲開了和親王的手。

顧元白從他身邊毫不停留地走過。

未走幾步，就遇上了被丫鬟攙扶著走來的和親王妃。

和親王妃腹中胎兒已有七八月分之大，但她卻有些過了分的憔悴。手腕、脖頸過細，臉色蒼白毫無血色，唯獨一個肚子大得嚇人。

王妃看了一眼顧元白，又去看聖上身後那片已經燃起大火的書房，看著看著，就已是淚水連連。像是卸了什麼重擔，久違地覺出了鬆快。

顧元白見到她，唇角一抿，「御醫，過來給王妃診治一番。」

隨行的御醫上前，給王妃把了把脈。片刻後，御醫含蓄道：「王妃身子康健，只是有些鬱結於心，切莫要多思多慮，於自己與胎兒皆是有害。」

王妃拭過淚，「妾知曉了。」

顧元白沉吟，道：「能否長途跋涉？」

御醫一驚，「敢問聖上所說的『長途跋涉』，是從何處到達何處？」

「從這裡到河北行宮處，」顧元白眼眸一暗，「在行宮處好好休養生息，也好陪陪太妃。」

御醫還在沉吟，王妃卻是沉沉一拜，鏗鏘有力道：「妾願去行宮陪陪太妃，那處安靜，最合適養胎，妾斗膽請聖上恩准。只要妾路上慢些，穩些，定當無礙。」

御醫頷首道：「王妃說得是。」

「那今日就準備前往行宮吧，」顧元白重新邁開步子，「即日起，沒有朕的命令，和親王府中的任何人，誰也不准踏出府中一步。」

和親王府徹底亂作一團。

等和親王妃坐上前往行宮的馬車離開府邸後，府中的一位姓王的門客，推開了和親王的房門。

「王爺，」王先生點燃了從袖中拿來的香，憂心忡忡道，「王府已被看守起來了。」

良久，和親王才扯了扯嘴角，「你以往曾同本王說過，說聖上很是擔心本王。本王那會還斥你懂什麼，怎麼樣，如今你懂了嗎？」

王先生沉默。

和親王深吸一口氣，聞著房中的香料，恍惚之間，好像看到了顧元白站在他的面前，居高臨下瞥了他一眼，隨即嗤笑開來，道：「我的好兄長，如今你怎麼會這般狼狽？」

「還不是因為你？」和親王喃喃，幻覺褪去，他挫敗地揉了揉臉。

王先生瞧了一眼已經燃盡一半的香料，歎了口氣道：「王爺，府中的香料已經所剩不多了。」

和親王怔愣片刻，「私庫中的東西還有許多，你自行去拿吧。若是能換到那便換，換不到就罷了，本王不強求。」

王先生眼中一閃，「是。」

§

回宮的一路，顧元白陰沉著臉不說話。

薛遠勸道：「聖上不能殺和親王。」

「我知道，」顧元白的指尖深深陷入掌心之中，「他竟然敢——」

薛遠握住了他的手，撥開他的指甲，心中也是冷笑不已。

怪不得和親王對他的態度總是敵對而古怪，身為顧元白的親兄弟，對顧元白竟然生出了這樣的心思，先帝要是知道，都能被氣得生生從棺材板裡跳出來。

「這樣的人，就應當是砍頭的大罪，」薛遠道，「誰敢對聖上起這樣大不敬的心思，誰就得做好沒命的準備。」

顧元白從怒火中分出一絲心神，抽空看了他一眼。

薛遠面不改色道：「這裡頭自然不算臣。」畢竟他是同老天爺求過親的人。

說了幾句話逗得顧元白消了火氣之後，薛遠又看了看顧元白的腳，抹了抹藥，見還是紅著，沒忍住輕輕撓了幾下癢，歎口氣，不知是喜還是憂，「怎麼就能這麼嫩。」

顧元白抽回腳，薛遠跟著坐在了他的身旁，手臂搭在顧元白的身上，諄諄善誘，「聖上，和親王這樣的人臉皮太厚，忒不要臉。你若是難受，那就把氣撒在臣的身上。不然您要是心中還想著和親王，和親王指不定會多麼歡喜。」

「你說得沒錯，」顧元白神情一凝，冷著臉道，「朕不會再想此事。」

薛遠勾起笑，摸了摸聖上的背。等下車的時候，更是率先跳下馬車，撩起袍腳單膝跪在車前，拍了拍自己支起的左腿，朝著聖上挑起了俊眉。

「聖上腳嫩，別踩著腳凳，踩著臣的腿，」薛遠道，「臣絕不晃悠一下，保證穩穩當當。」

顧元白站在馬車上看他，皺眉：「滾。」

他沒有踩人凳的壞習慣。

薛遠：「還請聖上恩賜。」

顧元白轉過了臉，想從另一邊下車。薛遠起身從馬上翻過，又是掀起袍子，及時堵住了下車的路：「聖上。」

顧元白黑著臉，踩著他的大腿下了馬車。

果然如薛遠所說，他的腿上力氣大得很，撐住顧元白的一腳全然不是問題。甚至因為太過結實，顧元白這一踩，只覺得比石頭還要硬。

但這感覺，卻好像有幾分熟悉。

聖上的臉色微變一瞬。

薛遠從地上站起了身，珍惜地看著膝蓋上的腳印，聖上的鞋底也乾淨得很，淺淺的印子他都捨不得拍去。轉頭一瞧，見侍衛長正遲疑地盯著他看，薛遠微微一笑，「張大人怎麼這麼看著在下？」

侍衛長正要說話，薛遠卻突地疾步越過他，追上顧元白：「聖上要去哪兒，臣抱著您過去？」

「薛九遙，你說，」顧元白語氣喜怒不定，「你昨晚是不是拿我的腳去幹什麼見不得人的事了？」

薛遠裝傻充愣，皺眉，「什麼？」

顧元白倏地停住，「是不是讓我去抵著那個畜生東西了？」

薛遠頭皮一麻，「聖上，別罵。」

聖上一罵他，他就受不住。

顧元白冷笑兩聲，只以為他還要臉，「畜生東西、畜生東西。」

一連罵了三次。

第一百二十二章

半個月後。

王先生從小路走到了廚房後頭，片刻，往和親王府運送食材的商販就出現在了此處，商販小聲道：「先生，您說的那地方還是沒有出現您要等的人。」

王先生眉頭一皺，給了商販銀子，托他繼續等待。

古怪。按理說從沿海來的香料不應該斷這麼久的時間，如今已有半個月，府中的香料已剩不多，眼看著和親王快要察覺到身體的不對，王先生心頭焦急，然而更焦急的，是擔心大事生變。

此後又過半個月，王先生費盡手段，才終於得到了外面的消息

皇帝已知曉毒香一事，沿海香料已禁，水師駐守海口，一觸即發。

王先生額角汗珠沁出，他將信件燒毀，看著和親王府中主臥的眼神晦暗。

大恒先帝膝下有兩個兒子。一是當今聖上，一是享譽天下的親王，他們本以為顧斂坐上皇位對他們才有益，畢竟一個耳根子軟，沒有魄力，體弱壽命短的皇帝怎麼也比顧召這個手裡有兵有權、年輕健康的皇子好對付。

但是誰都沒想到，難對付的反而是顧斂。

顧斂的野心太大，也太狠，他和先帝是完全不同的人。但顧斂有一個無法掩藏也無法抹去的弱點，那就是他隨時可能喪命的身體。

當大恒的皇帝猝不及防地死亡後，上位的除了和親王外還能有誰？

但和親王也並非是那般的好對付。

所以，那就只能想辦法將和親王把控在手中，讓一個不好對付的王爺變成一個好對付的王爺。

和親王的身體強壯，而且警惕非常，王先生能用到香料的機會很少，直到一年前的一個雨天，和親王袍腳鹿血點點，狼狽地回了府，王先生那時才找到了一個機會。

他那幾日時時聽從王妃的請求，前去勸說王爺，香料一燃，正值王爺心神不定之際。

香料將王爺拖進了縹緲虛無的世界之中，在王爺雙目無神的時候，嘴中微張，王先生那時便上前一步，側耳傾聽王爺口中所說的話。

「顧斂，穿鞋。」

王先生想知道更多，於是又點燃了十數支薰香。臥房之內煙霧繚繞，清淡的香意緩緩變得濃郁。和親王便在那樣濃郁的香味之中，頻繁地夢到了顧元白。

他不曉得香料一事，只覺得顧元白好像無處不在，張開眼是他，閉上了眼也是他。只是喝了幾口鹿血之後的燥熱，在那幾日下來之後，硬生生地成了見不得光的骯髒的心思。

這樣的心思，讓顧召覺得自己好像是在一潭污泥中掙扎，他動得愈厲害，便是陷得愈快。

白日一轉頭便是笑吟吟的顧元白。入寢後，還會看見顧元白坐在床側，彎腰脫去鞋襪的畫面。

他的髮絲從兩側白皙脖頸穿過，背部彎成一道圓月弓起的纖細弧線，見到和親王在看他時，便眼尾一挑，似笑非笑地抬起頭，「朕的好兄長，你在看我什麼？」

一日一日，和親王便在這樣的幻覺之中面紅耳赤，徹底沉淪。只有蒙著腦袋蓋著被子，才能讓鼓動的心臟緩下片刻，去讓盛滿顧元白的腦子歇息幾瞬。

王先生便是這時知曉了和親王的秘密。

他大喜，更是在暗中不斷引導著和親王對皇帝的心思，和親王密室中所有關於聖上的畫，上色時夾雜了香料的成分，看得多了，聞得久了，就再也出不來了。一個既有毒癮又有把柄在他們手中的和親王，那簡直就是完美的做皇帝的料子。

王先生看了一會和親王的主臥，轉身從小路離開。

一切都很順利，唯獨顧斂太過敏銳，他已查到了香料這條線，如果再不做些什麼，只怕再也沒有翻轉的機會了。

現如今，已經到了顧斂該死、和親王該登位的緊要關頭了。

§

西夏使者的風寒在月底的時候終於痊癒了。

與此同時，顧元白派監察處前去西夏打探的消息，也先一步地傳到了他的手中。

這會正是午時，膳食已被送了上來。顧元白不急這一時半刻，好好地用完了這頓飯，才起身擦過手，接過田福生遞上來的消息。

西夏的情況說是嚴重，也確實嚴重。但若說不嚴重，也還能說得過去。

只是有趣的是，除了西夏皇帝的幾個草包兒子，那些個備受推崇、很受百官看好的皇子們，竟然都為了討好父皇歡心，而吸食了西夏的國香。

有不有趣？太有趣了。

西夏二皇子給顧元白編故事時，他可是說得明明白白，知曉了此物有害之後，才知大勢已勢不可擋。顧元白一直都挺想知道，他是怎麼知道此物有害的，又是怎麼知道此物與扶桑有牽扯的。

這些話他本可以不告訴顧元白，也可以將謊話說得更高明些，但他故意如此，好像就是為了給顧元留出兩三處可以鑽的空檔，讓顧元白來往裡頭深查一樣。

「去將西夏二皇子請來，」顧元白笑了，把消息放在燭火上燒了，「這些東西，沒準就是人家想讓我知道的東西。」

田福生疑惑，「可聖上，這可是咱們監察處親自去查出來的消息。」

顧元白搖了搖頭，「別國的探子短短兩個月來到大恒，你覺得他們是否能探出這般詳細又精準的消息來？」

田福生被難住了，說不出來話。

「即便監察處勝過別人良多，也到不了如此速度，」顧元白道，「這些消息如此詳盡，說是他們探出來的，不如說是西夏二皇子給朕送的禮。」

不過是讓自己的話語破綻百出，等顧元白親自去查時，再雙手奉上百出的破綻，以此來做取信於顧元白的手段。

西夏二皇子來得很快。

顧元白懶得和他兜圈子，讓人賜了座後，開口便道：「二皇子，你若是想讓朕相助與你，總得有些誠意。」

李昂奕笑容微苦，「並非是我沒有誠意，而是這些東西由聖上查出來，聖上眼見為實，才會相信我口中所說的話。」

顧元白心中冷笑，我查著你放出來的消息來相信你的話，我看起來就那麼傻嗎？

面上微微一笑，不接話。

李昂奕輕咳一聲，站起身行了禮，「還請您一一聽我道來。」

「上茶，」顧元白道，「請。」

李昂奕目露回憶，緩緩說了起來。

照他話中所說，便是他的母親曾在入宮之前救過一個商賈的命。商賈贈與萬金，待到李昂奕的母親去世之後，商賈將這份恩情轉移到了李昂奕的身上，因著李昂奕步步艱難，在宮中備受刁難，商賈便在臨死之前，將一份保命的東西交給了李昂奕。

李昂奕笑了笑，殿外的厚雲遮擋了太陽，光色一暗，他道：「那東西，便是西夏國香的販賣。」

顧元白瞇了瞇眼，道：「繼續。」

「我起初只以為這是普通的香料，」李昂奕不急不緩，甚至還無奈一笑，「誰能想到這世上還有這種東西呢？我初時販賣香料時，便被其中的財富給迷暈了眼。或許曾經也升起過幾分疑惑或是覺得不妥的心思，但在金銀財寶面前，這些就成了浮雲。我將它做的愈來愈大，賣得愈來愈多，多到皇宮中的人也開始使用這等可以提神醒腦的香料，約莫誰也不會想到，西夏最無能軟弱的二皇子竟然會是西夏最富有的一個人，」李昂奕，「說起來倒是有些好笑。」

顧元白笑了兩聲，冷不丁道：「你攢夠了足夠圖謀皇位的財富，你想要拉攏能夠支持你的勢力了。這時你突然曉得，一個西夏的皇帝，是不能在暗中販賣國人這等有害國香的。所以你才想要停手，才『陡然』認清了國香的害處。你想同朕結盟，不是為了西夏，而是想要剷除幕後黑手。讓他們手中沒有你的把柄，無法鉗制於你，這樣你就可以輕輕鬆鬆、乾乾淨淨地去爭奪皇位，去做一個為國為民除清大害的好皇子了。」

李昂奕頓住，半晌笑了開來，「您這話把我嚇了一跳。」

顧元白眉頭一挑，淡色的唇勾起，戲謔道：「二皇子不是如此？」

李昂奕歎口氣，品口茶潤喉嚨，「您這話一傳出去，我就要被西夏百姓一口一個唾沫給淹死了。」

「淹不死你的，」顧元白也端起茶碗，垂眸，杯子遮去他眼中神色，「朕只說隨口一說而已。」

稍後，顧元白與李昂奕重新談論起香料，不到片刻，李昂奕便請辭離開了。

顧元白默默喝完了半杯茶，將前去驛館醫治西夏人的御醫叫到了面前，「病都好了？」

御醫回道：「回聖上，臣等都已將其醫治好了。」

顧元白讓他們回去，又叫來了薛遠。

薛遠一本正經地行了禮：「聖上？」

「去把西夏二皇子的腿給打斷，」顧元白風輕雲淡道，「總得找個理由，把人留在大恒。」

西夏二皇子這人太陰，他說的話不能全信，信個三成就是極限。顧元白還要再往下查，等查清楚了才知道這個合作夥伴是羊，還是披著羊皮的狼。

第一百二十三章

這事薛遠會啊！

薛遠下值後就帶人去做了此事。在宵禁之前，他已帶著手下人回到了府中。用過晚膳之後，薛遠就回了房。門咯吱一聲響，薛遠推門而入，他這時才發覺黑暗之中，屋內還坐著另外一個人。

這人道：「薛九遙，做成了？」

是聖上的聲音。

薛遠好似沒有聽到，鎮定地關上了門，從門縫中打進來的幾分剔透月光愈來愈是細微，最後徹底被關在了門外。

聖上道：「朕在問你話。」

薛遠自言自語：「我竟然聽到了聖上的聲音，莫非也吸入那毒香了？」

顧元白嗤笑一聲，不急了，他悠然靠在椅背上，轉著手上的凝綠玉扳指，看他裝模作樣地是想做些什麼。

薛遠摸著黑走近，腳尖碰上了桌子，他也聞到了聖上身上的香味。聖上應當是沐浴後趕來薛府，濕意濃重，霧氣氤氳。

這定然不是幻覺，但薛遠卻只當不知，他揣著砰砰跳的心臟，到了跟前便急不可耐地伸手，大掌握住聖上的腦袋，低頭去尋著唇。

不過瞬息，顧元白的唇便被饑渴的薛遠吮吸得疼了，這傢伙像是乾渴了許久似的，舌頭一個勁地往顧元白嘴裡鑽去，貪婪熱烈地裹著唇瓣，鼻尖的氣息都要被他榨幹。

顧元白狠狠一口咬下去，薛遠倒吸一口冷氣，捂著嘴巴含糊道：「聖上。」

顧元白也抬手捂住了唇，疼得好像掉了塊肉一般，「薛九遙，你是要咬掉我的一塊肉嗎？」

薛遠聽到聖上的這一聲小小的吸氣，連忙拉著人走出了房門，院落中月光明亮，地上都好似成了一汪泛著白光的池塘，薛遠按著聖上坐在石凳之上，看著顧元白的唇是否破了皮。

還好，沒破。只是淡色的唇像是碾了花汁一般被薛遠吮出了紅，湊近一聞，真的猶如花蕊那般香甜。

薛遠好久沒親他了，因著聖上的忙碌，因著聖上在罵了他三次畜生東西後，他卻在聖上的面前微微硬了的緣由，直到現在，已是一月零七天。

薛遠沒忍住，又是低頭含了一口，「我下次再輕些。」

顧元白推開他，心道你再怎麼輕，你的舌頭還是這麼大，堵著太撐，煩人。

「問你最後一次，事情做好了嗎？」顧元白皺眉。

「辦好了，」薛遠點點頭，好好地回著話，「如聖上所說，斷了其右腿，未留半分痕跡。」

顧元白心中一鬆，「很好。」

兩個人一同出了門，順著小路往薛府門前走去。月色當空，蟲鳴鳥叫隱隱。顧元白心中升起了些少有的寧靜，兩人漫步到湖邊時，薛遠突然握住了顧元白的手。

約莫是景色太好，也約莫是心情愉悅，顧元白佯裝不知，而是問道：「他可向你們求饒了？」

「未曾，」薛遠沉吟片刻，「他倒是有骨氣，先是以利相誘，無法讓我等收手之後，便一聲不吭，讓著我們動手了。」

李昂奕給顧元白的感覺很不好。

「此人城府極深，」顧元白皺眉，「西夏國香的來源一事，絕不只他說的那般。」

至今未有人給過顧元白這樣的感受，李昂奕好像是藏在棉花裡的一把尖刀，猝不及防之下，便會戳破無害的表面狠狠來上鮮血淋漓的一擊要害。

這樣的人若是搞不清楚他的目的，那麼顧元白寧願錯殺，也絕對不會放他回西夏。

薛遠道：「聖上，回神。」

顧元白回過了神，側頭看了他一眼，「怎麼？」

「白日裡想著國事就罷了，」薛遠諄諄善誘，捏著他柔軟的掌心，「好不容易入了夜，再去想這些麻煩事，腦子受不住。」

顧元白無聲勾起唇角，「朕今日可是歇息了五個時辰。」

薛遠眼皮跳了一瞬，「是嗎？」

顧元白哼笑道：「你連朕睡個午覺都要蹲在一旁盯著，你能不知道？」

「……」薛遠終於歎了口氣，「那聖上睡也睡夠了，白日裡處理政務也處理得夠了。臣便直說，你這會兒和我在一起，能不能只看著我想著我？」

顧元白道：「唇上還痛著。」

他說這句話本是想提醒薛遠，告訴薛遠若是他當真只看著他，那唇上就不只是被親得有些疼但卻沒有破皮的程度了。

薛遠當了真，皺著眉頭，又細細檢查了遍顧元白的嘴唇。

他低著頭，俊眉就在眼前，鋒利的眼角含著幾分急迫，全副身心都壓在了顧元白的身上。顧元白被捧著臉撥弄著唇，目光在薛遠脖頸上的喉結上若有若無地掃過：「無事。」

但薛遠卻還不放手，他低頭輕輕一嗅，低聲：「聖上身上的味兒好香甜。」

顧元白喉間有些癢，卻沒有說話。

「聖上是不是為了來見臣，才特意沐浴了一番？」薛遠低低笑了，笑得耳朵發癢，熱氣發燙，「頭髮也好香。」

「滾吧，」顧元白慢吞吞地道，「薛九遙，你當真會往自己的臉上貼金。」

薛遠怕惹惱了他，及時換了一個話：「聖上還記不記得您之前給臣送來的那些乾花？」

顧元白：「記得。」

薛遠放下了捧著小皇帝的手，轉而小心翼翼地從自己的腰間扯下一個香囊。香囊一打開，花香味兒便迎面撲了上來，薛遠從中捏起一片石榴紅的花瓣，「聖上，這花嘗起來的味道當真不錯，我餵你吃一點？」

顧元白往香囊中瞥了一眼，裡頭的花被吃得只剩下了一半，難怪薛遠與他親嘴的時候有股花香草木味道，原來是因為這。

他伸手要接過花瓣，薛遠卻反手將花瓣放進了自己的嘴裡，而後低頭，用舌尖推著花瓣入了顧元白的唇，又將花瓣攪得四分五裂混著花汁，過了好一會兒，才退出來，唇貼著唇，啞聲問：「好吃嗎？」

顧元白的聲音也跟著啞了，「再來。」

薛遠於是又拿出了一個花瓣，著急地貼了過去。

聖上在薛府吃完了半袋香囊的乾花後，才上了回宮的馬車。

回到宮殿的一路上，顧元白抬袖掩著半張臉。宮侍只以為他是睏了，等回到寢宮，洗漱的東西和床鋪具已準備好，只等著他上床睡覺。

顧元白揮退了宮侍，「拿個小些的鏡子來。」

宮侍送上了鏡子，一一悄聲退去。等房門被關上，顧元白才放下袖子拿起鏡子一瞧，嘴唇處果然已經腫了。

大意了。

終究還是被薛遠的男色給勾到了。

鏡中的人長眉微皺，唇上發腫，髮絲些微淩亂，眉目之中卻是饜足而慵懶。顧元白心道，怪不得薛九遙成日如同看到肉骨頭的那般看他，這樣的神情，誰頂得住？

他舔了舔唇，腫起的唇上一痛，連舌尖劃過也已承受不住。

他究竟是怎麼跟薛遠吃完了那一香囊的花瓣的？

顧元白回想了一番，竟然回想不起來，只記得和薛遠唇舌交纏的畫面，愈想愈是清晰，甚至唇齒之間已經重新覺到了那樣的飽脹之感。

薛遠親他的時候，與他貼得愈來愈近，環著他腰間的手臂好像要把他勒入體內一般。仗著他的力氣大，便強勢將他的腿插入顧元白的雙腿之間，錮著顧元白無法動彈，哪裡有這麼霸道的人？

顧元白呼出一口濁氣，提醒自己。

不能上床。

他能直接死在薛遠的床上。

但年輕的身體還是如此躁動，旁人的火熱讓顧元白的神經也跟著火熱地跳動。顧元白原地坐了一會兒，忽地起身往桌旁走去，坐下處理奏摺冷靜冷靜。

§

薛遠次日上值時，看著聖上的每一眼，都好似帶著能將顧元白整個人燒起來的暗火。

侍衛長午膳時和他說：「聖上的唇腫了，據說是被蚊子咬腫的。寢宮之中竟然會有蚊子，宮侍們伺候得太不上心，一大早，田總管就將近前伺候的人給罵了一頓狗血噴頭。」

薛遠從飯碗裡抬頭，侍衛長看了一眼他的嘴，眼皮一跳，「你的嘴怎麼也腫了？」

薛遠扒了一口飯，面不改色地夾了塊肉咽下，「巧了，也是被蚊子咬的。」

侍衛長「蹭」地站了起來，過猛的動作帶著凳子發出了巨響，周圍的人齊齊停下，抬頭往侍衛長看來。

侍衛長漲紅了臉，低聲道：「薛大人，你莫要糊弄我。」

薛遠放下筷子，「張大人不相信我說的話？我昨夜睡不著，便在家中走走路散了散心。走到湖邊待了片刻，湖邊蚊子多，不只是唇上被咬了，身上也被咬了好幾處，張大人要不要也瞧瞧？」

侍衛長見他當真要捲起袖口，連忙坐下道：「不用了。」

頓了頓，又羞愧地和薛遠致了歉。

接下來的五六日，薛遠的目光都會似有若無地從聖上的唇上劃過，每日看上千八百遍。等紅腫日益褪去時，他也準備好了六袋香囊的乾花，腰間掛著兩個，懷中放著四個，只等著以備不時之需。

而這會兒，顧元白也順理成章地「知曉」了西夏二皇子被凶徒打斷腿的事。

他親自去看望了李昂奕，李昂奕坐在床邊，見到顧元白後便苦笑不已，分外感慨道：「若是我那日沒有出去貪個口腹之欲，怕是就沒了這次的飛來橫禍。」

顧元白安撫道：「御醫說了，並非不可治，你安心躺著，好好養著傷才是。」

李昂奕歎了口氣，看著顧元白道：「您說，這是否就是老天爺在提醒我，讓我莫要離開大恒呢？」

顧元白風輕雲淡，微微笑了：「誰知道呢。」

高寶書版集團
gobooks.com.tw

FH014
我靠美顏穩住天下 3

作　　者　望三山
繪　　者　黑色豆腐
主　　編　吳珮旻
編　　輯　賴芯葳
校　　對　鄭淇丰
美術編輯　Vitctoria
內頁排版　賴姵均
企　　劃　方慧娟

發 行 人　朱凱蕾
出　　版　朧月書版股份有限公司
　　　　　Hazy Moon Publishing Co., Ltd
地　　址　台北市內湖區洲子街88號3樓
網　　址　gobooks.com.tw
電　　話　(02) 27992788
電　　郵　readers@gobooks.com.tw（讀者服務部）
傳　　真　出版部(02) 27990909　行銷部 (02) 27993088
郵政劃撥　19394552
戶　　名　朧月書版股份有限公司
發　　行　朧月書版股份有限公司
初　　版　2021年 12 月

本著作物《我靠美顏穩住天下》，作者：望三山，由北京晉江原創網絡科技有限公司授權出版。

國家圖書館出版品預行編目(CIP)資料

我靠美顏穩住天下 3 / 望三山作. -- 初版. -- 臺北市：朧月書版股份有限公司, 2021.12
　冊；　公分

ISBN 978-986-06814-9-9(平裝)

857.7　　　110014616